Nicole Knoblauch

More than Love – Was dein Blick mir sagt

be HEARTBEAT

beHEARTBEAT

Vollständige ePub-to-Print-Ausgabe des in der Bastei Lübbe AG erschienenen eBooks »More than Love – Was dein Blick mir sagt« von Nicole Knoblauch

beHEARTBEAT in der Bastei Lübbe AG

Covergestaltung: Christin Wilhelm, www.grafic4u.de unter Verwendung von Motiven von © damien.photo/shutterstock; © Kolonko/shutterstock
Satz: 3w+p GmbH, Rimpar
Druck: Books on Demand GmbH, Norderstedt

ISBN 978-3-7413-0238-1

www.be-ebooks.de
www.lesejury.de

FSC
www.fsc.org
MIX
Papier aus verantwortungsvollen Quellen
Paper from responsible sources
FSC® C105338

1. Josh – Gegenwart

Vor dem Standesamt

Fuck! Fuck! Fuck!

Ich kann jetzt nicht da reingehen. Das würde Mia mir nie verzeihen. Alleine die Tatsache, dass sie heute einen anderen heiratet, zeigt, dass ich ein Idiot bin und hier nichts verloren habe.

Aber Ben? Ich meine, sie heiratet Ben! Ich bin mir nicht mal sicher, ob der auf Frauen steht. Der ist nicht der Richtige für sie. Und das weiß sie auch. Ich bin der Richtige für sie. Bin es immer gewesen. Das habe ich nur selbst viel zu lange nicht kapiert.

Und jetzt steht sie da drin und sagt »Ja« zu einem anderen Mann. Ich werfe einen Blick auf mein Handy. Zwölf Minuten bis zur Trauung. Noch könnte ich mit ihr reden.

Aber was soll ich sagen? Dass ich ein Arsch war, der sich jahrelang selbst was vorgemacht hat? Wir haben uns seit zehn Jahren nicht gesehen. Zehn Jahre, in denen ich dachte, ich hätte sie vergessen. Zehn Jahre, in denen ich mich auf meine Karriere konzentriert habe. Zehn Jahre, in denen mein Herz ein Eisblock war, der erst mit dem Anruf meiner Mutter vor ein paar Wochen Risse bekam.

»Weißt du, wer noch heiratet?« Diese Frage nervte. Bei jedem Anruf erzählte sie mir, wer heiratete oder ein Kind bekam. Ein stummer Vorwurf an mich, weil ich nie ein Mädchen mit nach Hause brachte.

»Wer?«, fragte ich also, bemüht, nicht allzu genervt zu klingen.

»Mia Kauer!«, ließ sie die Bombe platzen.

Wie ein Sack Mehl fiel ich auf mein Bett und konnte nichts sagen. Es war, als hätte die Welt aufgehört, sich zu drehen. Flashbacks an Tage voller Übermut und Nächte voller Leidenschaft überfielen mich. An Tage am Rhein und auf der Farm meines Onkels. An Nächte mit Whisky, Joints und Liebe. An Wochen, in denen mein Herz übergelaufen war vor Gefühlen. Und immer wieder ihr herzförmiges Gesicht.

»Josh? Hörst du mir noch zu?«

»Ja.« Ich räusperte mich und hoffte, dass sie mir mein Gefühlschaos nicht anmerkte. »Wen heiratet sie denn?«

»Ben Niemeyer.«

Das war zu viel. Meine Welt ging unter. Lange waren wir ein Dreigestirn gewesen. Und beste Freunde: Josh, Mia und Ben. Und jetzt heirateten die beiden? Mir drehte sich der Magen um, und ich krächzte: »Du hattest gar nicht erzählt, dass die beiden zusammen sind.«

»Ihr habt ja praktisch keinen Kontakt mehr, seit du weggegangen bist. Ich wusste doch nicht, dass dich das so brennend interessiert.«

Ja, fuck! Das hätte ich nicht sagen sollen. Aber ich konnte nicht mehr klar denken. Die Nachricht hatte mich aus der Bahn geworfen. »Tut es auch nicht. Richte ihr alles Gute von mir aus. Wann ist es denn so weit?« Ich war froh, dass sie mich nicht sehen konnte. Eine Hand in die Bettdecke gekrallt, der Rücken stocksteif, saß ich da und wartete auf ihre Antwort.

»In drei Wochen. Sie heiraten am 20. November.«

Das versetzte mir einen weiteren Schlag in die Magengegend. An dem Tag hatte ich es versaut. Und sie würde auf den Tag genau zehn Jahre später Ben heiraten. Weil mir klar war, dass ich etwas sagen musste, fragte ich: »Und sonst so? Irgendwer schwanger?«

Keine Ahnung, was sie mir danach noch alles erzählt hat.

Ich weiß nur noch, dass ich die Jungs zusammengetrommelt habe und wir eine Tour durch die Bars auf St. Pauli gemacht haben.

Am nächsten Morgen bin ich in einem fremden Bett aufgewacht und habe mich heimlich rausgeschlichen. So was hatte ich seit Jahren nicht mehr gemacht. Ein Blick auf die Frau im Bett hat mich erst recht in Panik verfallen lassen. Brünett, mit halblangen Haaren, Herzgesicht und Kurven. Genau wie Mia. *Fuck!*

Und heute stehe ich vor dem Standesamt und habe ernsthaft vor, ihr die Hochzeit auszureden. Aber warum bewege ich mich dann nicht? Warum stehe ich hier wie festgefroren und starre die Tür an?

In diesem Moment schwingt sie auf, und Mia rennt in mich hinein. Noch schöner, als ich sie in Erinnerung habe. In einem weißen Kleid, mit einem Brautstrauß in der Hand. Und offensichtlich schwanger.

Vielleicht hätte ich meiner Mutter doch besser zuhören sollen.

»Entschuldigung«, murmelt Mia und will schon weitergehen, doch ich halte ihren Arm fest.

»Mia?«

Sie hebt den Blick. Ihre Augen weiten sich. »Josh?«

Ich nicke, und die Tränen in ihren Augen verschaffen mir einen unerwarteten Flashback. Ich habe sie schon einmal am Arm festgehalten, um sie am Gehen zu hindern. Damals hat es nicht funktioniert.

Ich lasse sie so abrupt los, als hätte ich mich verbrannt. Unsere Blicke treffen sich, und ich verstehe nicht, was passiert. Ich habe immer damit gerechnet, Hass und Verachtung in ihrem Blick zu finden, wenn wir uns wiedertreffen. Doch das ist es nicht, was ich sehe. Überraschung weicht sehr schnell Verwirrung, und darunter liegt etwas anderes. Etwas, was ich nie zu hoffen gewagt hätte: Sehnsucht.

Im nächsten Moment ist sie auch schon wieder weg. Sie läuft in Richtung Fußgängerampel, die genau in dem Moment auf Grün springt.

Meine Entscheidung fällt im Bruchteil einer Sekunde. Ich setze ihr nach. Sie biegt in Richtung Hauptbahnhof ab. Als sie den großen Platz erreicht, wendet sie sich nach rechts und bleibt nach wenigen Metern schwer atmend stehen. Das Standesamt ist von hier aus nicht mehr zu sehen. Sie legt eine Hand auf ihren Bauch und beugt sich leicht nach vorne.

Ich tue es ihr gleich und versuche, ihr in die Augen zu schauen. »Mia? Alles gut bei dir?«

Sie hebt den Kopf, und ihr Blick zerreißt mir das Herz. Dann passiert das Unfassbare: Sie wirft sich in meine Arme und beginnt hemmungslos zu weinen.

2. Mia 10 Jahre – 18 Jahre früher

Ein Umzug mit Folgen

Schlecht gelaunt klettere ich aus dem großen Umzugswagen und sehe mich nicht einmal um. Warum auch? Ist eh alles doof. Wenn es nach mir ginge, wären wir ganz bestimmt nicht umgezogen.

»Ist ja nur einen Ort weiter, Schätzchen«, haben meine Eltern gesagt. Ja, für sie ist es *nur einen Ort weiter*, für mich ist es ewig weit weg. Ich weiß ganz genau, dass Mama mich nicht immer fahren wird, wenn ich will. Auch wenn sie das gesagt hat.

Erwachsene sind so. Sie sagen, ich würde neue Freunde finden. Aber ich will keine neuen Freunde. Meine sind total in Ordnung! Klar, meine beste Freundin Sarah kommt auch in meine neue Klasse am Gymnasium. Aber es ist nicht mehr dasselbe. Normalerweise haben wir jeden Nachmittag damit verbracht, zusammen durch die Straßen oder die Felder hinter unserem Wohnblock zu ziehen. Jetzt werden wir uns nur noch in der Schule sehen. Oder dann, wenn ihre oder meine Mutter bereit ist, uns zu fahren. Oder wir müssen den Bus nehmen. Das ist doch alles Hundekacke!

»Na, Mia, freust du dich auf dein neues, großes Zimmer?« Mein Vater streicht mir übers Haar und schreit gleich darauf Befehle zu seinen Freunden, die beim Umzug helfen: »Nein, nicht die Kisten! Zuerst die Möbel!«

Meine Eltern interessiert nicht wirklich, wie es mir geht. Denn natürlich hat mich keiner gefragt, was ich will. Mich hat man vor vollendete Tatsachen gestellt.

Und jetzt bin ich hier, in diesem neuen Ort, in dieser neuen Straße, in der alles doof ist. Wenn ich mir die Häuser so anschaue, sieht es nicht aus, als ob hier andere Kinder wohnen.

Gerade als ich hinter dem LKW hervortrete, kommt ein Junge auf einem Fahrrad entlanggesaust und fährt mich fast über den Haufen. Ich kann im letzten Moment zurückspringen.

»Tut mir leid, hab dich nicht gesehen!«, ruft er, während er eine Vollbremsung hinlegt. Dann schiebt er das Rad zu mir zurück und mustert mich von oben bis unten. »Ziehst du hier ein?«

Ich nicke und starre zurück. Er ist ein wenig größer als ich, dünn, mit dunklen Locken und einem blassen Gesicht. Er trägt Jeans und ein Star-Wars-T-Shirt.

Grinsend zeige ich auf mein eigenes T-Shirt, auf dem Anakin Skywalker mit Rennbrille und Helm zu sehen ist. »Freust du dich auch schon auf ›Die Rache der Sith‹?«

»Ja klar!« Er strahlt übers ganze Gesicht. »Du auch? Obwohl du 'n Mädchen bist? Cool! Hast du ein Fahrrad? Ich wollte gerade zum Spielplatz und mich mit meinem besten Freund Ben treffen. Wenn du willst, kannst du mitkommen. Ich bin übrigens Josh.« Wie ein Erwachsener hält er mir die Hand hin.

Ich ergreife sie feierlich und sage: »Mia. Und ja, ich habe ein Fahrrad. Aber das ist noch irgendwo im Umzugswagen.«

Josh grinst übers ganze Gesicht. »Ach, macht nix. Du kannst bei mir mitfahren.«

Ich nicke eifrig und rufe meinem Vater zu: »Papa, ich bin mit Josh auf dem Spielplatz.« Dann wende ich mich wieder Josh zu. »Kann losgehen.«

»Moment, junge Dame!«, höre ich die Stimme meiner Mutter. »Wo ist denn dieser Spielplatz?«

War ja klar. Jetzt interessieren sie sich für mich. Da ich

keine Ahnung habe, wo der Spielplatz ist, zucke ich nur mit den Schultern. Josh kommt mir zur Hilfe: »Der ist ganz nah! Da die Straße lang und dann durch die kleine Gasse, die man von hier sehen kann. Hinter den Hecken ist der Spielplatz. Ben ist bestimmt auch schon da.«

Meine Mutter nickt lächelnd und fragt: »Und wer bist du, junger Mann?«

»Ich bin Josh Schreiber und wohne da vorne.« Er deutete auf das Haus direkt neben unserem. »Die Frau da im Garten ist meine Oma.«

»Deine Oma wohnt bei euch? Cool!« Meine Omas wohnen beide ziemlich weit weg.

»Ja klar! Oma und Opa wohnen im selben Haus wie wir. Deine nicht?«

Ich schüttle den Kopf, aber bevor ich antworten kann, sagt meine Mutter: »Ihr wartet hier, ich geh mich mal kurz vorstellen.«

Wozu das denn? Warum muss sie mit Joshs Oma reden, bevor wir endlich zum Spielplatz können? Ich werde Erwachsene nie verstehen.

»Ist Ben nett?«

»Ben ist total cool. Wir wollen Jedi spielen. Du hast Glück. Die nehmen auch Mädchen als Padawane.«

In diesem Moment kommt Mama zurück. »Alles klar. Viel Spaß ihr beiden!«

Das lassen wir uns nicht zweimal sagen und machen uns auf den Weg. Josh erzählt, dass er nächstes Jahr in die sechste Klasse kommt. Er geht aufs Gutenberg-Gymnasium. »Oh, da komme ich auch nach den Ferien hin. Aber erst in die Fünfte.«

Er lacht. »Macht doch nix. Dann kann ich dir alles zeigen. Ben ist auch da. Er ist in meiner Klasse. Er wohnt auch hier, aber auf der anderen Seite vom Spielplatz. Er hat eine Sammlung. Alles, was es von Star Wars gibt. Und er hat eine Playstation 2! Und einen Pool im Haus. Seine Eltern sind ziemlich reich.« Seine Ohren werden rot. »Also, wir sind nicht arm, aber gegen ihn … Und ihr?«

»Geht so. Ich bekomme keine Star-Wars-Sachen, weil ich ein Mädchen bin. Ich krieg immer nur Puppen. Die haben keine Ahnung, was ich wirklich mag. Das T-Shirt habe ich von meiner Oma.«

»Eltern halt. Hier sind wir!« Josh öffnet eine kleine Tür in den Hecken, und vor mir breitet sich das Paradies aus. Ein richtiger Abenteuerspielplatz! Dort gibt es Gebüsche, eine Wasserpumpe mit Kanälen, einen Turm, eine Hängebrücke, mehrere Rutschen und Schaukeln, sowie eine Rakete, in der man ganz weit nach oben klettern kann. So einen genialen Spielplatz hatten wir in meinem alten Wohnort nicht.

Josh stellt sein Fahrrad gegen die Büsche und deutet auf einen blonden Haarschopf, der im Turm zu sehen ist. »Da ist Ben. Komm mit!« Dann rennt er los. Ich folge ihm die steile Kletterwand zum Turm empor und höre ihn sagen: »Ben, ich habe das coolste Mädchen der Welt getroffen. Sie wohnt jetzt in meiner Straße, und sie ist auch Star-Wars-Fan! Das ist Mia.« Bei seinem letzten Satz strecke ich den Kopf durch die Luke und ziehe mich rein.

»Hi, Mia! Ich bin Ben.« Er hebt die Hand zum Gruß. Ben ist nicht ganz so dünn wie Josh und trägt die blonden Haare in der Mitte zu einem kurzen Iro gestylt.

Wir spielen den ganzen Nachmittag. Erkunden Planeten, retten Welten und fechten legendäre Kämpfe mit Lichtschwertern aus. Als es dunkel wird, setzen wir uns noch einmal im Turm zusammen und legen verschwörerisch die Hände übereinander. »Freunde für immer!«, sagt Josh.

»Freunde für immer!«, wiederholen Ben und ich ehrfürchtig. Vielleicht ist es ja doch gar nicht so doof, hierherzuziehen.

3. Josh – Gegenwart

Wenn Musik Erinnerungen weckt

Keine Ahnung, wie ich damit umgehen soll. Ich halte Mia in meinen Armen, und das ist genau das, was ich wollte. Allerdings weint sie.

Vorsichtig lege ich einen Arm um ihre Schultern und ziehe sie ein wenig fester an mich. Sie riecht noch genau wie früher. Nach Pfirsichen.

Was soll ich sagen? Vielleicht fragen, warum sie heulend aus dem Standesamt gerannt kommt?

Sie nimmt mir die Entscheidung ab, denn sie löst sich von mir und sagt: »Vielleicht bin ich ja komplett wahnsinnig … aber … bringst du mich hier weg? Ich will nicht mit Ben sprechen. Ich kann nicht.«

Das will ich auch nicht. Denn egal, aus welchem Grund sie Ben hat stehen lassen, es hat sie hierher zu mir geführt. Also nutze ich meine Chance. »Mein Auto ist dahinten im Parkhaus. Wenn du willst …«

Sie lässt mich nicht ausreden. »Gehen wir!« Allerdings bewegt sie sich nicht vom Fleck und hebt den Zeigefinger der rechten Hand. »Eins möchte ich allerdings klarstellen. Ich habe dir nicht verziehen und bin immer noch sauer auf dich. Aber du bist meine beste Option, also gehe ich mit dir.«

Und schon läuft sie in die von mir gezeigte Richtung.

Scheiße! Für einen Moment bin ich sprachlos. Doch ich fange mich schnell und folge ihr. Ich muss nehmen, was ich kriegen kann. Wir geben mit Sicherheit ein komisches Bild ab. Sie, verheult in ihrem Brautkleid, und ziemlich schwanger. Ich in Jeans, T-Shirt und Lederjacke. Wir ernten einige skeptische Blicke, aber das ist mir egal. Ich kann nicht verhindern, dass sich ein Grinsen auf meinem Gesicht ausbreitet. Mia hat Ben nicht geheiratet.

Mein Blick bleibt an ihrem Brautkleid hängen, gleitet über ihren Körper. Diese Rundungen haben es mir schon immer angetan. Die Schwangerschaft lässt sie strahlen. Ich schlucke, als ich den herzförmigen Ausschnitt des Kleides sehe. Wie geschaffen, um ihre Brüste zu betonen. Perfekt. Das war der Ausdruck, den ich schon immer mit Mia verbunden habe. Das einzig Perfekte in meinem Leben. *Das du mit Füßen getreten hast.*

Am liebsten möchte ich meine innere Stimme erwürgen. Aber es stimmt. Ich habe alles versaut und sie aus meinem Leben geschmissen. Vielleicht ergibt sich jetzt die Chance, es wiedergutzumachen. Es besser zu machen.

Wir sind am Parkhaus angekommen, und ich übernehme die Führung. Mein Dacia steht ziemlich nah am Eingang. Mia mustert ihn und lächelt.

Das lässt mein Herz rasen und die Endorphine in meinem Körper Walzer tanzen. Wie habe ich mir nur einreden können, dass sie mir nichts mehr bedeutet?

»Du machst dir immer noch nichts aus Autos?« Bei ihr klingt das, als sei es etwas Gutes. Meine Freunde lachen immer über mich, weil es stimmt, was sie sagt. Ein Auto soll mich von A nach B bringen und das möglichst sicher und kostengünstig.

»Stimmt«, sage ich und klopfe auf das Autodach. »Steig ein.«

Sie folgt meiner Anweisung, wenn auch etwas schwerfällig. Soll ich sie fragen, ob Ben der Vater ist? Damit wäre dann endgültig geklärt, ob er wirklich auf Frauen steht.

Aber irgendwie denke ich, dass mir das nicht zusteht. Genau genommen sollte ich nicht mal hier sein, wie sie selbst gesagt hat. Sie hat mir nicht verziehen.

Allerdings hat sie auch gesagt, ich solle sie wegbringen. *Ihre beste Option.* Ob wir darüber reden, was vor zehn Jahren passiert ist? Was ich ihr angetan habe. Nicht, wenn sie es nicht anspricht.

Schweigend starte ich den Wagen. Auch sie sagt nichts. Immerhin hat sie aufgehört zu weinen. »Hast du ein bestimmtes Ziel im Sinn?«, frage ich, um die Stille zu vertreiben. Und um nicht ständig an ihr Gesicht zu denken, als sie damals gegangen ist. So ein Scheiß! Wie kann es sein, dass ich jahrelang damit klarkomme und jetzt auf einmal völlig durchdrehe?

»Fahr einfach weg von hier.«

Ich schaue kurz zu ihr, und da habe ich meine Antwort. Weil ich sie mit Gewalt aus meinem Leben und meinem Denken verdrängt habe. Selbst zur Beerdigung meiner Großmutter bin ich erst gekommen, als ich sicher war, dass sie nicht da sein würde. Schnell schiebe ich diesen Gedanken beiseite. *Bleib in der Gegenwart, Josh. Lass die Vergangenheit ruhen. Das kannst du gut.* Ja, das kann ich. Also gut, wohin soll ich mit ihr fahren?

Die Antwort ist leicht: zur Farm meines Onkels. Dort haben wir als Kinder und Jugendliche viele schöne Stunden verbracht.

Okay, ich gebe zu, das mit dem *die Vergangenheit ausblenden* funktioniert wohl doch nicht ganz so gut, aber ich bin sicher, dass es der richtige Ort ist.

Als ich auf die A 60 Richtung Bingen fahre, schaut Mia kurz auf, lächelt und senkt dann wieder den Blick.

»Soll ich Musik anmachen?« Das vertreibt wenigstens die Stille ein wenig. Sobald ich nach Mainz gekommen war – in eine Umgebung, die mit Mia zusammenhing –, hatte ich keine Musik mehr hören können. Jedes Lied klang nach ihr und rief Erinnerungen wach, die ich vergessen wollte.

»Klar, warum nicht.« Wieder hebt sie den Kopf. Ihre Augen sind immer noch tränenverschmiert.

Besser schnell wegschauen. Ich stelle das Radio an und erstarre bei den Klängen. *How You Remind Me* von *Nickelback.* Von allen Liedern muss es ausgerechnet das sein.

»Ernsthaft? Das ist Absicht, oder?« Ich kann nicht einschätzen, ob sie amüsiert oder sauer ist.

»Nein, ehrlich!« Ich deute auf die Anzeige des Radios. »Das ist SWR 3. Ich bin völlig unschuldig.«

Sie nickt und murmelt: »Dann ist es ein Zeichen, und ich bin genau da, wo ich sein soll.«

Bam! Volltreffer. Mein Herz sackt mir in die Hose, nur um im nächsten Moment in Höhen zu fliegen, von denen ich längst vergessen hatte, dass es sie gibt.

»Erinnerst du dich an den Abend?« Klingt da Wehmut in ihrer Stimme mit?

»Wie könnte ich den vergessen?« Ob sie das Zittern hört? »Da habe ich dir gesagt, wie sehr ich dich liebe.« Es schmerzt, aber irgendwie tut es auch gut, das auszusprechen. »Und ich habe es genau so gemeint.« Vielleicht nicht klug, das jetzt zu sagen, aber ich will, dass sie es weiß.

»Ich habe dir geglaubt.« In jeder Silbe klingt ein *Aber* mit. Das tut weh. Denkt sie, ich hätte sie belogen? Habe ich nicht. Ich schaue kurz zu ihr rüber, doch sie hat den Blick aus dem Fenster gerichtet.

Bingen liegt inzwischen hinter uns. Die Musik im Radio ist unverfänglich, und ich zermartere mir das Hirn, was ich sagen soll.

»Fahren wir zu den Alpakas?« Ich kann an ihrer Stimme nicht erkennen, ob sie das gut oder schlecht findet.

»Ja«, antworte ich deshalb.

»Nicht der schlechteste Ort, um zu reden.«

Puh, Glück gehabt. Trotzdem frage ich: »Willst du denn reden?«

Endlich dreht sie den Kopf zu mir, und ihr Gesicht zeigt diesen Blick, den ich so gut von ihr kenne. Unglaube und Belustigung. Sie sieht an sich hinunter, legt eine Hand auf ihren Bauch und sagt: »Besser spät als nie, oder?«

4. Mia 16 Jahre – 12 Jahre früher

Der erste Kuss oder: Das geht besser

Heute ist mein sechzehnter Geburtstag und er war bisher totaler Mist! Alles ist schiefgelaufen. Eigentlich hätte es der beste Tag meines Lebens werden sollen. Ich hatte alles so gut geplant. Sogar zwei Mädels für Ben und Josh hatte ich eingeladen. Clara und Lisa. Die sind in meiner Stufe und fahren total auf Ben und Josh ab, weil sie bereits älter sind. Soll mir egal sein. Sie haben ihren Zweck erfüllt. Die Jungs waren so mit Knutschen beschäftigt, dass sie mich gar nicht weiter beachtet haben.

Ich finde es ja toll, dass sie sich wie zwei große Brüder benehmen, aber manchmal kann das echt nervig sein. Kein Junge traut sich auch nur in meine Nähe! Es muss nur ein Kerl in meine Richtung schielen, und schon steht einer der beiden da und mustert ihn grimmig. Solange ich die Typen loswerden will, ist das ja auch praktisch. Aber Dennis wollte ich nicht loswerden. Dennis ist der süßeste Junge in meiner Stufe, und ich wollte ihn unbedingt küssen. Kann doch nicht sein, dass ich in die Oberstufe komme und noch nie einen Jungen geküsst habe.

Als ich das gegenüber Josh erwähnte, hat er mich merkwürdig angeschaut und gesagt, dass er mich ja küssen könnte. Aber das wäre nicht dasselbe. Ich will, dass ein Junge mich küsst, weil er mich toll findet, und nicht, weil er Mitleid mit mir hat.

Auf jeden Fall hatte ich für alles gesorgt: Ablenkung für meine Beschützer, ein wenig Alkohol für die Stimmung und schummriges Licht. Es war kurz nach Mitternacht, als ich mich neben Dennis in einen der großen Sitzsäcke fallen ließ. Ich hatte zwei Bier getrunken, war also nicht betrunken, aber locker genug, um zum Angriff überzugehen.

»Hi«, sagte ich und lehnte mich ein wenig näher zu ihm, um gegen die Musik anzuschreien.

Er nickte zum Gruß.

»Gefällt dir die Party?«

Er grinste und nickte im Takt der Musik mit dem Kopf.

Ich lehnte mich noch ein wenig weiter zu ihm, sodass mein Top die Rundungen meiner Brüste freigab. »Vielleicht hast du ja Lust, mit mir zu tanzen?«

Seine Augen saugten sich an meinem Busen fest. Gut. Den Tipp hat Josh mir gegeben, wenn auch unfreiwillig. Er hat erwähnt, wie sehr ihn dicke Titten anmachen. Okay, da war er ziemlich bekifft gewesen, aber ich habe ihn danach beobachtet. Er starrt ständig auf die Brüste von Mädchen.

Und Dennis gefiel offensichtlich auch, was er sah. Er streckte seine Hand aus und zog mich an der Hüfte auf seinen Schoß. Ich konnte mein Glück kaum fassen. Das war einfacher als gedacht. Ich würde tatsächlich meinen allerersten Kuss bekommen. Und das von meinem Traummann.

Er richtete sich in dem Sitzsack auf, und seine Lippen klatschten auf meine. Es tat ein wenig weh, aber in Filmen sah das auch immer so aus. Seine Zunge suchte sich rücksichtslos und nass ihren Weg in meinen Mund. Das hatte ich mir definitiv romantischer vorgestellt. Ich versuchte, mich von ihm zu lösen, aber er hielt mich fest. Als ich gerade zu lautem Protest ansetzen wollte, ließ er von mir ab, und im nächsten Moment ergoss sich ein Schwall Kotze auf mein Dekolleté, verfing sich in meinen Haaren und tropfte überall herunter. Jetzt schrie ich wirklich.

Dennis sackte nur zurück, grinste dümmlich und lallte: »Tut mir leid, Melli!«

Scheiße! Melli war seine Ex und gar nicht hier. Der Kerl war hackedicht. Ich blickte mich um. Es sah jedoch nicht so aus, als ob jemand mitbekommen hätte, was passiert war. Wenigstens etwas. Meine Eltern würden zwar morgen einen Anfall bekommen, wenn sie die Kotze sahen, aber die konnte ich ja noch wegwischen. Jetzt musste ich mich erstmal selbst von dem Zeug befreien.

Und so stehe ich hier im Bad, nur in Jeans und BH, und versuche, die Kotze aus Klamotten und Haaren zu wischen.

»Mia, bist du da drin?«

Scheiße, das ist Josh. »Ja, komme gleich!«

»Ist alles in Ordnung bei dir? Ich habe gesehen, wie … was passiert ist. Kann ich dir irgendwie helfen?«

Er hat es gesehen? Steckte seine Zunge nicht bis zum Anschlag in Lisas Hals? »Äh, kannst du mir vielleicht ein frisches Shirt bringen? Ich fürchte, meins ist ruiniert.«

»Okay.« Schritte entfernen sich, und ich halte einfach meinen ganzen Kopf unter den Wasserhahn und wasche mir schnell die Haare. Als ich mir gerade das Handtuch umwickle, klopft es wieder. »Moment.«

»Geht es dir gut, Mia?« Das ist nicht Josh, sondern Sarah. Unsere Freundschaft hat den Umzug tatsächlich überdauert.

»Ja, alles gut. Feier weiter. Josh bringt mir schon ein neues Shirt.«

»Okay. Aber wenn du reden willst oder ich dem Arsch eine Abreibung verpassen soll …«

»Sag ich dir Bescheid, danke.« Warum glauben eigentlich alle, dass ich nicht selbst auf mich aufpassen könnte? Ich bin sechzehn und durchaus in der Lage, für mich und meine Bedürfnisse einzustehen. Und auch, um Fehler zu machen und sie danach wieder auszubügeln.

»Hey, Sarah.« Josh ist zurück.

»Hey, Josh. Kümmere dich gut um sie, ja?«

»Immer doch.« Er klopft zweimal. »Dein Shirt!«

Ich öffne die Tür einen Spaltbreit und strecke die Hand raus. Er reicht es mir, und so schnell ich kann, stoße ich die Tür wieder zu. Kopfschüttelnd ziehe ich mir das Shirt über. Es ist ein einfaches schwarzes T-Shirt ohne Aufdruck. Wo in meinem Schrank hat er das denn bitte gefunden? Egal, Hauptsache ich habe etwas an. Denn ich vermute mal, dass er so schnell nicht wieder gehen wird.

»Kann ich jetzt reinkommen?«

Ich wusste es! »Klar, die Tür ist offen.«

Er betritt das Bad und mustert mich kritisch. »Soll ich dem Typen eine reinhauen?«

»Nein!« Ich greife nach Joshs Hand, um ihn davon abzuhalten. »Ist ja nichts passiert.«

»Der Arsch hat dich vollgekotzt. Das ist nicht ›nichts‹.«

»Aber ich war selbst dran schuld. Ich habe nicht mitbekommen, dass er besoffen ist. Sonst hätte ich doch nie …« Ich beiße mir auf die Lippen und grinse in der Hoffnung, dass er es gut sein lässt. Lässt er natürlich nicht.

»Du hast das absichtlich gemacht? Du weißt aber schon, dass der Kerl alles vögelt, was nicht bei drei auf dem Baum ist, oder?«

»Also genau wie du?«, kann ich mir nicht verkneifen.

Er grinst. »Im Gegensatz zu ihm sage ich immer schon vorher, dass ich nur Sex will, weil mein Herz schon einer anderen gehört.«

Das ist ja mal ganz was Neues. »Ach, dein Herz gehört also schon jemandem? Kenne ich sie?«

Sein Grinsen wird breiter. »Sie steht vor mir und sieht selbst mit diesem Handtuch auf dem Kopf umwerfend aus.«

»Blödmann.« Ich werfe das Handtuch nach ihm.

Er fängt es. »Alle wissen das. Du bist die einzige Frau in meinem Leben.«

»Alle wissen, dass du ihnen den Kopf abreißen würdest, wenn sie mir zu nahe kommen. Aber das heißt nicht, dass wir jemals ein Paar werden.« Ich runzle die Stirn. »Wieso hast du überhaupt gesehen, was passiert ist? Hast du nicht mit Lisa rumgeknutscht?«

Er macht eine wegwerfende Handbewegung. »Mir war klar, dass du irgendwas vorhast. Sonst hättest du die nie eingeladen. Lisa für mich und Clara für Ben, stimmt's?«

»War das so offensichtlich?« So ein Mist. Manchmal ist es ein Fluch, dass wir uns so gut kennen.

»Ziemlich.« Er lehnt lässig an der Badtür und mustert mich von oben bis unten. »Das war dein erster Kuss, oder?«

Klar, dass ich jetzt rot werde. »Und wenn?«

»Nicht ablenken. Seit wir darüber geredet haben, hat dich keiner geküsst, oder?«

Sein Blick irritiert mich. So ernst und intensiv. So schaut er selten. Josh ist eigentlich immer pure Energie. Nie um einen Witz verlegen, immer auf dem Sprung. Aber jetzt? Mir wird auf einmal ganz flau im Magen, und ich unterbreche den Blickkontakt. Die ganze Situation ist komisch.

»Ich küsse dich!«

Ruckartig hebe ich den Kopf und starre ihn an. Das kann doch nicht sein Ernst sein? »Hatten wir diese Diskussion nicht schon?«

»Doch, aber sie ist zu keinem befriedigenden Ende gekommen.«

»Für mich schon. Ich habe ›Nein‹ gesagt. Ende.«

Er kneift die Lippen zu einem dünnen Strich zusammen und schüttelt den Kopf. »Du weißt, dass ich gut küssen kann. Alle sagen das.«

»Ja, genau da liegt das Problem. *Alle!*« Ich betone das letzte Wort und hebe die Hände. »Ich will keinen Kuss aus Mitleid. Geh raus und mach bei Lisa weiter, wo du aufgehört hast.«

»Und wenn ich das nicht will? Wenn ich lieber dich küssen will?« Er kommt näher, und ich weiche zurück. Doch nach zwei Schritten stoße ich bereits an die Duschkabine.

»Dann …« Ich breche ab und schaue ihm in die Augen. Waren da schon immer diese grünen Sprenkel in dem Braun? Sein Aftershave steigt mir in die Nase. Ich kenne den Geruch gut, aber normalerweise sorgt er nicht dafür, dass mein Herzschlag sich beschleunigt. Er will das mit dem Kuss tatsächlich durchziehen. Warum? Plötzlich habe ich eine Eingebung. »Josh, du bist high, oder? Was hast du genommen?« Wäre nicht das erste Mal, dass er irgendwas genommen hat und auf merkwürdige Ideen kommt. Seit dem Tod seines Vaters übertreibt er es gerne mal ein wenig.

»Gar nichts. Ich bin so nüchtern wie du.« Sein Gesicht ist nur noch wenige Zentimeter von meinem entfernt. Unsere Nasenspitzen berühren sich fast. »Und jetzt hör auf zu reden und genieß es einfach.«

Seine Lippen treffen meine, und ich rechne damit, dass es wieder nass und eklig wird. Aber das ist es nicht. Seine Lippen sind trocken und warm. Sie üben einen sanften Druck aus, und ein Schauer durchläuft mich. Er verstärkt den Druck, und seine Unterlippe schiebt sich zwischen meine. Ohne zu wissen, was ich tue, schlinge ich die Arme um Josh und ziehe ihn näher an mich. Auch er hält mich jetzt fest. Daran ist gar nichts eklig. Es ist pure Magie. So hatte ich mir das mit dem Küssen vorgestellt. Seine Zunge erkundet meinen Mund, und ich höre auf zu denken. Ich weiß, dass ich das beenden sollte, aber ich kann nicht. Das flaue Gefühl im Magen ist etwas anderem gewichen. Etwas Warmem, Leichtem. Und es schlägt Purzelbäume in meinem Unterleib. In mir entsteht eine Sehnsucht, die alles andere verdrängt. Hätte ich geahnt, dass es so sein würde, hätte ich sein Angebot schon vor Wochen angenommen. Wie lange stehen wir schon hier? Sekunden? Minuten? Stunden? Ich weiß nur, dass ich nicht will, dass es aufhört.

Aber er löst sich von mir und legt schwer atmend seine Stirn an meine. Die Augen noch immer geschlossen, murmelt er: »Jetzt weißt du, wie ein Kuss sich anfühlen sollte.« Dann dreht er sich seelenruhig um und lässt mich alleine im Bad stehen.

5. Josh – Gegenwart

Ein Pfad in die Vergangenheit

Mühelos finde ich den schmalen Weg zur Farm meines Onkels. Nach wenigen Metern passieren wir den großen Holzbogen, der verkündet, dass man die *Alpaka-Trail-Farm* erreicht hat. Direkt daran schließt ein großer Parkplatz an. Er ist menschenleer. Ich lasse ihn links liegen und fahre zum Haus. Dort stoppe ich den Wagen und schaue zu Mia hinüber.

Sie sieht aus dem Fenster zum Gebäude. »Ich war seit Jahren nicht mehr hier.« Höre ich da Melancholie aus ihrer Stimme? Erinnert sie sich? Ich muss zugeben, dass ich es manchmal tue. Meist, wenn ich gesoffen hatte und nicht mehr ganz nüchtern alleine ins Bett gefallen bin. Aus diesem Grund war ich mit zu vielen Frauen im Bett. Alleine sein hat mich wahnsinnig gemacht. Aber auch das habe ich irgendwann aufgegeben. Genau wie die Drogen und das Saufen. Aber manchmal …

»Ich habe mich oft gefragt, ob es die Farm noch gibt«, unterbricht sie meine trüben Gedanken. »Mich aber nicht getraut herzukommen.«

Ich blinzele mehrmals, um mich wieder im Hier und Jetzt zu verankern. Sie hat sich nicht getraut. Warum? Ich frage nicht, weil ich es eigentlich weiß: zu viele Erinnerungen. An mich. Drei Sommer waren wir in den Ferien zum Arbeiten hier. Nur sie und ich. Ben war mit seinen Eltern in der ganzen Welt unterwegs gewesen, und die Sommerferien hatten nur uns gehört. Und den Alpakas. Um das Schweigen nicht unangenehm werden zu lassen, frage ich: »Wollen wir aussteigen oder im Auto bleiben?«

Sie sieht an sich hinab. »Ich würde gerne aussteigen. Aber in dem Kleid …«

»Dann lass uns reingehen. Karin gibt dir sicher was zum Anziehen.« Ihr Lachen macht den grauen Novembertag heller. »Ich meine das ernst«, sage ich mit einem Grinsen. Keine Ahnung, wo das auf einmal herkommt. Aber es fühlt sich richtig an.

»So hast du mir immer am besten gefallen.« Sie seufzt und streichelt sanft über ihren Bauch. »Weißt du, dass ich oft an dieses Grinsen denken musste?«

Nein, wusste ich nicht. Woher auch? »Ich dachte, du denkst gar nicht an mich. Oder wenn, dann nur an das Ende und …«

»Mach es nicht kaputt, Josh.« Jetzt glitzern Tränen in ihren Augen. *Shit!* Ich wollte sie nie wieder weinen sehen.

»Mia, ich …«

»Vergiss es. Lass uns reingehen. Ich würde so gerne die Tiere sehen.«

Ich mache alles, wenn sie nur aufhört, zu weinen. Ihre Tränen haben mich in meinen Träumen verfolgt. Wochenlang, ach was sage ich, monatelang. Und manchmal noch heute. Also öffne ich die Tür. »Warte hier. Ich suche meinen Onkel oder meine Tante, und dann kannst du direkt ins Warme.«

Draußen nieselt es, und ich versuche mein Glück zuerst an der Haustür. Direkt nach dem ersten Klingeln öffnet meine Tante und sieht mich für einen Moment mit großen Augen an. Dann lächelt sie und zieht mich in eine Umarmung. »Josh! Was für eine Überraschung.« Sie lässt mich los und mustert mich von oben bis unten. »Gut siehst du aus! Komm doch rein und …«

»Mia sitzt im Auto.« Ich deute hinter mich und lächle verlegen. »Sie ist …«

»Aber warum lässt du sie im Auto sitzen? Sie soll reinkommen!« Und schon schiebt mich Karin zur Seite.

Ich bekomme sie gerade noch am Arm zu fassen. »Sie ist schwanger und wollte heute Morgen Ben heiraten«, sprudelt es aus mir heraus. »Hat sie aber nicht. Deshalb habe ich sie hergebracht. Kannst du ihr was zum Anziehen geben und uns dann zu den Hengsten lassen? Ich glaube, das wird sie ein wenig trösten.«

Karin hält inne und sieht mich mit diesem Blick an, den sie schon immer draufhatte: als hätte sie mich bei etwas Verbotenem erwischt. Dann nickt sie. »Das zwischen euch beiden war immer speziell«, ist alles, was sie sagt. So war sie schon immer. Nie aufdringlich, aber immer da, wenn ich sie brauchte. Ich drücke kurz ihre Hand und lächle sie an. Dann gehe ich zurück zum Auto und öffne Mia die Tür. »Komm. Karin sucht dir Kleider raus, dann können wir die Hengste besuchen.« Ihr Lächeln vertreibt den Nieselregen und die Kälte in meinem Herzen. Karin hat recht. Unsere Verbindung war besonders. Und wenn mich nicht alles täuscht, ist noch ein Funken davon vorhanden.

»Danke.« Schwerfällig rafft Mia den Rock ihres Kleides, und ich frage mich, wie weit die Schwangerschaft fortgeschritten ist. So, wie sie sich bewegt, würde ich sagen ziemlich weit. Ich habe die letzten Jahre im Job häufiger mit schwangeren Frauen zu tun gehabt und bin sicher, dass sie mindestens im achten Monat ist. Vielleicht noch weiter. Das bis zu den Knien enge Brautkleid betont jede ihrer wundervollen Kurven und spannt sich eng um den Bauch. Kurz oberhalb der Knie bauscht es sich bis zum Boden in mehreren Lagen Tüll auf, die sie jetzt versucht, nach oben zu halten. Das gelingt ihr auch ganz gut, aber ich kann sehen, wie sich ihre Gesichtszüge entspannen, sobald sie im Hausflur steht und sich wieder gerade aufrichten kann.

Dort wird sie erst einmal von Karin umarmt. »Lass dich anschauen, Mia. Es ist viel zu lange her.«

»Vielen Dank. Es ist schön, wieder hier zu sein.«

Karin winkt mich rein. »Josh, geh in die Küche und mach dich nützlich. Koch Kaffee, dann könnt ihr eine Kanne mit auf die Weide nehmen. Marc ist eh gerade dort und bereitet die Fütterung vor. Er freut sich bestimmt über etwas Warmes.« Das ist meine Tante. Sie stellt keine Fragen und denkt immer praktisch. Jeder wird sofort willkommen geheißen und eingespannt.

In der Küche angekommen, konzentriere ich mich auf meine Aufgabe. Das Kaffeepulver steht schon bereit, und ich muss die Maschine nur noch befüllen. Nach zwei Minuten habe ich also nichts mehr zu tun, und meine Gedanken beginnen zu wandern. Zu unserem ersten Sommer hier. Es war kurz nach Mias sechzehntem Geburtstag und diesem Kuss, der mir nicht mehr aus dem Kopf ging. Zwei Wochen lebten und arbeiteten wir hier. Sie hatte immer eine enge Beziehung zu den Tieren. Besonders zu den Hengsten. Sie meinte, die seien nicht so zickig wie die Stuten. Selbst bei Tieren bevorzugte sie immer die Gesellschaft von Männern.

Ich erinnere mich, wie ich jeden Tag darauf hoffte, sie würde den Kuss zur Sprache bringen und mir gestehen, dass es ihr ging wie mir. Aber sie sagte nichts, und unsere Beziehung wurde schnell wieder so, wie sie vorher gewesen war. Eine innige Freundschaft, nicht mehr.

Der Kaffee ist durchgelaufen und bringt mich in die Gegenwart zurück. Die Thermoskanne steht bereits da, und ich fülle ihn ein. Ich schraube gerade den Deckel drauf, als ich Karin und Mia zurückkommen höre.

Mias Anblick verschlägt mir den Atem. Sie trägt eine dunkle Jogginghose, die an den Hüften sehr eng sitzt, und ein rotes Holzfällerhemd, das an den Brüsten spannt und über ihrem Bauch geöffnet ist. Darunter zeigt sich ein graues Shirt, das sich über den Bauch spannt. Nicht besser als das sexy Brautkleid. Aber eigentlich ist egal, was sie trägt. Ich finde sie immer heiß. Daran kann ich nichts ändern, und mich selbst anzulügen bringt auch nichts. Das habe ich zehn Jahre lang gemacht. Jetzt ist Schluss damit. Weil ich ihr das natürlich nicht sagen kann und meine Tante schon wieder diesen wissenden Blick aufgesetzt hat, nehme ich die Thermoskanne und deute Richtung Hintertür: »Die Weide ist immer noch hinter dem Wäldchen?«

»Ja, alles wie gehabt. Gummistiefel stehen hinterm Haus. Sucht euch passende raus. Bei dem Wetter braucht ihr sie.«

Ich schaue auf unsere Füße und muss ihr recht geben. Mia trägt nur dicke Socken, aber ihre Hochzeitsschuhe sind sicher nicht geeignet. Genauso wenig wie meine Chucks.

»Ihr kennt euch ja aus.« Karin macht eine scheuchende Handbewegung. »Geht jetzt, und wenn ihr wiederkommt, wartet frischer Apfelkuchen auf euch.« Ich sage ja, sie ist ein Schatz.

Ich küsse sie auf die Wange, und dann machen Mia und ich uns auf den Weg zur Weide. Es ist ein Fußweg von gut zehn Minuten durch einen kleinen Hain. Jetzt im Spätherbst sind fast alle Bäume kahl, und wir laufen durch die bunten Blätter. Dank des leichten Regens riecht es angenehm erdig, und ich sauge die feuchte Luft tief in meine Lungen. Mia scheint ganz in Gedanken versunken und streicht sich immer wieder über den Bauch. Ich bin sicher, dass das keine bewusste Geste ist.

Mit allem Mut, den ich aufbringen kann, frage ich: »Was ist jetzt mit dir und Ben?«

Langsam, als würde sie aus einer Trance erwachen, dreht sie den Kopf zu mir und blinzelt mehrmals.

»Ben wird das verstehen. Ich meine, er wollte ja eigentlich

auch nicht heiraten und sollte einsehen, dass es so das Beste ist.«

Wie jetzt? Ben wollte sie nicht heiraten? »Das Beste?«

»Wie soll ich das erklären?« Sie seufzt und dreht sich ein wenig mehr zu mir, während sie weiterläuft.

Ich schaue auf die kahlen Bäume, um sie nicht anschauen zu müssen. Keine gute Idee. Denn mein Blick fällt auf eine kleine Laube. Im Sommer liegt sie wunderbar versteckt zwischen den Bäumen. Sie ist mit Blaureben umwachsen und in unserem letzten gemeinsamen Sommer haben Mia und ich dort einige Nächte gemeinsam verbracht. Heiße Nächte. Da waren wir bereits ein Paar, und mein Onkel und meine Tante haben uns diese Laube als Rückzugsort nutzen lassen. Jetzt sieht sie verlassen, heruntergekommen und traurig aus. Genau wie unsere Beziehung. Dennoch kann ich nicht aufhören, an die Nächte dort zu denken. Auch jetzt drängen die Bilder in meinen Kopf und …

»Josh?«

Ich schließe die Augen und atme mehrmals tief durch. Als ich sie wieder öffne, ist ihr Blick ebenfalls auf die Laube gerichtet, und sie scheint meine Gedanken zu ahnen, denn sie sagt kichernd: »Du verstehst, dass mir danach nicht der Sinn steht?« Sie sieht auf ihren Bauch, und ich spüre, wie ich rot werde.

Das hat sie schon immer gut gekonnt. Situationen entschärfen und dafür sorgen, dass ich mich wie ein Idiot fühle. »Jaaaa«, antworte ich also gedehnt. »Vielleicht war es doch keine so gute Idee, hierherzufahren.«

»Die Idee war großartig. Ich habe in den letzten Wochen viel an dich gedacht und über dich gesprochen.«

»Wirklich?« Ich bin nicht sicher, ob mir das gefällt.

Sie verzieht missbilligend das Gesicht. »Ben und ich wollten heiraten. Natürlich haben wir auch über dich geredet.«

»Ich will lieber nicht wissen, was ihr zu sagen hattet. Sicher nichts Schmeichelhaftes.« Ben hat mir nach der Sache mit Mia die Freundschaft gekündigt. Und ich war noch froh darüber. Er hätte mich zu sehr an sie erinnert. Mit einem Seufzer streiche ich mir übers Gesicht und murmele: »Ich war so ein Arsch.«

»Absolut. Aber heute geht es nicht um dich, sondern um mich.«

Das sind völlig neue Töne. Mia war nie auf den Mund gefallen, doch es fiel ihr oft schwer, zu formulieren, was sie wollte. Sie hat viel zu oft für mich und Ben zurückgesteckt. Irgendwie beruhigt es mich, dass sie das abgelegt hat.

»Überrascht?«

Allerdings. »Ein wenig. Gefällt mir aber.« Ich versuche es mit einem Lächeln. Wenn ich ihren Blick sehe, kommt es an. »Du und Ben. Dann erzähl mal.«

6. Mia 18 Jahre – 10 Jahre früher, Mai

Der Spielplatz und die Schaukel

»Warum könnte man Ammoniak als Säure bezeichnen?«

Josh schaut mich mit großen Augen an und stöhnt. Dann lässt er sich demonstrativ auf seinem Bett zurückfallen. »Können wir es für heute gut sein lassen? Wenn du mir noch eine Frage stellst, explodiert mein Kopf.«

»Aber wir sind noch nicht durch.« Ich deute auf den Stapel Karteikarten in meiner Hand.

»Was ich bis jetzt nicht weiß, bekomme ich eh nicht mehr in mein Hirn.«

»Blödsinn! Du musst nur … Ahhh!« Blitzschnell richtet er sich wieder auf, gibt dem Schreibtischstuhl, auf dem ich sitze, einen Schubs, und ich drehe mich zweimal im Kreis.

»Ich muss heute gar nichts mehr«, sagt er und streckt mir die Hand entgegen. »Wir beide machen jetzt einen Spaziergang.«

»Aber die Fragen …«

»Die N-H-Bindung ist polar, das H-Atom trägt damit eine positive Partialladung, also ist eine heterolytische Abspaltung eines Protons möglich. Deshalb kann Ammoniak als Brönsted-Säure fungieren. Und all die anderen Antworten kenne ich auch. Jetzt komm schon. Ich muss hier raus.«

Augenrollend ergebe ich mich in mein Schicksal. »Gut, dann gehen wir eben spazieren. Wollen wir Ben anrufen?«

»Ben ist schon feiern. Er hat heute Mathe geschrieben und

ist jetzt durch. Morgen ist meine letzte Abiprüfung, und dann heißt es für uns drei: Party!« Josh reicht mir meine Jacke und zieht sich seine eigene über.

»Das wusste ich gar nicht. Warum hat er nichts gesagt? Ich wäre doch mit ihm …«

»Ich habe ihm gesagt, dass du mit mir lernst. Außerdem will er bei Carola landen, und da wärst du im Weg gewesen.« Er zwinkert mir zu.

»Carola? Ist das die Blonde mit den Rastalocken?«

»Genau die.«

»Die ist doch gar nicht sein Typ.« Wir treten auf die Straße. Inzwischen ist es schon fast dunkel draußen, und es verspricht eine milde Nacht zu werden.

»Das nicht, aber sie hat Gras und ist scharf auf ihn.«

Kopfschüttelnd schaue ich zu Josh. »Ihr habt kein bisschen Respekt vor Frauen und ihren Gefühlen, oder?«

»He! Natürlich haben wir den. Du hast meinen vollen Respekt.«

Ich schnaube. Klar. Tatsächlich hat sich in den letzten beiden Jahren nicht viel geändert. Ben und Josh haben ihren Spaß und zeigen mir ihren ›Respekt‹ dadurch, dass sie jeden Jungen vergraulen, der in meine Nähe kommt. Wenn ich ehrlich bin, ist mir das gar nicht so unrecht. Meist nerven Kerle einfach nur.

Und wenn ich *ganz* ehrlich bin, hat mich auch nie wieder einer so geküsst wie Josh. Ich war recht erfinderisch, wenn es darum ging, mich heimlich mit einem Jungen zu treffen. Nicht, dass es da viele gegeben hätte, aber einmal ist mir besonders im Gedächtnis geblieben: letztes Jahr, als sie auf Kursfahrt waren. Max ist in meiner Stufe und ziemlich süß. Er hat im Kino seinen Arm um mich gelegt und mich dann im Auto vor meiner Haustür geküsst.

Es war nicht so schlimm wie das Desaster mit Dennis an

meinem Sechzehnten. Aber eben auch nicht so, wie der Kuss mit Josh.

Ich boxe Josh spielerisch auf den Oberarm. »Du respektierst also all die gebrochenen Herzen?«

»Jedes einzelne.« Er boxt zurück und sagt: »Wer zuerst bei den Schaukeln ist!« Dann rennt er los. Ich hinterher. Natürlich verliere ich. Noch bevor ich mich auf meine Schaukel setzen kann, zieht er mich auf seinen Schoß.

»Josh, was soll das?« Ich stemme mich gegen ihn, und die Schaukel gerät ins Schlingern. Instinktiv schlinge ich die Arme um seinen Hals.

»Ich will, dass wir diesen Abend nie vergessen.« Auf einmal ist er ganz ernst. So kenne ich Josh gar nicht. »Du weißt, dass ich im Herbst nach Hamburg gehe. Dann ist nichts mehr so, wie es war.«

Ich schaue ihm in die Augen und kann nicht deuten, was ich da sehe. Langsam nehme ich die Arme von seinen Schultern. »Ich bin ja nicht aus der Welt. Es gibt Handys, SMS, Skype …«

»Ich weiß. Aber ich werde nicht mehr hier bei dir sein.« Er hebt die Hand, als wolle er eine Strähne hinter mein Ohr schieben, lässt sie aber im letzten Moment sinken.

In meinem Hals bildet sich ein Kloß, und ich weiß nicht mehr, was ich denken soll. Warum sieht er mich so an? So hat er nur einmal geschaut, und danach haben wir wild rumgeknutscht, damals im Bad. Gegen meinen Willen beschleunigt sich mein Herzschlag. Hat er vor, mich noch einmal zu küssen? Will ich das? Sein Gesicht kommt meinem langsam näher, auch ich lehne mich immer näher zu ihm und … im nächsten Moment kippt Josh mit einem lauten Aufschrei rücklings von der Schaukel. Und ich falle auf ihn.

»Au, scheiße, Mia!« Er schiebt mich von sich runter. »Du bist schwer.«

Super. Wie romantisch die Stimmung vor wenigen Sekunden noch war, jetzt ist sie hin. Ich bin nicht fett, habe aber sicher keine Modelmaße. Ganz im Gegensatz zu den Frauen, mit denen er und Ben sonst so rummachen.

Also stehe ich auf, klopfe mir den Sand aus den Kleidern und sage: »Selbst schuld. Du hast mich auf diese blöde Schaukel gezogen.« Ich fische mein Handy aus der Tasche und werfe einen kurzen Blick darauf. »Ist schon spät, ich muss gehen. Und du sagst ja, du kannst alles, also brauchst du meine Hilfe nicht mehr.« Mit diesen Worten drehe ich mich um und gehe. Was auch immer das gerade war, mein Herz fühlt sich an, als hätte man es einmal durch den Fleischwolf gedreht. Für einen kurzen Moment hatte ich gehofft, er würde mich noch einmal küssen. Dass ich noch einmal fühlen könnte, was ich damals gefühlt habe. Nur, um sich im nächsten Moment über mich lustig zu machen. So ein Arsch.

»Mia, warte!«

Ich höre ihn zwar, aber ich gehe einfach weiter. Wenn er was will, kann er mir ja nachkommen. Doch er kommt nicht. Ist auch besser so. Denn Josh Schreiber sollte ich meinem Herzen lieber nicht zu nahe kommen lassen. Er würde es nur brechen.

7. Josh – Gegenwart

Heiraten ist manchmal doch keine Option

Die Koppel kommt in Sicht, und ich kann den Blick nicht von Mia abwenden. Die Lippen leicht geöffnet und die Wangen gerötet, ähnelt sie sehr dem kleinen Mädchen, mit dem ich vor achtzehn Jahren zum ersten Mal diesen Pfad entlanggelaufen bin. Damals noch mit meinen Eltern, Großeltern und Ben. Karin und Marc hatten die Farm gerade erst eröffnet, und wir statteten den Alpakas unseren ersten Besuch ab.

Auch damals konnte Mia es kaum erwarten, die Tiere zu sehen. Sie beschleunigt ihre Schritte, stoppt dann und lächelt. Ich komme direkt neben ihr zum Stehen und kann nicht aufhören, sie anzustarren, während sie die Tiere beobachtet.

»Danke Josh.« Sie greift ganz kurz nach meiner Hand und drückt sie.

Mein Herz bleibt fast stehen. Es ist nur eine kleine Geste, aber sie bedeutet mir viel. Vorhin hat sie mich zwar umarmt, da war sie allerdings völlig aufgelöst. Diese Berührung jetzt lässt mich hoffen, dass vielleicht noch nicht alles verloren ist. Um sicher zu sein, muss ich erst ihre Geschichte hören.

»Erzählst du mir von dir und Ben?« Ich hätte noch anhängen können, dass ich es unbedingt wissen muss, aber so sehr will ich mich dann doch nicht erniedrigen. Obwohl, wenn sie mich noch länger hinhält, mache ich es vielleicht.

Sie hat ein Einsehen und beginnt leise zu sprechen: »Eigentlich fängt die Geschichte nicht mit Ben an, sondern mit Lennart.« Sie schaut mich nicht an, sondern sieht auf die Koppel.

»Lennart?« Was ist denn das für ein bescheuerter Name? Klingt nach einem Möbelstück von IKEA. Doch ich sage nichts, sondern warte, bis sie weiterspricht.

»Wir waren zwei Jahre ein Paar. Es lief auch alles gut zwischen uns. Wir hatten eine gemeinsame Wohnung, eine gemeinsame Zukunft, und ich dachte, er sei der Mann fürs Leben.«

»Ich bin der Mann deines Lebens«, will ich schreien. Das geht natürlich nicht. Ist mir klar. Aber ich finde, ich verdiene einen Orden dafür, dass ich ruhig und gefasst bleibe. Auch wenn ich es schon ahne, frage ich: »Was ist passiert?«

Jetzt dreht sie mir das Gesicht zu und streicht sich über den Bauch. »Das ist passiert.«

»Aber wenn ihr doch eine gemeinsame Zukunft geplant habt, verstehe ich nicht ...«

»Musst du auch nicht.« Sie lacht, aber es fühlt sich an wie Weinen. »Ich verstehe es ja selbst nicht. Ich war schon in der zehnten Woche, als ich bemerkt habe, dass ich schwanger bin. Mir war sofort klar, dass ich das Kind behalten will. Ich dachte, er wolle das auch.« Sie unterbricht sich und schaut wieder zur Koppel.

Mein Blick folgt ihrem. Die Tiere grasen ruhig oder dösen vor sich hin. Direkt hinter der Koppel befindet sich ein kleiner See. Dunkle Wolken hängen tief über dem Wasser. Ich bin sicher, dass der Regen jeden Moment stärker werden wird. Nicht nur in meinem Herzen. Ich wappne mich gegen das, was sie gleich sagen wird, und doch bin ich nicht vorbereitet.

»Seine erste Frage war: ›Wann lässt du es wegmachen?‹« Nur noch ein Flüstern, das mir das Herz bricht. Sie schaut mich nicht an, doch ich höre die Tränen in ihrer Stimme. Zittrig atmet sie ein. »Ich habe ihm gesagt, dass ich es behalte und wir darüber reden müssen. Aber er wollte nicht.« Sie streicht sich die Haare hinters Ohr, und ich sehe, dass nicht nur ihr Atem zittert, sondern auch ihre Hand.

Wie gerne würde ich sie umarmen und ihr sagen, dass alles gut wird. Dass ich jetzt da bin und sie sich um nichts mehr Sorgen machen muss. Aber das ist natürlich Blödsinn. Deshalb schweige ich.

»Also habe ich meine Sachen gepackt und bin zu meinen Eltern gezogen. Am selben Abend dachte ich, ich gehe in die Stadt, ein wenig feiern. Den Frust wegtanzen, solange mein Körper das noch erlaubt.« Sie unterbricht sich erneut.

Es gelingt mir nicht, den Blick von ihrem Profil zu abzuwenden. *Fuck!* Wie gerne hätte ich jetzt eine Zigarette. Eigentlich rauche ich seit zwei Jahren nicht mehr, und meist ist das auch kein Problem. Aber gerade im Moment würde es meine Nerven beruhigen und meine Finger beschäftigen. Da Rauchen aus so vielen Gründen keine Option ist, trommele ich mit den Fingern auf meinen Oberschenkeln. Das bringt Mia dazu, sich mir zuzuwenden.

»Du kannst gerne eine rauchen«, deutet sie mein Getrommel richtig.

»Ich rauche schon lange nicht mehr.« Hoffentlich gelingt der Versuch, ein aufmunterndes Gesicht zu zeigen.

»Gar nichts mehr? Überraschend.«

Aua! Aber das habe ich wohl verdient. »Seit zehn Jahren kein Dope und auch sonst nichts mehr. Seit zwei Jahren keine Zigaretten.« Ich bin gespannt, wie sie auf dieses Geständnis reagiert.

»Du hast danach aufgehört?«

Ich muss nicht fragen wonach, und ich will auch nicht viel dazu sagen, also nicke ich.

Sie runzelt die Stirn, sagt jedoch nichts dazu. »Zurück zu meiner Geschichte: Ich wollte tanzen gehen und meinen Spaß haben. Also bin ich ins ›Caveau‹. Dort habe ich Ben getroffen.«

Die nächsten Sätze kommen aus mir heraus, ohne dass ich es verhindern kann: »Und dann habt ihr beschlossen, zu heiraten? Einfach so? Oder hattet ihr weiter Kontakt über die Jahre? Steht er überhaupt auf Frauen? Ich meine, klar, er hat einige abgeschleppt, aber die waren immer sehr … sagen wir androgyn.« Schon während ich spreche, könnte ich mich verfluchen. Ich klinge wie ein eifersüchtiger Arsch. Und vielleicht bin ich das ja auch. Ich hätte für sie da sein müssen. Dieses Baby in ihrem Bauch sollte meins sein. *Josh, du musst deine Gefühle in den Griff kriegen. Es hilft keinem, wenn du durchdrehst. Am wenigsten ihr. Sie braucht eine Schulter zum Anlehnen und keinen Kerl, der aus grundloser Eifersucht zum Tier wird.* Also atme ich mehrmals tief durch, höre mit dem Getrommel auf und wende mich ihr zu. »Sorry, Mia, das war geschmacklos. Aber diese ganze Situation überfordert mich ein wenig.«

Ihr Lachen ist echt und erlösend. Sie streckt die Hand aus und nimmt zum zweiten Mal an diesem Tag meine. »Frag mich mal. Das sollte mein Hochzeitstag sein. Der glücklichste Tag meines Lebens. Stattdessen stehe ich hier mit dem Mann, der mir den schwärzesten beschert hat.«

Merkwürdig. Wie kann sich ein Mensch so sehr verändern und dennoch gleich bleiben? Sie war schon immer jemand, der das Leben so genommen hat, wie es kommt. Und sie hat nie viel über ihre Gefühle geredet. Dabei war es egal, ob sie traurig, wütend oder überglücklich war. Sie sah immer aus, als würde ihr nichts etwas ausmachen. Ihrem Gesicht kann man immer noch nichts ansehen, doch die Worte eben waren offener als alles, was ich von ihr gewohnt bin. *Scheiße*, ich mag diese neue Mia. »Es tut mir leid. Ich …«

»Nein, nein. Schon gut. Das war nicht als Vorwurf gemeint. Ist nur eine Tatsache.« Sie winkt ab. »Ich wollte von Ben und mir erzählen. Warum wir heiraten wollten.«

Es fällt mir schwer, mich auf ihre Worte zu konzentrieren. Sie hat meine Hand nicht losgelassen, und mein Daumen streichelt sanft ihren Handrücken. Sie lässt es geschehen. Es ist fast, als hätte es die letzten zehn Jahre nicht gegeben. *Josh, du musst dich konzentrieren und zuhören.*

» … haben uns also dort getroffen und den ganzen Abend unterhalten«, sagt Mia gerade. Ich nehme mal an, dass sie von Ben redet. »Er war zwar an dem Abend alleine, aber er hat einen festen Freund.«

Ha, Bingo! Wusste ich es doch. »Also hatte ich recht. Aber warum …«

»Dazu komme ich gleich.« Sie macht ein paar Schritte am Zaun entlang, und dabei gleitet ihre Hand aus meiner.

Sofort scheint die Temperatur um einige Grad zu sinken. Das erinnert mich wieder daran, dass sie gezittert hat.

»Lass uns rübergehen. Im Unterschlupf ist es wärmer.« Wie auf Kommando werden die Tropfen dicker, und wir rennen zum Gatter. Meinen Onkel kann ich nirgendwo sehen. Also öffne ich das Tor, wir schlüpfen hindurch, und ich schließe alles wieder sorgfältig. Dann rennen wir weiter, bis wir den Unterstand erreichen. Es ist eine vier auf fünf Meter große Hütte aus Holzbrettern, wobei auf der langen Seite die Türen aufgeklappt sind.

Die kalten Tropfen klären mein Hirn ein wenig. *Finger weg von Mia und einfach nur zuhören. Ein guter Freund und eine Schulter zum Ausweinen sind gefragt.* Das ist es, was sie jetzt braucht. Keinen Idioten, der die Vergangenheit nicht ruhen lassen kann. *Fuck!* Das hat doch zehn Jahre gut funktioniert. Allerdings stand sie da auch nicht schwanger und traurig neben mir.

Die Alpakas scharen sich um uns und nehmen uns genau in Augenschein. Ein fast schwarzer Hengst steht genau neben Mia und stupst immer wieder mit seiner Nase an ihren Arm. Sie wendet ihm schließlich den Blick zu und streichelt über seinen Kopf. Dabei vergräbt sie ihre Finger tief in den dunklen Locken und mustert ihn genau. »Ist das etwa …« Sie schaut zu mir und grinst von einem Ohr zum anderen. »Ist das der kleine Joshi?«

Sie hatte ihn damals so genannt, weil sie meinte, seine dunklen Locken würden meinen gleichen. Ich komme nicht dazu, zu antworten, denn die tiefe Stimme meines Onkels erklingt. »Ja, das ist er.« Er betritt mit einem großen Eimer in der Hand den Unterstand und deutet auf die Schüsseln in einer Ecke. »Holt die und füllt sie mit den Pellets. Ihr wisst ja sicher noch, wie das geht.«

Mias Blick trifft meinen, und ich kann nicht anders als glucksen. Mein Onkel steht meiner Tante in Pragmatik in nichts nach. Ohne etwas zu sagen, machen wir uns an die Arbeit. Wir sind immer noch ein eingespieltes Team. Schüsseln befüllen, stapeln und sie erst in die Aufhängung hängen, wenn alle fertig sind. Dann zur Seite gehen und zusehen, wie die Hengste ihren Platz finden. Das sieht ein wenig chaotisch aus, aber jeder weiß, wo er hingehört.

Jetzt stehen die Tiere da und fressen, und ich deute auf die Thermoskanne, die ich in der Ecke abgestellt habe. »Karin schickt dir Kaffee.«

Mein Onkel nickt, geht zu der Kanne und schenkt sich ein. »Josh und Mia, wer hätte das gedacht.« Dann leert er den Becher in einem Zug, schraubt ihn wieder auf die Kanne und sagt: »Ich mache bei den Stuten weiter. Ihr wisst, was hier zu tun ist. Das Heu habe ich eben schon hinter der Hütte abgelegt. Räumt es schnell rein, bevor es zu nass wird.« Mit diesen Worten klemmt er sich die Thermoskanne unter den Arm und verschwindet wieder.

Das ist etwas, was ich an meiner Familie sehr schätze. Sie stellen keine Fragen. Auch damals nicht, als alles so entsetzlich schiefgelaufen ist und ich mein Leben neu orientiert habe. Keine Fragen, keine Vorwürfe. Einfach nur Hilfe, wenn ich darum gebeten habe.

»Irgendwie süß.«

Meint sie mich? Ich schaue zu Mia rüber, und in dem Moment wird mir klar, dass ich die ganze Zeit eines der Tiere am Hals streichle.

Ich bin nicht sicher, ob *süß* mir gefällt. Ist das gut oder schlecht?

»Das ist was Gutes, Josh.« Sie zwinkert tatsächlich. »Hast du manchmal an mich gedacht? Oder an Ben?« Jetzt schaut sie mich nicht mehr an, sondern räumt die ersten leeren Schüsseln weg.

Meine Stimme ist leise, als ich antworte. »Wie könnte ich nicht an euch gedacht haben? Ihr wart mein Leben, bis … bis das passiert ist.«

Dazu sagt sie nichts. Aber ich sehe das leichte Lächeln, das an ihren Mundwinkeln zupft. »Warten wir, bis es aufhört zu regnen? Ich will nicht schuld sein, dass du dir den Tod holst. Auch wenn ich zugeben muss, dass es eine Zeit gab, in der ich mir genau das gewünscht habe.«

Hatte ich erwähnt, dass ich die neue, offene Mia mag? Denn das tue ich, auch wenn Offenheit weh tut. Was sie kann, kann ich allerdings schon lange: »Ich war nah dran, habe mich aber dann für das Leben entschieden.« Das ist die Wahrheit und eine der schwersten Einsichten meines Lebens. Ich habe versucht, mich kaputt zu machen. Jahrelang. Das Schweigen, das sich jetzt zwischen uns ausbreitet, ist angespannt.

Die Tiere merken das sofort und werden ein wenig unruhig. Soll ich die Bedeutung meiner Worte abmildern? Ihr sagen, dass es ein Scherz war? Doch das wäre eine Lüge, und Mia verdient die Wahrheit. Ja, ich habe ihr weh getan, aber ich habe dafür bezahlt und mich geändert.

»Freut mich, dass du dich fürs Leben entschieden hast.« Ich ahne ihre Worte mehr, als dass ich sie höre. Wir haben inzwischen alle Schüsseln verstaut, und die Hengste beschnuppern uns. Mia deutet auf einen braunen. »Und das ist Benni, oder?«

Weil ich nicht sicher bin, trete ich näher zu ihr. Unsere Schultern berühren sich jetzt, und ich kann ihre Wärme spüren. »Ja, das ist er.« Joshi und Benni kamen vor zwölf Jahren während unserer Sommerschicht als Einjährige auf die Farm. Mia hat sie nach uns benannt.

»Also, du und Ben …«, versuche ich das Thema wieder auf den Anfang unserer Unterhaltung zu bringen, weil ich sonst über diese Berührung nachdenken muss.

»Ja, richtig.« Sie räuspert sich. »Wie kam es dazu, dass wir heiraten wollten?«

8. Mia 18 Jahre – 10 Jahre früher, Mai

Ein Kuss ändert alles

Was bin ich froh, dass diese Party mal direkt vor meiner Haustür stattfindet. Joshs und Bens Abijahrgang hat für diese Fete tatsächlich die Sporthalle in unserem Ort gemietet. Gut für mich. Endlich kann ich auch mal feiern.

Nicht, dass ich vorhabe, mir die Kante zu geben. Aber seit ich den Führerschein gemacht habe, darf immer ich fahren. Ben und Josh sagen, ich hätte über ein Jahr Fahrdienst nachzuholen. Manchmal ist es unfair, dass sie fast anderthalb Jahre älter sind als ich. Eins muss ich ihnen allerdings zugutehalten: egal, wie gerne sie auch feiern, zumindest wenn ich dabei war, ist immer einer der beiden nüchtern geblieben und gefahren.

Heute Abend muss das zum Glück niemand, weil wir alle laufen können. Ich ziehe meine Jacke über und schaue noch mal kurz bei meinen Eltern im Wohnzimmer vorbei. »Ich geh dann. Wartet nicht auf mich, könnte spät werden. Vielleicht übernachte ich bei Ben oder Josh.«

»Alles klar!« Mein Vater hebt kurz die Hand, und meine Mutter sagt: »Grüß die beiden von uns.«

»Mach ich!«

Zum Glück haben meine Eltern einen Narren an Ben und Josh gefressen. Von meiner Mutter weiß ich, dass sie froh ist, in den beiden zwei tolle Beschützer für mich zu haben. Da kann man geteilter Meinung sein, aber ich beschwere mich nicht. Meine Eltern lassen mich mit ihnen überall hingehen, und das reicht mir.

An der Haustür stoße ich fast mit Ben zusammen, der gerade klingeln wollte. »Hey, Sweety, da bist du ja endlich«, begrüßt er mich und zieht mich in eine kurze Umarmung. Josh lehnt auf der Straße an unserem Zaun.

Das sieht ihm gar nicht ähnlich. »Was hat er denn?«

»Da fragst du den Falschen. Er ist schon den ganzen Tag so komisch. Wollte nicht mal an der Bong ziehen oder ein Bier.«

»An der Prüfung kann es nicht liegen. Er hat mir geschrieben, dass die gut gelaufen ist.«

Ben zuckt mit den Schultern. »Ja, hat er mir auch geschrieben. Wenn ich es nicht besser wüsste, würde ich sagen, er ist unglücklich verliebt.«

Dieser Satz durchfährt mich wie ein Messerstich. Ganz langsam dringt er in mein Herz ein und bohrt sich tiefer und tiefer. Das musste ja irgendwann passieren. Und es sollte mir auch nichts ausmachen. Also lächle ich, hake mich bei Ben ein und sage: »Tut ihm zur Abwechslung vielleicht mal ganz gut.«

Bens merkwürdigen Blick ignoriere ich. Wenn ich richtigliege, hat er bereits gekifft und gesoffen und ist eh nicht mehr ganz zurechnungsfähig.

Wir treten aus dem Haus, und Josh schnippt seine Kippe auf die Straße. »Können wir jetzt endlich?«

»Klar«, antworte ich. »Sobald du deinen Dreck von der Straße geräumt hast.«

»Echt jetzt?«, stöhnt er, geht jedoch zu der glimmenden Kippe, tritt sie aus und hebt sie auf. »Ich werf sie gleich bei uns in den Müll. Zufrieden?«

Ben hat recht, er ist komisch. Man könnte fast meinen, er will mich provozieren. Denn natürlich weiß er, dass ich es hasse, wenn Leute ihre Kippe einfach so auf die Straße werfen. »Ja, das ist völlig okay. Wenn du mir eine abgibst.«

»Warum kaufst du dir eigentlich nie selbst welche?«, motzt er, kramt dann trotzdem in seiner Jackentasche und hält mir das Päckchen hin.

»Weil ich nicht rauche«, sage ich und stecke mir die Zigarette hinters Ohr.

»Ja, klar«, höre ich ihn murmeln, und er verschwindet in der Auffahrt seines Hauses.

Ich werfe Ben einen fragenden Blick zu, doch der hebt nur die Arme. »Ich habe keine Ahnung, ehrlich. Aber wenn der so bleibt, verkrümele ich mich später. Du bist herzlich eingeladen, mit mir zu kommen.«

»Wohin soll sie mitkommen?« Josh hat die Hände tief in seiner Jacke vergraben und mustert uns mürrisch.

»Irgendwohin, wo uns deine Scheißlaune nicht nervt«, antwortet Ben und läuft los. Da ich immer noch bei ihm eingehakt bin, laufe ich auch. Ich kann sehen, dass Joshs Blick uns folgt, doch er bleibt stehen.

Das gefällt mir nicht. Ich mache mich von Ben los und drehe mich zu Josh um. »Willst du feiern oder hier dumm rumstehen? Ich dachte, wir wollten ordentlich einen draufmachen, weil heute keiner von uns fahren muss.« Ich lege den Kopf schief und lächle in Joshs Richtung.

»Lass ihn, Mia. Ich versuche seit zwei Stunden, ihn aufzuheitern, aber er will nicht.« Ben greift nach meiner Hand und will mich wegziehen, ich hingegen strecke die andere Hand nach Josh aus.

»Jetzt komm schon. Du hast es mir gestern versprochen.« Auch wenn ich nicht gerne an das merkwürdige Ende des gestrigen Abends auf dem Spielplatz zurückdenke, scheint es zu wirken. Er gibt sich einen Ruck und nimmt meine Hand. »Siehst du, war gar nicht so schwer.« Darauf sagt er nichts und läuft schweigend neben uns her.

Da halte ich sie also an der Hand, die beiden Männer in meinem Leben. Mit Ben ist immer noch alles einfach. Die

Stimmung zwischen uns war nie komisch, sondern immer locker und leicht.

Meist ist sie das auch zwischen Josh und mir. Aber nicht immer. Dieser Kuss in meinem Bad vor zwei Jahren hat alles verändert. Wir haben zwar ziemlich schnell wieder zu einer gewissen Normalität zurückgefunden, allerdings ist mir aufgefallen, dass er mich seltener berührt. Er umarmt mich zum Beispiel nicht mehr zur Begrüßung, so wie Ben das tut.

Das bildest du dir ein, Mia. Gestern hat er dich berührt, oder? Ich sollte mir nicht zu viele Gedanken machen. Josh hat schlechte Laune. Na und? Heute will ich feiern, und da sollte mir seine Laune egal sein.

***

Die Party ist in vollem Gange, und ich amüsiere mich prächtig.

Gerade setzt ein Lied ein, das ich nicht leiden kann. Ich weiß den Namen nicht, aber es ist eins von diesen Elektrosoundsachen, und die mag ich nicht. Also lehne ich mich zu Sarah: »Ich mach mal Pause, okay?«

Ihr Körper bewegt sich bereits wieder im Rhythmus des Beats. Sie nickt mir zu und zeigt den Daumen nach oben.

Ich mache mich auf den Weg zur Bar und hole mir erstmal ein Bier. Während ich noch überlege, was ich jetzt machen soll, bleibt mein Blick an Josh hängen, der alleine an einen Tisch gelehnt dasteht. Ein Bier in der einen und eine Kippe in der anderen Hand. Gut. Ich hätte Lust auf eine Zigarette. Was ich vorhin zu ihm gesagt habe, stimmt. Ich rauche nicht. Nur manchmal auf Partys. Und heute ist einer dieser *Manchmal*-Tage.

Also gehe ich zu ihm, greife wortlos nach der Zigarette und nehme einen tiefen Zug. Dann gebe ich sie ihm zurück und trinke einen Schluck.

Sein Blick ruht auf mir, und ich weiß nicht, was ich davon halten soll. Er lässt die Kippe in sein Bier fallen und stellt es weg. »Irgendwie habe ich heute keine Lust zu trinken.«

Seiner Stimme höre ich allerdings an, dass er nicht mehr nüchtern ist. Wenn ich das richtig einschätze, hat er allerdings nur getrunken und nichts anderes genommen. »Warum machst du es dann trotzdem?«

»Weil ich Mut brauche.« Mit dieser Antwort habe ich nicht gerechnet. Das sieht man mir wohl an, denn er lehnt sich ein wenig herüber, um nicht so schreien zu müssen, und sagt: »Überrascht dich das?«

»Ein bisschen. Du bist der mutigste Mensch, den ich kenne.« Das wollte ich nicht sagen, aber es stimmt. Josh hat vor nichts Angst. Er sagt immer, man habe nichts zu verlieren. »›Wer nicht wagt, der nicht gewinnt‹ ist doch dein Motto, oder?« Sein freudloses Lachen lässt mir einen Schauer über den Rücken laufen.

»Ja, das sage ich immer, nicht wahr?« Er lehnt sich noch weiter zu mir. So weit, dass sein Mund fast mein Ohr berührt. »Was würdest du sagen, wenn ich mir Mut antrinken muss, um mit einem Mädchen zu reden?«

»Ich würde dir nicht glauben.« Ich drehe den Kopf so, dass ich ihn ansehen kann. Wir sind uns viel zu nah, aber ich verharre in genau der Position.

»Kannst du aber.« Ich lese die Worte mehr von seinen Lippen ab, als dass ich sie höre.

Und dann küssen wir uns. Keine Ahnung, wie das passiert ist. Wir stehen immer noch nebeneinander, berühren uns nirgends sonst, aber unsere Zungen vollführen einen Tanz, den ich einfach nicht unterbrechen kann. Von so einem Kuss habe ich geträumt. Das ist noch besser als beim ersten Mal. So sollte es sich anfühlen. Richtig.

Er lässt von mir ab, leckt sich über die Lippen, nimmt meine Hand und wendet den Blick wieder der Tanzfläche zu. Aber jetzt lächelt er.

Was war *das* bitte? Warum sagt er, dass er sich Mut antrinken muss, um mit einem Mädchen zu sprechen, und küsst mich dann? Ich will ihn gerade fragen, als es *klick* macht. »Du meinst mich?«, platzt es aus mir heraus.

Er dreht den Kopf wieder und lächelt immer noch. »Möglich. Oder hast du mich heute mit einer anderen reden sehen?«

Nein, habe ich nicht. »Aber …« Ich verstumme, weil ich nicht weiß, was ich sagen oder denken soll.

»Hey, Josh! Mia! Kommt mit raus, Jakob hat eine Flasche Jacky im Auto und will uns das neue Demo seiner Band vorspielen.« Ben läuft Richtung Ausgang und gestikuliert, damit wir ihm folgen.

»Wollen wir?« Josh sieht mich fragend an, und ich glaube, alles ist besser, als weiter hier mit ihm alleine zu sein. Die Situation überfordert mich. Ich weiß nicht, was das alles zu bedeuten hat, und würde gerne ein wenig darüber nachdenken. Also nicke ich.

Josh nickt zurück und geht dann Richtung Ausgang. Meine Hand lässt er nicht los. Wir erreichen den Parkplatz, und unsere Freunde stehen unter den großen Linden, die das Gelände säumen. Jakob hat die Türen und den Kofferraum seines Autos geöffnet, und Gitarrenmusik dröhnt aus den Boxen. Ich mag den Sound von Jakobs Band nicht besonders, aber Ben steht voll drauf. Also gesellen wir uns dazu. Josh hat inzwischen meine Hand losgelassen und unterhält sich mit seinen Kumpels. Seine Laune scheint sich gebessert zu haben. Ich sehe, dass er den Whisky ablehnt. Er scheint also keinen weiteren Mut zu brauchen.

Aber vielleicht sollte *ich* ein oder zwei Schlucke trinken? Dann traue ich mich vielleicht, ihn zu fragen, was das alles zu bedeuten hat. In diesem Moment taucht Ben neben mir auf und legt schwer einen Arm um meine Schultern. »Na, hat er jetzt bessere Laune?« Er deutet auf Josh und schwankt bedrohlich. Ich stütze ihn, so gut es geht, und sage: »Ja, hat er. Und du solltest ein wenig auf die Bremse treten. Ich kann dich nicht heimtragen.«

Er lacht viel zu laut und lässt mich los. »Wenn alles läuft, wie ich mir das vorstelle, gehe ich nicht mit dir nach Hause.« Er zwinkert mir zu und legt den Arm um einen seiner Kumpels, der gerade vorbeikommt. Wenn er so weitermacht, wird er heute mit niemandem irgendwo hingehen. Ich seufze und schiele zu Josh, der sich immer noch unterhält. Ein guter Zeitpunkt, um aufs Klo zu gehen. Und ein wenig meine Gedanken zu ordnen.

Die Toiletten befinden sich direkt hinter dem Eingang in die Sporthalle. Als ich gerade wieder auf den Flur hinaustrete, höre ich im Gang eine weibliche und eine männliche Stimme.

»Hast du die beiden gesehen?«, fragt die weibliche.

»Ja, habe ich«, antwortet die männliche, die ich schnell als die von Max identifiziere. »Josh sollte die Finger von Mia lassen. Irgendwas stimmt nicht mit der. Die ist kalt wie ein Fisch.«

Das tut weh. Klar, unser Kuss war nicht wirklich gut, aber ich bin doch nicht kalt.

»Na, passt doch. Er hat Hände wie ein Krake. Echt! Wenn der was von dir will, sind seine Hände überall. Wi-der-lich, sag ich dir.«

»Mal abgesehen davon, dass er seine Tussis eh alle nach einer Nacht fallen lässt. Aber wer weiß, wie lange das zwischen den beiden schon läuft. Und Ben hängt da bestimmt auch mit drin. Keiner von denen hatte je was Festes.«

Mir wird schlecht. So denkt man also über uns? Und Max hat recht. Josh hatte noch nie eine feste Beziehung. Genauso wenig wie Ben oder ich. Aber es ist doch Schwachsinn, dass wir deshalb was miteinander haben. Wenn ich jetzt wirklich was mit Josh anfange, ginge das Geläster sicher erst richtig los. Will er das überhaupt? Oder bin ich die Einzige, die er noch nicht flachgelegt hat, und die anderen denken von ihm so wie dieses Mädchen? So ist Josh nicht. Er hat mich nie angefasst.

Ich merke, wie mir Tränen über die Wangen laufen. Keine Ahnung, wo die beiden sich unterhalten, aber ich flüchte aus dem Gang in einen anderen. Dort lasse ich mich an der Wand hinab auf den Boden gleiten, ziehe die Knie an, schlinge die Arme darum und lasse den Kopf darauf sinken.

Die Musik ist noch in angenehmer Lautstärke zu hören. Was mache ich hier eigentlich? Mit Josh rumknutschen ist nicht zielführend. Er will keine Freundin, sondern seinen Spaß. Und wer weiß schon, was in seinem Hirn vorgeht, wenn er sich abschießt. Was er in letzter Zeit viel zu oft tut. Seine Prüfungen sind vorbei und damit auch seine Verpflichtungen. Eigentlich ein Wunder, dass er heute Abend relativ nüchtern ist.

Oder irre ich mich und er ist total high? Ist das der Grund, warum er mich geküsst hat? Wenn er tatsächlich was von mir will, kann er das doch einfach sagen. Ich meine, wir kennen uns ewig. Wir können doch miteinander über alles reden.

»Hey, *da* bist du.« Wenn man vom Teufel spricht – oder an ihn denkt. Ich spüre, wie er sich neben mich setzt und mit der Schulter an meine stößt. »Was ist los?«

Jetzt muss ich wohl oder übel meinen eigenen Rat befolgen und mit ihm reden, oder? Also hebe ich den Kopf und spreche, bevor mich der Mut verlässt. »Ich habe eben ein Gespräch über uns belauscht. Die haben unseren …«, ich zögere kurz und beiße mir auf die Lippen, »… Kuss gesehen. Weißt du, was sie sagen?«

Er schweigt. Warum? Ich drehe mich zu ihm und kann nicht glauben, was ich sehe. Sein Blick ruht auf mir, aber den Ausdruck kenne ich nicht. Er setzt an zu sprechen, bricht ab, verzieht das Gesicht, setzt noch einmal an und schüttelt dann den Kopf. »Verdammt, Mia«, bricht es aus ihm heraus. »Es ist doch egal, was sie über uns sagen! Wichtig ist doch nur, was wir beide denken. Was wir fühlen.« Er sieht mich weiter intensiv an, und mich durchläuft es gleichzeitig heiß und kalt.

Was wir fühlen? Was meint er damit?

»Es ist … es ist wie in dem Lied. Hörst du?«

Ich höre. Da läuft *How You Remind Me* von *Nickelback.*

»Mit dir weiß ich, wer ich bin, Mia. Und ich will das für immer. Ich will mich immer so fühlen. Du holst das Beste aus mir heraus und noch mehr. Ich … ich liebe dich.«

Was? Das ist … Was? Ich schaue ihn immer noch an, sehe die grünen Sprenkel in seinen braunen Augen und erkenne die Wahrheit. Das, was ich jahrelang nicht einmal vor mir selbst zugeben wollte. Ich liebe ihn auch. Das tue ich schon lange, glaube ich. Aber ich hätte nie gedacht, dass er …

»Ich bin seit Jahren in dich verliebt, aber ich habe mich nie getraut, etwas zu sagen.« Er fährt sich mit der Hand durchs Haar. »Aber gerade bin ich betrunken genug, um es dir zu sagen. Und nüchtern genug, dass du mir noch glaubst. Hoffe ich zumindest.«

Ich nicke heftig und beiße mir noch mal auf die Lippen. »Ja, ich … ich glaube … nein, ich weiß …« Ich schließe die Augen. Vielleicht geht es leichter, wenn ich ihn dabei nicht ansehe. »Ich liebe dich auch.«

Und dann küssen wir uns wieder. Diesmal zieht er mich auf seinen Schoß, nimmt mein Gesicht zwischen seine Hände und murmelt: »Wir beide, das war vorherbestimmt. Ich liebe dich, seit du mir vor acht Jahren vors Fahrrad gelaufen bist. Ich wollte nie eine andere. Aber ich hatte Angst, dass unsere Freundschaft kaputtgeht, wenn ich etwas sage.«

WOW! Ich hatte keine Ahnung. »Aber du hattest ständig was mit irgendwelchen Mädchen und …«

»Ich habe es dir schon mal gesagt: Alle wussten, dass mein

Herz einer anderen gehört. Da habe ich nie einen Hehl draus gemacht.«

»Du hast das ernst gemeint? Damals im Bad?«

»Jedes Wort. Und fürs Protokoll: Ich habe dich nicht aus Mitleid geküsst, sondern weil ich es nicht ertragen konnte, dass du einen anderen küsst.« Er schüttelt den Kopf und lacht dann. »Ironisch, wenn man bedenkt, was ich an dem Abend mit Lisa getan habe, aber so war es. Es sollte ein kurzer Kuss werden, der dir zeigt, dass es auch anders geht und der Kerl ein Versager ist. Und dann … dann konnte ich nicht mehr aufhören, dich zu küssen.« Seine Daumen streichen sanft über meine Wangen, und ich kann ihn nur ansehen. Er soll nicht aufhören zu reden. Ich sauge jedes Wort auf und lasse es durch meine Adern fließen, als würde es mir neues Leben einhauchen. »Es war besser, als ich es mir in meinen kühnsten Träumen ausgemalt habe«, spricht er weiter. »Und ich wollte mehr davon. Ich habe mir die ganze Zeit gesagt, dass ich aufhören muss, aber ich konnte nicht.«

»Du hast irgendwann aufgehört«, höre ich mich sagen.

»Weil ich sonst …« Er schluckt, nimmt die Hände von meinen Wangen und räuspert sich. »Also … ich bin danach nach Hause und habe …« Er macht eine kurze Bewegung mit der Hand und wird rot. Dann grinst er. »Wenn wir weitergemacht hätten, wäre es vermutlich in die Hose gegangen. Wortwörtlich.«

Ich kann nicht anders und muss lachen.

»Das ist nicht lustig, Mia«, sagt er vorwurfsvoll, grinst jedoch weiter.

»Nun, vollgekotzt und vollgespritzt an einem Abend wäre auch zu viel des Guten gewesen.«

Jetzt lacht er laut und ich mit ihm. Das tut gut und nimmt die Spannung. Das sind wieder wir: Josh und Mia.

Er beugt sich herüber und drückt mir einen Kuss auf den

Mund. »Alles gut zwischen uns? Bist du bereit, der Welt zu zeigen, dass Josh und Mia ein Paar sind?«

Fest und warm legt sich seine Hand um meine, und ich nicke.

»Josh? Mia? Seid ihr hier?« Das ist die Stimme von Jakob. Josh steht auf und hilft mir hoch.

»Ja, wir sind hier. Was ist los?«

»Könnt ihr kurz kommen? Ben ist in keiner guten Verfassung, will sich aber nicht helfen lassen. Vielleicht könnt ihr …?«

Seufzend hebt Josh unsere miteinander verschränkten Hände und haucht einen Kuss darauf. »Dann werden wir uns mal um Ben kümmern.«

»Ja, werden wir.« Und in einem Anfall von Übermut stelle ich mich auf die Zehenspitzen und gebe Josh einen Kuss auf den Mund.

9. Josh 19 Jahre – 2 Monate später

Joshs Probleme

»Josh?« Aus weiter Ferne höre ich eine Stimme. »Josh, bist du wach?« Irgendetwas stößt mir immer wieder gegen den Oberarm und durchbricht die Wolke, die mich wie ein warmer Mantel einhüllt.

»Scheiße, Josh, du hast es total übertrieben, Mann.« Das ist Ben. Was er sagt, könnte stimmen. Aber was soll's? Ich meine, ich habe nichts zu tun, und Mia ist … Der Gedanke an sie lässt mich die Stirn runzeln. Irgendetwas ist mit Mia, aber ich kann mich nicht erinnern.

»Josh, wir müssen dich irgendwie nüchtern bekommen. Sie kommt in zwei Stunden aus Paris zurück, und wenn sie dich so sieht …«

Diese Worte reißen endgültig ein Loch in die Blase aus Zufriedenheit, Wohlbehagen und Vergessen, die mich umhüllt. Mia. Sie kommt wieder, und ich muss … Der Gedanke entgleitet mir, und ich sehe ihr Gesicht vor mir. Sie ist der schönste Mensch auf diesem Planeten und weiß es nicht mal.

Ich strecke den Arm aus und will sie zu mir ziehen, aber ich verfehle sie und lasse den Arm wieder sinken. »Alles gut«, will ich sagen. Sage es auch, aber sie scheint mich nicht zu hören. Kann sie ja auch gar nicht. Sie ist nicht hier. Sie ist mit ihrer Freundin Sarah für ein paar Tage nach Paris gefahren.

Natürlich, ich erinnere mich. Sie hatte Bedenken, weil die Reise genau in die Zeit fiel, in der … der Schmerz überwältigt mich. *Fuck!* Ich dachte, ich hätte ihn endgültig betäubt. Aber ich dachte auch, dass ich endlich drüber weg bin und ihre Unterstützung nicht brauche.

Aber das stimmt nicht. Ich brauche sie. Noch viel mehr, seit ich weiß, dass sie mich auch liebt.

»Verdammt, Josh, hilf mir mal ein wenig, du bist schwerer, als du aussiehst.«

Das ist Ben. Was macht der hier? Ich bin doch zu Hause, oder? Ich erinnere mich daran, wie ich gestern von ihm weg bin. Und ich bin ziemlich sicher, dass ich direkt nach Hause gegangen bin. Schließlich kommt Mia heute zurück, und ich wollte ausnüchtern. Sie soll nicht mitbekommen, wie ich mich die letzten Tage habe gehen lassen.

»So, das wird jetzt kalt, mein Freund.« Ich versuche zu verstehen, was Ben mir sagen will, aber seine Worte ergeben keinen Sinn.

Fuck! Ein eiskalter Wasserstrahl trifft meinen Hinterkopf. Instinktiv will ich ausweichen, aber Bens eiserner Griff hält mich fest. *Doppelfuck!* Die Temperatur wechselt von kalt zu heiß und wieder zurück. Nicht angenehm, aber es zerreißt den Schleier, der über meinen Gedanken liegt, weit genug, dass ich mich wehren kann.

»Ich hab genug. Ich bin wieder da.« Mit einem Ruck befreie ich mich aus Bens Klammergriff und will aufstehen. Das klappt nicht ganz so gut, wie ich mir das vorgestellt habe. Die Welt kippt und ich mit ihr. *Fuck*, ist mir übel. Ich öffne die Augen einen Spalt und schleppe mich zur Toilette.

Nachdem ich mich mehrmals übergeben habe, geht es ein wenig besser, und ich sinke gegen die Badezimmerwand. Die kühlen Fliesen an meinem nassen Haar klären meinen Kopf noch ein wenig mehr.

»Verdammt, Josh, was hast du gemacht? Du bist gestern extra früh gegangen, weil du …«

»Scheiße, ich weiß.« Ich klinge so erbärmlich, wie ich mich fühle. Ich hatte ja auch vor, ins Bett zu gehen, von Mia zu träumen und mit ausreichend Schlaf die Spuren der letzten Tage zu beseitigen. Und dann kamen die Angst, die Zweifel, und ich wollte nur noch, dass es aufhört. Also habe ich den Schnapsschrank meines Opas geplündert. Und vielleicht den ein oder anderen Joint geraucht. Heute Nacht kam mir das wie eine gute Idee vor. Momentan zweifle ich allerdings ernsthaft an meiner Zurechnungsfähigkeit. Was habe ich mir nur gedacht?

»Ist nicht mehr zu ändern. Wir haben zwei Stunden, um dich ein wenig auszunüchtern.«

Ich höre Bens Stimme, aber es ist zu mühsam, den Kopf zu heben. Zwei Stunden. Da sollte was gehen. »Ben? In der obersten Schublade im Schreibtisch. Da sollte noch ein Tütchen Pep sein. Das sollte mich wach genug machen, um …«

»Spinnst du jetzt völlig? Mia merkt, wenn du drauf bist. Und glaub mir, es ist besser, ihr mit einem Kater gegenüberzutreten als high. Und wenn du nicht so am Arsch wärst, wüsstest du das.«

Mit immer noch geschlossenen Augen lasse ich seine Worte auf mich wirken. Wahrscheinlich hat er recht.

»Hier, trink das.« Ein Glas stößt gegen meine Lippen, und ich schlucke. Magnesium. Ja, das sollte ein wenig helfen. Doch nach einigen Schlucken wird mir wieder übel, und ich schiebe das Glas zur Seite. Diesmal vergeht die Übelkeit schnell, und ich öffne die Augen. Ben kniet vor mir und mustert mich mit hochgezogenen Brauen.

»Erzählst du mir, was passiert ist?«

Alles in mir schreit »Nein!«. Allerdings weiß ich, dass reden hilft. Das hätte ich schon die letzten Tage tun sollen. Aber ich habe mir ja vorgemacht, dass ich dieses Jahr stark bin und nur den gröbsten Schmerz betäube.

»Du weißt, was für ein Tag gestern war?« Ich spreche leise und weiß nicht, ob Ben mich versteht.

Er nickt und setzt sich neben mich an die Wand.

»Ich verkrafte es wohl doch nicht so gut, wie ich dachte.«

»Aber du hast gesagt …«

»Scheiße, ich weiß, was ich gesagt habe. War gelogen, okay?« Meine passiv aggressive Haltung ist nicht in Ordnung, aber sie hilft, klar im Kopf zu werden.

»Okay.«

Ich kaue auf meiner Unterlippe herum und überlege, was ich sagen soll. Schließlich seufze ich und rede einfach drauflos. »Ich komme damit nicht klar, Ben. Ich meine, sie haben ihn einfach umgebracht. Es war ein völlig sinnloser Tod.« Mir schießen Tränen in die Augen, aber ich stoppe sie nicht. Und es ist mir auch egal, dass Ben natürlich weiß, was passiert ist. Normalerweise rede ich nicht darüber. »Die haben meinen Vater einfach verprügelt und liegen lassen. Wusstest du, dass die Polizei damals gesagt hat, er hätte noch zwei Stunden gelebt? Aber sein Rückgrat war gebrochen, und er konnte sich nicht aus der Nische herausbewegen, in der sie ihn abgelegt haben.« Ich schließe die Augen, atme zittrig ein und öffne sie schnell wieder, weil die Bilderflut in meinem Kopf mich mitzureißen droht. »Ich sehe ihn immer wieder dort liegen und mit dem Tod ringen. Ich stelle mir vor, wie er gelitten hat. Es geht einfach nicht weg, Ben.« Ich schlage mir mehrfach mit der Hand gegen den Kopf. »Egal, was ich tue. Gestern war es fünf Jahre her, und sie haben die oder den Kerl immer noch nicht, der ihm das angetan hat. Sie werden ihn auch nie finden. Sie haben gar nichts. Meistens komme ich damit klar, aber gestern … Der leitende Ermittler hat wie jedes Jahr angerufen. Meine Mutter ist ja mit Oma und Opa weggefahren, und deshalb habe ich mit ihm gesprochen. Er sagt, dass sie den Fall jetzt endgültig zu den Akten legen. Nach so langer Zeit wird es keine neuen Erkenntnisse mehr geben. Wir werden also nie wissen, wer und warum.«

Ich spüre Bens Hand auf meinem Arm. »Warum hast du

nichts gesagt? Ich wäre da gewesen, Mann. Und Mia wäre sicher …«

»Wenn ich ehrlich bin, war ich froh, dass sie noch nicht wieder hier war. Verdammt, ich heule ihr deshalb seit Jahren immer wieder die Ohren voll. Und jetzt ist sie meine Freundin. Sie soll nicht denken, dass ich nicht klarkomme, okay?«

»Sie würde das verstehen.« Ben nimmt die Hand von meinem Arm und sieht mich auffordernd an. Er ist immer so verdammt korrekt. Im Gegensatz zu mir hat Ben alles im Griff. Das nervt. Genau wie sein Kommentar.

»Scheiße, ich weiß. Aber ich kann das Mitleid in ihrem Blick nicht ertragen. Sie soll mich lieben und nicht bemitleiden.« Genug geredet. Seufzend starte ich einen neuen Versuch, aufzustehen. Diesmal klappt es. Ich stütze mich am Waschbecken ab und werfe einen Blick in den Spiegel. Das Bild erschreckt mich ein wenig. Rote Augen und eingefallene Wangen, die nicht mal der Bart verdecken kann, den ich mir letzte Woche habe stehen lassen. Mein Aussehen spiegelt genau meine Gefühlslage wider.

»Hier.« Ben klopft mir auf die Schulter und stellt ein neues Glas aufs Waschbecken. »Zwei Aspirin sollten helfen. Dann rasierst du dich, und ich besorge was zu essen. Big Mac oder Cheeseburger?«

»Beides. Und Pommes und Cola.« Beim Gedanken an Essen zieht sich mein Magen schmerzhaft zusammen. Scheiße, ich weiß nicht mal, wann ich das letzte Mal was gegessen habe.

»Alles klar. Bin in fünfzehn Minuten zurück.« An der Tür bleibt er noch einmal stehen. »Und mach keine Dummheiten.«

Müde nicke ich und suche mein Rasierzeug. Ich halte nichts von diesen Elektrodingern und rasiere mich so, wie mein Vater es mir gezeigt hat. Mit Schaum, Pinsel und Klinge. Leider ist das nicht so einfach, wenn man einen Blutalkoholspiegel jenseits von Gut und Böse hat. *Fuck!* Gut, dann sieht mein Gesicht eben aus wie ein Schlachtfeld. Immer noch besser als der Bart. Wenigstens wirkt das Aspirin. Ich bin zwar immer noch ein wenig wacklig auf den Beinen, aber die Kopfschmerzen lassen nach, und auch meine Gedanken klären sich.

Ich lasse mich aufs Bett fallen, und dabei bleibt mein Blick am Schreibtisch hängen. Die oberste Schublade steht offen. Ich gehe hin und sehe, dass das Päckchen fehlt. Ben. Wut kocht in mir hoch. Vertraut er mir nicht? Doch genauso schnell, wie sie gekommen ist, flaut sie auch wieder ab. Denn wenn ich ehrlich zu mir selbst bin, kann man mir nicht vertrauen. Wenn es umgekehrt wäre, hätte ich wahrscheinlich das Gleiche getan. Er will helfen und mich vor mir selbst beschützen.

Ich höre die Wohnungstür. Das wird Ben sein. Nicht zum ersten Mal bin ich froh, dass er einen Haustürschlüssel hat. Das machen wir immer so, wenn unsere Eltern nicht da sind. Erspart eine Menge Rennerei. Und heute hat es mir den Arsch gerettet.

Jetzt sollte ich was essen, und dann ist Mia wieder da. Mit ihr wird alles einfacher. Wenn sie in meiner Nähe ist, habe ich mich im Griff. Sie ist mein Netz, mein doppelter Boden, mein Halt. Ich wüsste nicht, was ich ohne sie machen sollte.

Klar weißt du es. Du hast es eben im Spiegel gesehen. Ja, das habe ich. Und deshalb werde ich das mit ihr nicht versauen. Ich brauche sie in meinem Leben.

10. Mia 18 Jahre – 2 Wochen später

Liebe an der Côte d'Azur

»Das nächste Mal fliegen wir!« Ben steigt aus dem Auto und streckt sich. Ich verdrehe die Augen, weil er diese Worte seit Stunden wie ein Mantra wiederholt. Ich gebe zu, dass vierzehn Stunden Autofahrt auch nicht unbedingt zu meinen Highlights gehören, aber es könnte schlimmer sein. Dafür sind wir an der Côte d'Azur. In Antibes, um genau zu sein.

Josh zwinkert mir zu, zieht den Schlüssel und beugt sich zu mir herüber. »Sag ich oder du ihm, dass er nervt?«

»Ich. Wenn du das machst, ist er nur wieder beleidigt.« Keine Ahnung, was zwischen den beiden vorgefallen ist, aber Ben reagiert im Moment ziemlich pissig auf alles, was Josh sagt oder tut. Ich hoffe, die beiden können das hier wieder einrenken. Das ist unser erster und wahrscheinlich auch letzter gemeinsamer Urlaub. Der sollte nicht durch irgendwelche Unstimmigkeiten verdorben werden.

Zwischen den beiden ist es so, seit ich in Paris war. Ich habe natürlich Josh gefragt, was vorgefallen ist, aber der sagt, es sei nichts. Klar habe ich mitbekommen, in was für einem Zustand Josh war, als ich ihn an dem Nachmittag besucht habe. Die beiden haben zwar versucht, es runterzuspielen, aber er hatte den Kater des Jahrhunderts und war noch nicht wieder richtig auf den Beinen.

Und das ist meine Schuld. Ich hätte niemals zu dieser Zeit wegfahren dürfen. Ich weiß, wie schwer der Todestag seines Vaters für ihn ist. Josh sagt, er hätte den Abend mit Ben verbracht, es übertrieben und Ben dann auf die Schuhe gekotzt.

Deshalb sei der sauer. Ben ist zwar echt pingelig, wenn es um seine Klamotten geht, aber wegen so was ist er nicht tagelang angepisst. Da muss mehr gewesen sein.

Na, wer weiß, vielleicht erwische ich Ben ja in einem ruhigen Moment, und er erzählt mir dann, was vorgefallen ist.

Jetzt schauen wir uns erstmal auf unserem Campingplatz für die nächsten zehn Tage um. So lange wollen wir nämlich hier Sommer, Sonne und Strand genießen.

Alles ist erheblich luxuriöser, als ich gedacht hätte. Bens Eltern haben uns ihren Wohnwagen geliehen. So ein superlanges Fünfsterne-Luxusdings. Das heißt, Josh und ich können sogar eine Tür hinter uns zumachen.

Während die Jungs dabei sind, den Wohnwagen auf seinen Stellplatz zu rangieren und alles anzuschließen, schaue ich mich ein wenig auf dem Campingplatz um.

Da wir lediglich die Kosten fürs Benzin und den Stellplatz tragen müssen, ist auch der Campingplatz luxuriöser geworden. Die sanitären Einrichtungen teilen wir uns nur mit fünf anderen Stellplätzen, es gibt ein Restaurant und einen Supermarkt auf dem Gelände, sowie einen Golfplatz. Nicht, dass irgendeiner von uns Golf spielen würde. Nicht mal Ben.

Aber egal. Der Platz ist sauber, geräumig und hat einen eigenen kleinen Zugang zum Strand. Dort stehe ich gerade und schaue aufs Meer. Der absolute Wahnsinn. Kein Wunder, dass dieser Ort immer wieder fasziniert. Ich bin nicht sicher, ob ich je so einen blauen Himmel gesehen habe. In Verbindung mit dem türkisschimmernden Wasser ein Anblick, der mir unter die Haut geht.

»Na, bist du vom Meer geflasht?« Joshs Arme legen sich um meine Hüften, und sein Kinn sinkt auf meine rechte Schulter.

»Ja. Ich meine, die Farbe ist der Hammer!«

»Ja, ganz nett.« Das ist Ben. Ich drehe den Kopf und sehe

ihn neben Josh stehen. »Wir hätten den Atlantik nehmen sollen. Da kann man wenigstens surfen.«

»Wir surfen nicht, Ben.« Josh grinst ihn an und haucht mir dann einen Kuss auf die Wange.

»Richtig, aber ihr turtelt den ganzen Tag, und das ist fast nicht zu ertragen.«

Josh lässt mich los und wendet sich seinem Freund zu. »Dann lern Golf spielen, wenn dir unsere Gesellschaft nicht passt.«

Ben setzt zu einer Antwort an, winkt dann jedoch ab und stapft zurück zum Wohnwagen. So geht das nicht. Ich streichle Josh über den Arm und sage: »Ich rede mit ihm, okay?«

»Viel Spaß beim Versuch.« Er klingt nicht, als würde er an den Erfolg meiner Mission glauben.

»Was auch immer zwischen euch los ist, meinst du, du könntest das für die Tage hier vergessen?«

»Ich?« Josh deutet auf sich. »Ich habe kein Problem. Er ist es doch, der …«

Ich hebe die Hand. »Ich habe nur gefragt, ob du für Frieden bereit bist?«

»Klar bin ich das. Ich sag's gerne noch mal: kein Problem von meiner Seite.«

»Alles klar. Dann lass mich mal machen.« Ich küsse ihn und wende mich dann dem Wohnwagen zu. »Du könntest dich nützlich machen und was fürs Abendessen organisieren.«

»Alles klar.« Er streckt den Arm aus und zieht mich noch einmal in eine Umarmung. Wie immer läuft ein angenehmer Schauer durch meinen Körper, und ich möchte nichts mehr, als ihm nahe sein. Ich blicke hoch zu ihm und sehe, dass er lächelt. »Auf die beste Zeit, die wir je hatten.« Und dann senken sich seine Lippen auf meine. Seine Zunge erobert meinen Mund, seine Arme umfassen mich noch fester, sein Körper drückt sich hart an meinen. Josh zu küssen ist eine einzige Explosion. In mir explodiert ein Feuerwerk, ein Lichterspiel sondergleichen, das alles überstrahlt.

Nicht zum ersten Mal in den letzten acht Wochen frage ich mich, wie ich das all die Jahre nicht hatte sehen können. Wir sind füreinander bestimmt. Josh und Mia. Zusammen können wir alles sein.

Josh unterbricht den Kuss und lässt mich los. »Geh Ben nach. Ich besorg das Essen.«

Mit einem Lächeln auf dem Gesicht wende ich mich dem Wohnwagen zu. Ben ist draußen nirgends zu sehen, also gehe ich rein. Zu meiner Überraschung ist es im Inneren angenehm kühl. Ich erinnere mich dunkel, dass Ben erwähnt hatte, der Wagen sei klimatisiert.

Um die Hitze von draußen nicht ins Innere gelangen zu lassen, schließe ich die Tür. »Ben? Bist du da?«

»Hier!« Seine Stimme klingt gedämpft durch die Schiebetür zu seinem Schlafraum.

»Darf ich reinkommen?«

»Klar.« Die Tür geht auf, und ich krabble zu ihm aufs Bett. Denn natürlich sind die *Schlafzimmer* keine richtigen Zimmer, sondern Kojen, die durch eine Tür abgetrennt sind.

Sobald ich bequem sitze, schaue ich zu ihm. »Sagst du mir, was los ist?«

»Was soll sein?« Er schaut mich nicht an, sondern spielt mit dem Buch, in dem er wohl gerade gelesen hat.

»Das mit Josh und dir. Was hat er gemacht, als ich weg war? Und sag nicht, da war nichts, denn das glaube ich dir nicht. Seit ich zurück bin, reagierst du auf alles, was er tut, gereizt. Eben auch.«

»Was sagt er dazu?« Ben schaut mich nicht an, legt aber das Buch zur Seite und zieht die Beine in den Schneidersitz.

»Er sagt, er hätte dir auf die Schuhe gekotzt und …«

Bens sarkastisches Lachen unterbricht mich. »Das hat er gesagt? Na, gelogen ist es nicht.«

Ich verstehe nicht. »Und deshalb bist du sauer?«

Er schüttelt den Kopf, sagt jedoch nichts, sondern verschränkt die Arme vor der Brust.

»Lass dir doch nicht alles aus der Nase ziehen.« Und weil ich Ben kenne, rede ich weiter. »Du musst auch nichts beschönigen. Ich habe gesehen, wie schlecht es Josh ging. Er sah aus, als hätte er die ganze Zeit durchgefeiert und ...«

»Hat er.«

»Okay. Und?«

Ben rückt sich zurecht. »Es ist gar nicht mal so sehr etwas, was er getan hat. Es ist ... alles.« Er breitet die Arme aus und lässt sie wieder sinken. »Er hat sich nicht im Griff.«

»Wie meinst du das?«

»Sein Drogenkonsum, sein Alkoholkonsum, einfach alles.«

Ja, klar, Josh hat es seit seinen Abiprüfungen krachen lassen, aber so krass wie Ben würde ich das jetzt nicht sehen. »Du bist auch nicht gerade ein Kind von Traurigkeit.«

»Es geht hier aber nicht um mich. Ich weiß, wann es genug ist.«

»Ach ja? Ich erinnere mich da an eine gewisse Abiparty, bei der Josh und ich ...«

»War klar.« Kopfschüttelnd unterbricht er mich. »Du bist auf seiner Seite. Diesen Abend hält er mir auch vor, wenn ich mit ihm reden will. Aber weißt du was? Das war ein Abend. Einer. Hast du gezählt, wie oft du ihn in den letzten Wochen völlig zugedröhnt nach Hause gebracht hast?«

Stirnrunzelnd mustere ich ihn. »Zwei oder drei Mal, denke ich. Aber da warst du auch nicht ...«

»Ich war da auch nicht nüchtern, stimmt. Aber ich benutze nicht Dope oder Valium zum Schlafen und Pep oder Fenetyllin zum Wachwerden. Ich ziehe mir kein Koks rein, und ich schmeiße auch nicht dreimal die Woche irgendwelche Pillen.«

»Jetzt übertreibst du aber. Josh hat nicht ...«

»Ich sag ja, du willst es nicht hören. Aber Tatsache ist, dass du nicht mal die Hälfte von dem mitbekommst, was er tut.«

»Willst du damit sagen, dass Josh mich belügt?« Das kann ich nicht glauben.

»Er würde es nicht direkt lügen nennen. Er erzählt dir nur nicht alles. Und das ist etwas, was einfach nicht geht. Ich habe keine Lust mehr, ihn zu decken. Das ist nicht gut für ihn.« Er seufzt und fährt sich mit der Hand übers Gesicht. »In der Woche, in der du weg warst, war er dauerbreit. Und das meine ich wörtlich. Zum Aufstehen der erste Joint und dann das volle Programm. Und wenn ich von Aufstehen rede, dann meine ich nicht vor vier Uhr nachmittags.«

Ben redet sich in Rage, und ich will ihn unterbrechen, doch er hebt die Hand. »Er ist mein bester Freund, und deshalb habe ich den Mund gehalten. Aber er geht zu weit. Er wird dir weh tun, und das will ich nicht zu verantworten haben.«

Grundsätzlich traue ich Josh viel zu, aber bei einer Sache bin ich mir sicher: »Josh würde mir nie weh tun.«

»Nicht, wenn er nüchtern ist. Nur ist er das viel zu oft nicht.«

Ich schüttle den Kopf und will zu einer Erwiderung ansetzen, doch Ben hebt abwehrend die Hand. Frustriert löst er seine Beine aus dem Schneidersitz und krabbelt zur Tür. »Willst du es sehen? Was meinst du, was du findest, wenn du sein Gepäck durchwühlst?«

»Ich würde nie …«

»Genau darauf baut er, und das macht mich stinkwütend.« Er verlässt die Koje und geht zu unserem Raum. Bevor ich eingreifen kann, öffnet er einen Reißverschluss an der Seite von Joshs Tasche und zieht eine Plastiktüte heraus. Eine von denen, wie man sie beim Fliegen ins Handgepäck nimmt.

Ich will nicht sehen, was sich darin befindet, und dennoch kann ich die Augen davor nicht verschließen. Zwei Päckchen mit weißem Pulver, eins mit bunten Pillen und zwei Blister mit Tabletten. Alles in mir krampft sich zusammen.

»Hey, ihr zwei, ich habe Essen, und danach könnten wir das Vorzelt …«

Wie in Zeitlupe drehe ich mich zu Josh. Mein Unterkiefer zittert, und Tränen treten in meine Augen.

»Oh!« Er lässt die Einkaufstüten fallen und kommt auf mich zu. Dabei irrt sein Blick immer wieder zwischen mir und der Tüte in Bens Hand hin und her. »Mia, das ist nicht, wonach es aussieht.«

»Und was ist es dann?« Gut, so langsam mischt sich Wut in den Wirrwarr aus Schock, Unglaube und Verzweiflung, der mir die Luft zum Atmen nimmt.

»Wir sind im Urlaub, und ich dachte …«

»Dein Ernst? Du weißt, dass ich den Scheiß nicht mehr anrühre. Und du hast gesagt …« Meine Stimme bricht, und ich blinzele mehrfach, um die Tränen zu unterdrücken. Hilft keinem, wenn ich jetzt anfange zu heulen.

»Ich brauch das nicht, Mia.« Er deutet auf die Tüte in Bens Hand. »Nimm es mit und spül es das Klo runter. Ist mir egal.« Dann schaut er wieder zu mir. »Aber bitte, Mia …« Jetzt treten auch in seine Augen Tränen.

Ich schaue zu Ben, zu der Tüte und dann zu Josh. Ich sollte etwas sagen, wenigstens etwas denken, doch da ist eine Leere in meinem Kopf, die mir Angst macht. Und eine Kälte in meinem Inneren, die mich erschreckt.

»Ihr solltet das unter euch …« Ben bricht kopfschüttelnd ab und verlässt den Wohnwagen. Die Tüte nimmt er mit.

Ich sage immer noch nichts, sondern starre ihm nach.

»Mia, rede mit mir, bitte.«

Joshs flehender Tonfall bringt mich dazu, zu ihm zu sehen. Ich lege den Kopf leicht schief und mustere ihn. Er sieht besser aus als vor zwei Wochen. Aber da sind immer noch dunkle Schatten unter seinen Augen. Die könnten allerdings auch davon kommen, dass er die letzten sieben Stunden diesen Riesen-Caravan durch Südfrankreich kutschiert hat.

»Mia.« Er kommt zu mir und nimmt meine Hände in seine. »Ich weiß, was wir gesagt haben. Es war nur so, dass ich …« Er schüttelt den Kopf. »Nein, das ist alles Blödsinn. Ich habe das Zeug gekauft und benutzt und es dir nicht gesagt. Und das war falsch.«

»Warum?« Und weil mir klar wird, dass er die Frage missverstehen könnte, schiebe ich nach: »Warum hast du nichts gesagt?«

»Weil ich ein Arsch bin?« Er lässt mich los und setzt sich aufs Bett. Dabei vergräbt er das Gesicht in den Händen. Seine Worte kommen so leise, dass ich mich neben ihn setzen muss, um zu verstehen, was er sagt. »… dreht alles durch. Ich liebe dich schon so lange, und jetzt ist endlich alles so, wie es sein soll. Aber ich habe Angst. Angst, dass wir uns streiten und verlieren, was wir hatten. Und das … manchmal helfen die Drogen.« Er deutet nach draußen. »Sie nehmen mir die Angst. Sie entspannen mich. Sie helfen.«

Diese Worte machen mich wütend. Gleichzeitig zieht eine Traurigkeit an meinem Herzen, die ich nicht in Worte fassen kann. »Du weißt, dass das nicht stimmt, oder? Es hilft nicht, und wir waren uns einig, dass …«

»Ich weiß.« Er hebt den Kopf und nimmt wieder meine Hände. »Ich habe einen Fehler gemacht. Ich rühr das Zeug nicht mehr an und auch sonst nichts. Wenn du willst, trinke ich nicht mal Alkohol. Aber bitte …« Seine Stimme bricht, und er atmet tief ein. »Sag, dass du bei mir bleibst.«

»Josh.« Sein Blick geht mir unter die Haut. »Ich bin immer bei dir.« Sanft ziehe ich ihn in eine Umarmung, und er legt seinen Kopf an meine Brust. Zärtlich streiche ich ihm immer wieder durchs Haar. »Wir beide gehören zusammen. Ich verlasse dich sicher nicht wegen so was. Aber lüg mich nicht an. Du weißt, dass ich immer für dich da bin.«

Er hebt den Kopf und schaut mir in die Augen. »Nie wieder.« Sein Daumen streicht über meine Wange und dann über meine Lippen. »Du bist das Beste, was mir je passiert ist, weißt du das?«

»Ja, das ist mir schon lange klar«, sage ich und küsse ihn. Seine Hand gleitet unter mein T-Shirt und sucht sich ihren Weg zu meinen Brüsten. So gerne ich das hier auch weiter genießen würde, befreie ich mich aus seinem Griff. »Wir sollten zu Ben gehen. Es wäre komisch, ihn draußen warten zu lassen.«

Josh schließt die Augen und lässt sich aufs Bett zurückfallen. »Wäre nicht das erste Mal, oder?«

»Du bist ihm nicht böse?«

Langsam dreht er den Kopf und sieht mich an. »Nein.« Seufzend richtet er sich wieder auf. »Tatsächlich hat er mir einen Gefallen getan. Es war nicht schön, dich zu belügen. Keine Ahnung, ich … Es ist fast erleichternd, dass er das Zeug weggeschafft hat.«

»Sag ihm das, ja? Er macht sich echt Sorgen um dich. Er ist dein Freund. Das hat er heute bewiesen.«

»Ich weiß. Lass uns gehen und unseren Urlaub genießen.«

Mit einem Lächeln steht er auf und nimmt mich noch einmal für einen schnellen Kuss in den Arm. »Ich liebe dich, Mia.«

Wie jedes Mal, wenn er das sagt, läuft mein Herz über. Gemeinsam sind wir stark. Gemeinsam können wir alles schaffen. Ich schaue ihm in die Augen, lächle und antworte: »Und ich liebe dich.«

11. Josh – Gegenwart

Was tue ich hier eigentlich?

»Ich habe ja schon erzählt, dass Ben einen Freund hat. Genau da liegt das Problem.« Mia krault Benni den Kopf, lächelt traurig, und ich verstehe nur Bahnhof.

»Warum ist es ein Problem, dass Ben auf Männer steht? Das habe ich mir schon lange gedacht. Wenn nicht schwul, dann zumindest bi.«

»Bi ist richtig. Er bevorzugt meist Frauen, aber jetzt ist es ein Kerl. Und es ist was Ernstes.«

Das ist ja alles gut und schön, aber ich bekomme das immer noch nicht so ganz zusammen. »Und warum wollte er dann dich heiraten und nicht diesen Kerl?«

»Hast du vergessen, wie es hier ist, wenn man nicht der Norm entspricht? Vielleicht warst du zu lange weg.« Sie seufzt und streicht sich das Haar zurück. »In Hamburg ist das wahrscheinlich kein Problem. Aber hier?«

Mir schwirrt der Kopf. Alles, was ich aus ihren Erzählungen der letzten Stunde entnommen habe, setzt sich zu einem Bild zusammen. Aber das ist so unfassbar und unrealistisch, dass es einfach nicht wahr sein kann. »Also, nur damit ich das richtig verstehe: Ben hat einen Freund und will dich heiraten, weil schwul sein ein Problem für seine Umgebung ist?«

»Wenn du das so sagst, klingt es nach einem blöden Plan«, antwortet sie und verzieht das Gesicht. »Aber es trifft den Kern der Sache, ja. Seine Eltern haben einen Riesenterz gemacht, als er ihnen von Adrian erzählt hat. ›Was sollen die Leute denken?‹, ›Wir bekommen keine Aufträge mehr!‹ und so weiter. Du kennst sie ja. Und du kennst Ben. Familie ist ihm wichtig.«

»Okay, lassen wir das mal so stehen. Der Vorteil für ihn ist also eine Ehefrau. Seine Eltern sind zufrieden, und er kann die Baufirma weiterleiten, ohne Kunden zu verlieren.« Ich kann immer noch nicht glauben, dass das wirklich ein Problem sein soll, deshalb füge ich hinzu: »Auch wenn das irgendwie komisch ist.«

»Die Stadt ist zwar nicht weit, doch in den Vororten ist es wie im Mittelalter, was solche Sachen angeht. Das muss uns nicht gefallen, aber es ist Realität.«

»Das muss er selber wissen. Nur wo liegt der Vorteil für dich? Ich meine, wir leben im einundzwanzigsten Jahrhundert. Du musst doch nicht heiraten, nur weil du ein Kind erwartest. Mal ganz davon abgesehen, dass der leibliche Vater unterhaltspflichtig ist.«

Mia beißt sich auf die Lippen und nickt. »Ich dachte … also, es ist nicht leicht, ein Kind alleine großzuziehen. Und Bens Familie hat Geld. Es würde meinem Sohn an nichts fehlen. Beide Großelternpaare würden in der Nähe wohnen, und ich könnte wieder arbeiten. Mein Kind hätte einen Vater, der für es da ist. Ben und ich sind schon lange Freunde, haben uns immer gut verstanden. Also, warum eigentlich nicht? *Win-win* und eine vernünftige Entscheidung.« Auf einmal sieht sie mich mit großen Augen an. »Darf ich mal dein Handy benutzen?«

»Äh, klar.« Ich hole es aus meiner Jackentasche und reiche es ihr. »Hast du keins?«

»Natürlich habe ich eins. Aber das ist in meiner Tasche im Standesamt.« Sie tippt und hält sich das Handy dann ans Ohr. »Ich rufe es gerade an und hoffe, dass meine Eltern drangehen. Die machen sich bestimmt Sorgen und … ja, Papa?« Schweigen. »Oh, hi, Ben.«

Jetzt will ich definitiv eine Zigarette.

»Ja, es geht mir gut.«

Ob es Mia stört, wenn wir gleich zum nächsten Automaten fahren?

»Ist doch egal, oder?«

Meine Finger trommeln gegen meinen Willen auf meinen Oberschenkeln. Ich versuche, das zu unterbinden, erfolglos.

»Ich bin bei Josh.«

Fuck! Das hat sie ihm doch nicht wirklich gesagt. Ich muss weg. Aber die Alpakas machen das nicht gerade leicht. Sie sind überall. Wie können zehn Tiere nur so sehr im Weg sein? Bei dem Versuch, an Mia vorbei- und zwischen den Alpakas durchzukommen, muss ich wohl eine ziemlich miese Figur abgegeben haben, denn ich höre Mia laut lachen.

»Der versucht übrigens gerade zu fliehen.«

Endlich habe ich den Unterstand verlassen. Der Regen hat wieder aufgehört, aber es ist immer noch kalt. Mit schnellen Schritten verlasse ich die Koppel und gehe zum Ufer des kleinen Sees. Dort hebe ich einen Stein auf und werfe ihn hinein. Das tut irgendwie gut. Also nehme ich noch einen und werfe ihn mit aller Kraft. Er landet fast in der Mitte. Das kann ich sicher besser. Der nächste geht ein Stück weiter. Mal sehen, ob ich zwei Drittel schaffe. Wenn ich mich auf die Technik konzentriere und …

»Versuchst du, einen Weg zur anderen Seite zu bauen?«

Gegen meinen Willen lächle ich. »Ich bemühe mich.«

»Dann würde ich größere Steine nehmen.«

Ich werfe den nächsten Stein viel zu steil, und er landet nur ein paar Meter entfernt im Wasser. Dann drehe ich mich zu Mia um. Sie hat die Arme um ihre Schultern geschlungen und schaut mich mit einem Ausdruck an, den ich nicht deuten kann. Um überhaupt etwas zu sagen, scherze ich: »Ich glaube, ich gebe das Vorhaben auf. Zu mühsam.«

»Fürs Durchhalten bist du also immer noch nicht gemacht?«

Doppelautsch. Aber sie weiß ja nichts über mein Leben in den letzten zehn Jahren. Wenn ich etwas gelernt habe, dann durchzuhalten. »Mia, ich …«

»Nein!« Sie hebt abwehrend die Hand. »Das war nicht nett von mir. Ich bin nur gerade so … Schieb einfach alles auf die Hormone.«

Ihr Tonfall lässt meinen Körper kribbeln. »Was alles?«, frage ich mit trockener Kehle.

»Dass ich Ben heiraten wollte. Dass ich mit dir hier bin. Dass ich einfach nicht aufhören kann, mich zu fragen, ob ein Kuss von dir immer noch meine Welt auf den Kopf stellt.«

Ich muss mich verhört haben. Soll ich sie jetzt küssen? Nein, ganz sicher nicht. Es wäre die Erfüllung all meiner Träume, aber aus so vielen Gründen falsch, dass ich gar nicht weiß, wo ich mit dem Aufzählen anfangen soll. Ich will ihr das sagen, doch sie redet bereits weiter: »Du willst nicht? Ist wahrscheinlich auch besser so. Wer will schon die Notlösung sein, weil sich gerade nichts Besseres bietet.«

Weint sie etwa? Will sie sagen, sie sei meine Notlösung? Denkt sie so über unsere Beziehung? »Du warst nie eine Notlösung, Mia. Du warst immer mein Leben.«

Ihr sarkastisches Lachen zeigt, dass sie mir nicht glaubt. Wann ist die Stimmung gekippt?

»Du und Ben, ihr seid gar nicht so verschieden.« Sie reibt sich mit den Händen die Schultern. »Hat euch je wirklich etwas an mir gelegen? Oder bin ich nur die, die für alles herhalten muss, wenn ihr gerade keine Bessere findet?«

Wo kommt das denn jetzt auf einmal her? Sie war die ganze Zeit so souverän, als hätte sie alles im Griff, und jetzt … da fällt der Groschen. Warum habe ich so lange gebraucht, um das zu sehen? Sie hat sich verändert, ja, aber tief drin ist immer noch das Mädchen, in das ich mich verliebt habe. Sie gibt sich stark, bis es irgendwann nicht mehr geht. Und dann beginnt sie wild um sich zu schlagen. Meistens mit Worten. Ich war die ganze Zeit so sehr mit mir selbst beschäftigt, dass ich gar nicht daran gedacht habe, wie sie sich fühlen muss. Heute ist ihr verdammter Hochzeitstag. Gut, eine Hochzeit aus den falschen Gründen, aber trotzdem. Dann entscheidet sie sich, zu fliehen, und läuft ausgerechnet mir in die Arme. Dem letzten Mann, dem sie begegnen will. Das hat sie deutlich gemacht. Und trotzdem ist sie hier und redet mit mir.

»Was hast du überhaupt vor dem Standesamt gemacht, Josh?«

Ja, das ist die alles entscheidende Frage. Auf die sie eine ehrliche Antwort verdient. »Ich … wollte dir die Hochzeit ausreden«, sage ich stockend. »Und dir sagen, dass ich der Mann bin, den du heiraten solltest.« Sie stößt ein ungläubiges Schnauben aus, das ich ignoriere und weiterspreche: »Aber dann bin ich wieder zu mir gekommen und doch nicht reingegangen. Als du in mich reingelaufen bist, wollte ich gerade wieder gehen.«

Sie fährt sich mit der Hand über die Augen. »Wer nicht wagt, der nicht gewinnt, oder? Dir ist aber schon klar, dass ich dich nicht heirate?«

»Sicher. Es ist nur … ich weiß auch nicht.« Frustriert fahre ich mir mit der Hand durchs Haar. »Der Plan war nicht durchdacht.«

»Du bist von Hamburg hierhergefahren, um meine Hochzeit mit Ben zu verhindern?«

Wenn sie das jetzt so sagt, klingt es irgendwie schräg, und ich weiß mir nicht anders zu helfen als mit einem Lächeln. »Wenn es um dich geht, habe ich noch nie die besten Entscheidungen getroffen, oder?«

»Da könntest du recht haben. Danke, dass du ehrlich warst.«

»Das hast du verdient. Ich meine, nach allem, was ich dir angetan habe.« Und weil ich gerade in Fahrt bin, füge ich hinzu: »Du warst nie die Notlösung, sondern die Antwort auf alles.«

»Aha. Weshalb hast du mich dann damals betrogen, wenn ich die Antwort war?«

Dann reden wir jetzt also doch über diese Nacht. Die Wahrheit ist, ich kann dazu nicht allzu viel sagen. »Dieser Abend war … Ich wusste nicht, dass du kommst und …«

»Josh, du machst es nicht besser.«

»Ich weiß, ich weiß. So meine ich das auch nicht. Du hattest gesagt, dass du kommst, und dann hast du abgesagt, und ich war so …« Wie sage ich das, ohne wie ein Depp dazustehen? Geht wohl nicht. Also dann: »Ich hatte solche Angst, dass du mich verlässt. Wir hatten uns ständig am Telefon gestritten, du hast mir meinen Drogenkonsum vorgehalten, und ich habe mich ertappt gefühlt. Ich hatte so sehr gehofft, dass wir uns bei diesem Besuch endlich wieder vertragen. Ich wollte dir zeigen, dass ich kein Suchtproblem habe, und bin nüchtern geblieben. Und dann hast du abgesagt, und ich bin durchgedreht. Ich habe gesoffen, gekifft, Pillen geschluckt, Koks genommen und keine Ahnung …« Ich schüttle den Kopf und kann nicht mehr stillstehen. Also laufe ich vor ihr auf und ab. »Ich hatte es gerade geschafft, mich so weit abzuschießen, dass ich in einer wunderbaren Blase gefangen war. Ich weiß nicht mehr, wie ich mit Nina im Bett gelandet bin. Und dann bist du aufgetaucht …« Mit hängendem Kopf bleibe ich vor Mia stehen. »Ich kann mich nicht wirklich an Einzelheiten erinnern, dafür war ich zu high. Aber ich erinnere mich an dein Gesicht, als du in der Tür gestanden hast … und es bringt mich jeden Tag ein kleines bisschen um.«

12. Mia 18 Jahre – 10 Jahre früher, November

So hätte es nie enden dürfen

Ich kann gar nicht glauben, dass es doch noch funktioniert hat. Aber hier stehe ich am Bahnhof in Hamburg-Altona und hechte zum Bus. Dann bin ich endlich in Schnelsen. Hoffentlich ist Josh noch nicht weg.

Wir wollten heute Abend zu einer Party, bei der er mir seine neuen Freunde vorstellt. Dummerweise musste ich Mittwochabend absagen, weil ich über vierzig Grad Fieber hatte.

Aber wir haben uns drei lange Wochen nicht gesehen. Seit zwei Monaten ist er in Hamburg, und das tut ihm nicht gut. Josh neigte schon immer dazu, sich gehen zu lassen. Natürlich weiß ich, dass er seit dem Tod seines Vaters immer wieder zu Drogen greift.

Ich dachte, wir hätten das im Griff. Hatten wir auch, bis er hierhergezogen ist. Wenn ich seine Erzählungen richtig deute, ist er hier mehr mit Feiern als mit seinem Studium beschäftigt. Er ist zu oft high. Manchmal dauert es Stunden, bis er mir antwortet, und oft sind seine Antworten so wirr, dass mir klar ist, was er getan hat. Wirklich schlimm ist, dass er es danach bestreitet. Wir haben bereits mehrfach deswegen gestritten. Nur am Telefon, oder über SMS, doch das macht es nicht besser.

Deshalb ist es auch so wichtig, das Wochenende mit ihm zu verbringen und das endlich zu klären. Er muss die Finger von den Drogen lassen. Zur Not mit Hilfe. Meiner Hilfe. Er braucht mich. Und da ich seit Donnerstag fieberfrei bin, bin ich heute nach der Schule doch noch losgefahren, um ihn zu überraschen. Ich will ihm sagen, dass ich nach meinem Abi nächstes Frühjahr zu ihm nach Hamburg komme. Ich werde auch hier studieren. Das sollte meine Überraschung vor der Party werden.

Ich konnte ja nicht ahnen, dass der Zug sich dermaßen verspätet und ich erst kurz vor Mitternacht bei ihm ankomme. Ich versuche es erstmal in seiner WG. Wenn er da nicht ist, kann ich ihm immer noch texten.

Schon von Weitem höre ich Musik aus einem offenen Fenster. Als ich näher komme, wird mir klar, dass sie aus Joshs WG kommt. Die Party findet bei ihm statt? Umso besser, dann ist er sicher da.

Ich beschleunige meine Schritte und überlege gerade, ob ich klingeln oder meinen Schlüssel benutzen soll, als die Haustür aufgeht und mir zwei schwankende Gestalten entgegenkommen. Schnell schlüpfe ich in den Hausflur und gehe den Gang zur Wohnung entlang. Die Tür ist nur angelehnt, und ich höre von drinnen Leute lachen und grölen.

Okay. Ich sollte mich also darauf einstellen, dass Josh zugedröhnt ist. Erst recht, nachdem ich abgesagt habe und er mir heute Morgen geschrieben hat, dass er sich zu mir träumen will. Dann werden wir unser Gespräch über seinen Drogenkonsum wohl auf morgen verschieben müssen.

Mit einem unguten Gefühl bahne ich mir einen Weg durch die feiernden Menschen. Ich kenne keinen davon. Kein Wunder. Eigentlich kenne ich in Hamburg nur Joshs Mitbewohner. Die beiden Male, die ich hier war, haben wir sein Zimmer kaum verlassen. Wir haben uns unsere eigene kleine Blase gebaut. Nur Josh und Mia und sonst nichts. Beim letzten Mal war er zwar bei meiner Ankunft ziemlich high gewesen, aber den Rest des Wochenendes war alles gut.

In der Wohnung hängt der süßliche Geruch von Gras, und

auf dem Couchtisch sehe ich eine Plastikkarte und ein abgeschnittenes Röhrchen. Das gefällt mir nicht. Wo ist Josh?

Ich spreche den Nächstbesten an, der mir über den Weg läuft. Ein hübscher Kerl mit leicht verstrubbeltem Haar, Hoodie und engen Jeans. »Hast du Josh irgendwo gesehen?«, schreie ich, um die Musik und die Stimmen der Feiernden zu übertönen.

Der Typ schaut mich aus glasigen Augen an, schüttelt den Kopf und nickt dann. »Ich glaube, der will nicht gestört werden. Hat sich ordentlich zugedröhnt und ist dann mit dieser scharfen Braut in seinem Zimmer verschwunden.«

Was? Die Welt bleibt stehen. Die Musik tritt in den Hintergrund, und auch die Menschen um mich herum öffnen und schließen nur noch ihre Münder, ohne dass ein Ton mich erreicht.

Wie in Zeitlupe bewege ich mich durch die Menge auf Joshs Tür zu. Ob er sie abgeschlossen hat? Was mache ich dann?

Langsam strecke ich die Hand aus, greife nach der Klinke. Fast könnte man meinen, dass es nicht meine Hand ist. Ich sehe, wie sie das Metall berührt, spüre dessen Kälte, aber es kommt mir so vor, als würde das einer anderen passieren. Als würde diese Hand unabhängig von mir agieren.

Im Zimmer brennt Licht, und meine Augen sehen, was mein Herz nicht begreifen will. Und dennoch brennt sich jede Kleinigkeit in meine Netzhaut ein. Da liegt eine Frau auf Joshs Bett. Es ist bezogen mit der roten Bettwäsche, die wir vor ein paar Wochen zusammen ausgesucht haben.

Josh liegt unter ihr und scheint völlig in ihre Berührungen versunken. Sie küsst sich gerade seinen nackten Oberkörper entlang und fasst ihm mit einer Hand in den Schritt.

Aus weiter Ferne höre ich ihn irgendetwas murmeln, und dann durchbricht ein Schrei die Stille. Mein Schrei. Laut und schrill. Ich kann nicht mehr aufhören. Und den Blick nicht abwenden.

Ganz langsam richtet Josh sich auf. Sein Blick braucht einen Moment, um mich zu fixieren. Ich sehe, dass sein Mund sich öffnet, doch ich verstehe kein Wort. Mit einem Mal setzt die Geräuschkulisse hinter mir wieder ein, und ich höre nur noch Musik. Keine Ahnung was, aber es hat einen viel zu lauten Beat, der im Rhythmus meines Herzens wummert und Schmerz durch meine Adern pumpt. Ein allumfassender, alles zerstörender Schmerz, der für nichts anderes Raum lässt.

Und wieder sind es die kleinen Details, die sich einbrennen. Josh, der die Hand nach mir ausstreckt. Die Frau, die sich lachend zu mir umwendet. Ihr verschmierter Lippenstift, der ihr das Aussehen von Joker gibt. Angewidert trete ich einen Schritt zurück. Dabei stoße ich mit jemandem zusammen, und etwas Kaltes läuft meinen Rücken hinunter. Mein Blick fällt auf Joshs Zimmertür, und ich frage mich, ob der Riss im Lack das letzte Mal auch schon da gewesen ist. Oder war das mein zersplittertes Herz? Über den Gedanken muss ich lachen und merke, dass ich wohl aufgehört habe zu schreien. Dafür lache ich hysterisch. Josh erscheint im Türrahmen. Er schwankt, sagt etwas und greift nach meinem Arm. Mit der einen Hand hält er meinen Arm fest, und mit der anderen stützt er sich am Türrahmen ab. Er sieht nicht gut aus. Die Augen blutunterlaufen, die Wangen leicht eingefallen und der Blick auf eine Art glasig, die mir Angst macht. Es fühlt sich an wie eine Ewigkeit, aber es können nur wenige Sekunden vergangen sein. Ich muss hier weg. Mit einer Kraft, von der ich nicht weiß, wo sie herkommt, befreie ich meinen Arm. Dann laufe ich. Raus aus der Wohnung, raus in die kalte Novembernacht. Keine Ahnung, wo ich hinwill, sicher ist nur eins: weg von diesem Menschen, der nur noch ein Schatten von Josh ist.

Ich laufe und laufe, bis ich mich völlig verausgabt habe. Keine Ahnung, wo ich bin, aber gegenüber ist eine verglaste

Bushaltestelle. Dort gibt es Licht, und ich bin ein wenig vor dem rauen Wind geschützt. Schwer atmend lasse ich mich auf einen der Sitze fallen und krame nach meinem Handy. Ohne darüber nachzudenken, wähle ich Bens Nummer. Nach dem zweiten Klingeln hebt er ab.

»Hey, Mia. Ist es wichtig? Ich bin gerade auf dem Sprung und …«

»Er war mit einer anderen im Bett«, unterbreche ich ihn und bin überrascht, wie ruhig und kontrolliert meine Stimme klingt.

»Was?«

»Er lag mit einer anderen im Bett, als ich bei ihm ankam.« Tränen laufen meine Wangen hinab.

»Dieser elende Mistkerl. Ich bring ihn um. Ich hab ihm gesagt, dass ich ihm jeden Knochen breche, wenn er das mit dir verbockt. Ist er nüchtern? Ach scheiß drauf, ich will es gar nicht wissen … Mia, das ist … wo bist du? Wie geht es dir? *Scheiße!* Wenn ich jetzt losfahre, bin ich morgen früh da und …«

»Würdest du das machen? Kommst du mich holen?« Tränen brennen in meinen Augen, meinem Hals, und ich bin nicht sicher, ob Ben meine gestammelten Worte verstehen kann.

»Such dir einen Platz, an dem du es warm hast, trink einen Kaffee oder so, und sag mir, wo du bist. Ich sitze schon im Auto. Wenn ich Glück habe, schaffe ich es in sechs Stunden.«

Ich schaue mich um und entdecke tatsächlich ein Fast-Food-Restaurant, an dem ein Schild blinkt, man habe 24 Stunden geöffnet. Ich gebe Ben die Adresse.

»Okay. Ruf mich an, wenn irgendwas ist. Ich hab mein Headset im Ohr. Und Mia …«

»Ja?«

»Mach nichts Unüberlegtes. Er ist es nicht wert.«

Ich nicke. »Ja, ich weiß.« Dann lege ich auf und starre auf

das Logo der Fast-Food-Kette. Er ist es nicht wert. Aber warum fühlt es sich dann so an, als würde jeder Herzschlag das Leben aus mir heraussaugen? Warum habe ich nicht mal die Kraft, aufzustehen und die wenigen Meter ins Warme zu gehen?

Die Antwort ist leicht: Ich habe Josh vertraut, trotz all meiner Bedenken. Und jetzt ist nichts mehr, wie es einmal war.

Und weil ich Ben nicht vom Fahren abhalten will, aber alleine sein mich wahnsinnig macht, rufe ich Sarah an.

13. Josh – Gegenwart

Die Wahrheit ist oft hart

Sie ist tief in der Vergangenheit gefangen, das kann ich sehen. Am Schmerz in ihren Augen, genau wie damals. Und genau wie damals zerreißt es mich. Dieser Blick hat mich zerstört, und ich habe die letzten zehn Jahre gebraucht, um mich wieder zusammenzusetzen. Zu büßen. Auch wenn ich das Wort nicht mag. Doch das habe ich getan. Ich hoffe, sie gibt mir die Chance, das zu beweisen.

Kopfschüttelnd sieht sie mich an. »Wusstest du, dass Ben noch in der Nacht nach Hamburg gekommen ist, um mich zu holen?«

Nein, wusste ich nicht. Die beiden haben ja nicht mehr mit mir geredet. Ich habe versucht, Mia anzurufen, aber sie ist nicht rangegangen. »Woher sollte ich das wissen? Ich habe versucht, dich zu erreichen.« Das *aber*, das auf diesen Satz folgen müsste, spare ich mir. Sie weiß selbst am besten, dass sie meine Anrufe ignoriert hat.

»Genau zwei Stunden lang. Danach nie wieder.« Ihr scharfer Ton fährt mir ins Herz.

Sie hat recht, allerdings kann ich das erklären. »Ich konnte nicht mehr … Ich habe … Also …« *Fuck*, warum treten mir nach all den Jahren immer noch Tränen in die Augen? *Weil du dich schämst, Arschloch.* Ja, und wie. Die nächsten Worte auszusprechen, die ganze Wahrheit, ist Segen und Fluch zugleich. Endlich kann ich ihr all das sagen, was ich seit zehn Jahren mit mir herumschleppe. Aber danach wird sie mich erst recht hassen. »Nina hat mich geküsst und was weiß ich nicht alles mit mir gemacht. Ich habe es nicht mal mitbekommen. Für mich warst du bei mir. Dann habe ich dich schreien gehört und viel zu lange gebraucht, um alles richtig zusammenzusetzen. In meinem Kopf ist alles durcheinandergewirbelt. Aber schließlich habe ich sogar in meinem Zustand erkannt, dass irgendwas verdammt schiefläuft. Ich habe sie weggeschoben und deinen Blick gesucht. Dein Anblick hat mich zu Tode erschreckt. Dein Blick … Ich glaube, ich bin auf einen Schlag klar im Kopf geworden und habe kapiert, was du glaubst gesehen zu haben. Ich wollte hinterher, aber mein Körper war am Arsch. Ich bin getaumelt, konnte dir nicht nach und habe schließlich versucht, dich anzurufen.« Ich schaffe es nicht, sie bei meinem Geständnis anzusehen. »Du hast nicht geantwortet, und ich habe da weitergemacht, wo ich aufgehört hatte: Ich habe mich zugedröhnt. Und zwar gründlich.« Ich höre sie schnauben, lasse mich jedoch nicht von meinem Geständnis abbringen. Wenn ich es ihr jetzt nicht erzähle, dann nie. »Ich bin Montagmittag zu mir gekommen. Hatte keine Ahnung, wo ich war. Irgendwo in einer WG auf St. Pauli, stellte sich raus.« Ich hebe einen Stein hoch und werfe ihn von einer Hand in die andere. Diese Erinnerung ist nicht schön. Aber ich muss sie schonungslos ausbreiten. »Ich war in einem erbärmlichen Zustand. Wie es aussah, hatte ich vollkommen die Kontrolle verloren.« Meine rechte Faust schließt sich fest um den Stein.

»Nicht das erste Mal, oder?«

Wie recht sie hat. Und gleichzeitig auch nicht. »Nie so sehr. Ich bin in meiner eigenen Kotze aufgewacht, mit Einstichstellen am Arm, von denen ich nicht wusste, wo sie herkamen. Das war schlimmer als alles, was vorher passiert war.« Ich sehe sie immer noch nicht an. Denn wenn ich das jetzt tun würde, hätte ich nicht die Kraft, weiterzusprechen. »Ich bin nach Hause gewankt, habe geduscht, die Klamotten weggeschmissen und mir dann Hilfe gesucht. Suchtberatung.«

Jetzt werfe ich den Stein, und er landet weit über die Mitte hinaus im Wasser. »Natürlich konnten die mir nicht sofort helfen. Aber sie haben telefoniert und mir innerhalb von achtundvierzig Stunden einen Platz gesucht.« Ich stocke, weil ich nicht weiß, ob ich den Rest erzählen soll. Mein Herz wummert viel zu laut und viel zu schnell. Natürlich habe ich die Geschichte bereits in der Therapie aufgearbeitet. Aber es ist etwas völlig anderes, jetzt hier vor ihr alles zu gestehen.

Doch es muss sein. Sie braucht das und ich auch. Um endlich abschließen zu können. Um endlich zu heilen. Also beginne ich leise: »Ich wollte nach Hause gehen, mich ausschlafen und auf den Beginn der Therapie warten. Doch schon auf dem Weg sah ich dein Gesicht, hörte deinen Schrei. Er vermischte sich mit den Gedanken an meinen Vater, wie er in dieser Nische lag und sich nicht bewegen konnte.«

Ich hole zittrig Luft und sehe Mia bei meinen nächsten Worten in die Augen: »Ich konnte nicht mehr. Die Einstichstellen waren da, und mir würde bald geholfen werden, also …«

Ihre Augen weiten sich, als sie versteht. »Du hast also weitergemacht?«

In ihrer Stimme ist keine Anklage. Es ist eine simple Frage, auf die es nur eine simple Antwort gibt: »Ja. Und weißt du, auch wenn das merkwürdig klingt, es hat mir eine Scheißangst gemacht.« Meine Hand zittert leicht, als ich mir die Haare zurückstreiche. »Ich bin pünktlich in der Klinik gewesen, und das hat mir wohl das Leben gerettet. Der körperliche Entzug war hart, allerdings nach zwei Tagen vorbei. Viel schlimmer war …« Ich tippe mir mehrfach an den Kopf. »Um es kurz zu machen: Ein wichtiger Grundstein dieser Therapie war es, mit meinem alten Leben zu brechen. Alles hinter mir zu lassen, um neu zu beginnen. Kein Kontakt zu niemandem.« Tatsächlich war das fast der härteste Teil. Mir war klar gewesen, dass Mia und Ben auf eine Erklärung warteten. Ich habe sogar mit meinem Therapeuten darüber gesprochen. Aber kein Kontakt hieß kein Kontakt.

»Ah und weil du dich immer an Regeln hältst, hast du diese natürlich auch befolgt.« Ihr Sarkasmus stößt tief in die immer noch nicht ganz verheilte Wunde.

»In dem Moment, in dem ich mich für die Therapie entschieden habe, hatte ich keine Wahl mehr. Das ist ein geschlossenes Zentrum. Kein Kontakt zur Außenwelt. Für die Patienten gibt es kein Telefon oder Ähnliches.«

»Achtundvierzig Stunden, hast du gesagt. In denen hättest du dich melden können.«

»Hätte ich nicht. Zu diesem Zeitpunkt war ich ganz unten. Das war nichts, was ich mit irgendjemandem hätte teilen wollen. Alleine die Vorstellung, du könntest mich so sehen …« Ich schlucke, weil mir bei dem Gedanken daran immer noch leicht übel wird.

»Und deine Mutter? Die hat auch nichts gewusst?«

»Ich habe darum gebeten, dass meine Mutter informiert wird. Aber auch ausrichten lassen, dass sie Stillschweigen bewahren soll.«

»Warum? Was hätte es geschadet, wenn ich gewusst hätte, was los ist?« Der Sarkasmus ist weg. Jetzt flüstert sie nur noch. Das schmerzt fast noch mehr.

»Ich wollte nicht, dass du es so erfährst. Mein Absturz war … ein Versagen, das ich dir gegenüber nicht zugeben wollte.« Das gestehe ich mir nicht gerne ein, auch wenn es die Wahrheit ist. »Erst wollte ich es dir selbst sagen, dann habe ich mich zu sehr geschämt, und irgendwann war so viel Zeit vergangen …« Ich zucke mit den Schultern und beschließe, meine Geschichte zu Ende zu erzählen. »Nach der Therapie war ich bei den NA: Narcotics-Anonymous. Seit ein paar Jahren nicht mehr regelmäßig, weil ich das nicht mehr brauche … brauchte. Bis ich von deiner Hochzeit mit Ben erfahren habe. Danach bin ich … es war bei Weitem nicht so schlimm wie vor zehn Jahren. Ich habe auch keine Drogen genommen, aber gesoffen und …«

»Warum erzählst du mir das?« Ihre Schulter berührt kurz meinen Arm. Ich habe gar nicht gemerkt, dass sie so nah neben mich getreten ist.

»Weil das der letzte Puzzlestein im Heilungsprozess ist. Sich entschuldigen und schonungslos alles zugeben. Es ist Zeit, diesen letzten Schritt auch vor dir zu tun. Und weil ich danach ein Feigling war und mich nicht bei dir gemeldet habe. Ich weiß, dass ich das hätte tun sollen. Aber ich hatte Angst.« Ich schiele zu ihr rüber. Sie hat den Blick aufs Wasser gerichtet. »Was hast du gemacht?«, frage ich leise. Und weil ich nicht sicher bin, ob sie versteht, füge ich hinzu: »Also nachdem …«

»Ich hab dich schon verstanden.« Sie holt tief Luft und zeigt in Richtung des Geheges. »Lass uns die Tiere füttern. Sie warten auf ihr Heu.« Mit diesen Worten geht sie zurück.

Ich brauche einen Moment, um ihr zu folgen. Das Geständnis eben hat mich Kraft gekostet. Denn obwohl ich ihr all diese Dinge oft in meiner Fantasie gesagt habe, ist es anders. Ich habe mir verschiedene Reaktionen ausgemalt. Aber in meinen Tagträumen hat sie immer irgendwie reagiert. Dass sie das nicht tut, ist sehr Mia. Erst nachdenken, dann noch mal denken und dann vielleicht reden.

Unsicher, was wirklich in ihr vorgeht, folge ich ihr. Sie steht hinter dem Schuppen, die Heugabel in der Hand, und pikst sie in einen der Ballen.

Ich gehe zu ihr und nehme ihr die Gabel aus der Hand. »Du solltest das nicht tun.«

»Ich will …«

»Du bist schwanger, und da solltest du nichts Schweres heben. Lass mich das machen.« Das ist nicht die ganze Wahrheit. Ich brauche die körperliche Betätigung, um mich abzulenken. Ich muss etwas tun, sonst fangen meine Gedanken an, sich im Kreis zu drehen und in eine Richtung zu wandern, die nicht gut für mich ist.

Sie lässt los und folgt mir in den Unterstand. Ich höre ihre Stimme leise, aber fest. »Ich bin gelaufen, bis ich nicht mehr konnte. Dann habe ich Ben angerufen und auf ihn gewartet. Eigentlich wollte ich in den Mac gegenüber, aber ich habe die ganze Nacht auf dieser Bank an der Bushaltestelle gesessen, mit Sarah telefoniert und mich gefragt, was ich falsch gemacht habe. Warum du mich angelogen hast.«

Mit großen Bewegungen zerteile ich das Heu. »Ich habe dich nie angelogen, Mia.« Das stimmt. Ich habe so ziemlich alles falsch gemacht, bis zu jenem Spätherbst. Doch ich habe ihr immer die Wahrheit gesagt. Manchmal mit Verspätung, aber irgendwann.

»Ach ja?« Jetzt schaut sie mich an, und Blitze schießen aus ihren Augen. »Wir haben hier gestanden, bei den Hengsten. Ich habe Joshi gestreichelt, und du hast gesagt, dass ich alles für dich bin. Dass auch dein Weggang nach Hamburg daran nichts ändert.«

»Das war nicht gelogen. Du warst …« Wie gerne würde ich *bist* sagen, doch das stimmt nicht mehr. Und ich fange jetzt nicht mit lügen an. »Du warst alles für mich. Mein Halt, meine Liebe, mein Grund, morgens aufzustehen.«

»Und warum warst du dann …« Sie ballt die Hände zu Fäusten. »Wer war diese Tussi?« Ihr Blick durchbohrt mich, aber ich schaue nicht weg.

Ich halte ihm stand und sage: »Ihr Name ist Nina. Ich habe sie im Studium kennengelernt, und sie fuhr genauso auf den ganzen Drogenscheiß ab wie ich. Sie hat mir alles besorgt, was ich wollte.«

»Du und sie …« Sie muss nicht weitersprechen.

Ich verstehe auch so und bin verdammt froh, diese Sache beantworten zu können. »Nur das, was du gesehen hast. So war unsere Beziehung nicht.«

»Hast du nicht eben gesagt, du kannst dich nicht mehr erinnern?«

Ich höre auf, den Heuballen zu zerteilen. Er ist völlig zerfleddert. Also gehe ich nach draußen, den nächsten holen. Sie folgt mir, und ich spreche weiter. »Ich habe noch einmal mit ihr gesprochen, um herauszufinden, was in den zweieinhalb Tagen, die mir fehlen, passiert ist. Sie hat mir erzählt, was sie wusste. Nicht viel. Aber sie sagt, dass wir keinen Sex hatten, und ich glaube ihr. Sie wollte wohl. Aber selbst völlig zugedröhnt habe ich abgelehnt.« Keine Ahnung, ob Mia mir glaubt, es ist schlicht und ergreifend wahr. Nina hätte es mir garantiert unter die Nase gerieben, wenn sie mich rumgekriegt hätte.

Ich sehe, dass Mia zum Schlag ausholt. Trotzdem tun die Worte weh: »Ist auch egal, oder? Die Drogen waren eh wichtiger als ich.«

»Mia, das …« Ich steche in den Heuballen und trage ihn nach drinnen. »Alkohol und Drogen haben mir das Hirn vernebelt, und ich war nicht mehr klar im Kopf.«

Ihr sarkastisches Lachen fährt in jeden meiner Knochen. »Natürlich. Du bist nicht schuld.«

»Das habe ich nicht gesagt. Ich bin ganz alleine schuld, denn ich habe den ganzen Mist konsumiert. Aber das ist der Grund, warum du mich an diesem Abend mit ihr im Bett finden konntest. Ich habe das nicht mal mitbekommen, bis du geschrien hast. Für mich warst du bei mir.« Langsam erwacht Wut in mir. Hauptsächlich auf mich selbst. Seit ich wieder nüchtern bin, frage ich mich jeden Tag, was ich mir eigentlich gedacht habe. Ich erinnere mich daran, dass Nina mich schon seit Wochen bequatscht hatte, ich solle Mia in den Wind schießen. Sie würde mir und meinen außerkörperlichen Erfahrungen nur im Wege stehen. Meinen Aufstieg auf eine höhere Bewusstseinsebene verhindern. Keine Ahnung, wie ich so einen Scheiß glauben konnte. Auch dieser Heuballen ist zerteilt, und ich mache mich auf den Weg, den letzten zu holen. Diesmal folgt sie mir nicht.

Als ich zurückkomme, stehen Joshi und Benni bei ihr und lassen sich von ihr kraulen. Dabei stupsen sie immer wieder gegen ihren Bauch. Es scheint fast, als könnten sie sich nach all den Jahren an sie erinnern.

Ich arbeite weiter und versuche mich noch einmal in Erklärungen. »Ohne die Drogen hätte ich das niemals getan. Und bevor du jetzt irgendetwas sagst: Das ist keine Entschuldigung. Denn da gibt es nichts zu entschuldigen. Ich kann das nicht wiedergutmachen. Aber ich kann dir sagen, wie es passiert ist.«

Sie hat das Gesicht in Joshis Fell vergraben. Als sie mich wieder anschaut, ist die Wut aus ihrem Blick verschwunden. Keine Ahnung, ob sie versteht, was ich zu sagen versuche. Ich habe in den letzten Jahren gelernt, mit dem zu leben, was ich getan habe. Auch indem ich Mia gemieden habe, wie der Teufel das Weihwasser. Und alles, was mit ihr zu tun hatte. Das hat geholfen. Es war sogar die einzige Art, die funktionieren konnte. Aber meine Reaktion auf die Nachricht von ihrer Hochzeit hat gezeigt, dass ich mich der Sache stellen muss. Und es ist befreiend. So, als ob ich endlich atmen kann, obwohl Mia direkt neben mir steht. Selbst wenn sie jetzt ihren Zorn auf mich richtet. Doch das tut sie nicht.

»Ben hat mich gegen sechs Uhr morgens an dieser Bushaltestelle eingesammelt.«

Er ist also bis nach Hamburg gefahren, um sie zu holen. Das ist …

»Mir war eiskalt, und meine Grippe kam noch auf der Heimfahrt mit voller Wucht zurück.« Sie schüttelt den Kopf. »Ist es nicht merkwürdig, dass ich auch erst Montag wieder richtig zu mir gekommen bin? Das Fieber war so hoch, dass ich mich an kaum etwas erinnern kann.« Jetzt schaut sie auf und sieht mir ins Gesicht. »Ich habe wochenlang auf einen

Anruf von dir gewartet, aber er kam nicht. Danach war die Welt leer, und ich habe mich auf mein Abi konzentriert. Dann aufs Studium. Ich habe Wirtschaftswissenschaften hier in Mainz studiert. Zusammen mit Ben. Aber wir haben uns auseinandergelebt. Dein Geist war immer irgendwie da, und das haben wir beide nicht verkraftet. Danach …« Sie zuckt mit den Schultern. »Danach habe ich mein Leben weitergelebt.«

Ich nicke, weil ich dazu nichts sagen kann. Denn genau das habe ich mir für sie gewünscht. Und meine Mutter hat mich gerade genug mit Informationen versorgt, um zu wissen, dass es Mia gut ging.

»Wir sind fertig, oder?« Und weil sich das so missverständlich anhört, füge ich hinzu. »In der Koppel, meine ich. Ich hätte jetzt gerne Kaffee und Apfelkuchen.«

Mia nickt und streichelt Joshi ein letztes Mal über den Kopf. »Mach's gut, Kleiner.«

Ich gebe zu, dass ich es gehasst habe, als sie ihn damals so genannt hat. Sie weiß ganz genau, dass ich es nicht leiden kann, wenn mich jemand Joshi nennt. Deshalb hat sie das Alpaka so getauft. Jetzt wäre ich gerne an seiner Stelle. Sie dürfte mich sogar Joshi nennen, wenn sie mich danach in den Arm nimmt und sagt, dass sie mir verzeiht.

Ich schiebe den Gedanken beiseite, und wir gehen schweigend zum Haus zurück. Keine Ahnung, ob die Stimmung zwischen uns gut ist. Zumindest nicht mehr total angespannt, würde ich sagen.

Wir erreichen gerade das Wohnhaus, als wir ein Auto näher kommen hören. Immer noch schweigend gehen wir um das Haus und sehen einen Sportwagen ankommen. Er hält neben meinem Auto, und Ben steigt aus. Schnell schaue ich zu Mia. Sie scheint nicht überrascht. Also hat sie ihm gesagt, wo wir sind. Keine Ahnung, was ich davon halten soll. Er hat die

Farm nie gemocht, und ich hätte Mia gerne noch ein wenig für mich gehabt.

Ben trägt einen grauen Anzug. Sein Hochzeitsanzug, nehme ich an. Das blonde Haar ist in eine stylische Gelfrisur gelegt, und in den gut getrimmten Bart hat er sicher viel Pflege investiert. Er sieht ganz wie der seriöse Geschäftsmann aus, den seine Eltern sich schon immer gewünscht haben.

Genau das Gegenteil von mir. Meine dunklen Locken bekomme ich nie ganz in den Griff, und den Dreitagebart trage ich im Moment, weil ich mich drei Tage lang nicht rasiert habe.

Ben kommt auf uns zu, und während ich noch überlege, wie ich ihn begrüßen soll, trifft seine Faust mich mit voller Wucht seitlich am Kiefer. Ich taumle ein paar Schritte rückwärts und stoße einen Schmerzensschrei aus. *Fuck, tut das weh!* Vorsichtig taste ich mit der Hand meinen Kiefer ab und bewege ihn langsam hin und her. Scheint alles heil zu sein.

Ich hoffe, dass das bei Bens Hand auch so ist. Obwohl, so eine kleine Stauchung würde ich ihm gönnen.

»Hast du ein Glück, dass ich mich nicht gerne prügle.« Ben deutet mit der linken Hand auf mich, während er die rechte immer noch ausschüttelt. »Aber das war das Mindeste, was du verdient hast. Soll ich noch mal zuschlagen, Mia?«

Sie mustert erst ihn und dann mich mit ernster Miene. »Nein. Zwischen ihm und mir ist alles klar.« Ihr Blick fällt wieder auf Ben. »Und zwischen uns?«

»War es nie unklar«, antwortet Ben grinsend. »Ganz ehrlich, wenn du nicht abgehauen wärst, hätte ich es wahrscheinlich getan. Das war eine ziemlich miese Idee, die wir da hatten.«

Hinter uns schwingt die Tür auf, und meine Tante steht mit den Armen in der Hüfte da. Ihr Blick fliegt zwischen uns hin und her. Kurz verharrt er auf der Blume in Bens Knopfloch. Dann deutet sie auf mein Kinn. »Das muss gekühlt werden. Genau wie die Hand. Kommt rein.«

Damit dreht sie sich wieder um und verschwindet im Haus. Ich sag ja, sie ist ziemlich cool.

Jetzt grinst auch Mia. Und dann überrascht sie uns, indem sie einen Arm um Bens Hüfte legt und mich zu sich winkt. Ich gehe die wenigen Schritte, nicht sicher, was das werden soll. Dann legt sie ihre kleine, warme Hand auch um meine Hüfte und sagt: »Auch wenn es bescheuert klingt: Es ist schön, euch beide wiederzuhaben.«

14. Mia – Gegenwart

Was fange ich jetzt damit an?

Für einen kurzen Augenblick fühlt es sich wieder so an wie früher. Ich und meine beiden Jungs. Keine Ahnung, ob es die Hormone sind oder dieser Ort oder beginnender Wahnsinn. Natürlich ist mir klar, dass nichts ist, wie es mal war. Und doch …

Wer hätte gedacht, dass es so befreiend sein kann, mit Josh zu reden. Na ja, eigentlich hätte ich es wissen müssen. Es hat schon gutgetan, in den letzten Wochen mit Ben über ihn zu reden. Und wenn ich ehrlich bin, habe ich mich in dieser Zeit oft gefragt, was ich tun würde, wenn ich ihn zufällig treffe. Und zu meiner Schande muss ich gestehen, dass die Antwort immer lautete: endlich mit ihm reden.

Auch wenn mir Joshs Geschichte eine *Scheißangst* gemacht hat – um es mit seinen Worten zu sagen.

Eine Sache geht mir nicht aus dem Kopf: Er wollte mir hinterher. Er wollte es erklären. Er hat mich nicht betrogen. Natürlich könnte das gelogen sein. Aber das glaube ich nicht. Irgendwie habe ich es immer gewusst. Das hat mich ja so fertiggemacht. Sein Schweigen danach kam einem Schuldeingeständnis gleich. Doch jetzt, wo ich weiß, was passiert ist … Natürlich macht das nichts von dem wieder gut, was er getan hat. Und dennoch relativiert es die ganze Geschichte ein wenig.

»Wir werden jetzt hier aber nicht alle sentimental, oder?« Ben scheint von allem völlig unbeeindruckt. So war er schon immer. Scheinbar unberührt von dem, was Josh oder mich umtreibt. Aber ich kenne ihn besser. Er war schon immer wie ein großer Bruder für mich und würde alles für mich tun. Und ich für ihn. Jetzt drückt er mich ein wenig und lässt dann los.

Auch Josh lässt den Arm sinken, und es versetzt mir einen kurzen Stich. Seine Hand an meiner Hüfte hat sich so gut angefühlt. Ich kann das nicht richtig erklären. Fast, als wäre ich nach einer langen Reise nach Hause gekommen. Und vielleicht ist das ja auch ein wenig so. Ohne Josh und Ben war mein Leben anders. Nicht unbedingt schlechter, aber es war, als ob ein Teil meiner Familie fehlte. Und Familie vergibt man.

Um dieses Gefühl zu überspielen, sage ich: »Geht rein und kühlt das.« Kopfschüttelnd folge ich den beiden. Einerseits weiß ich, dass Ben das schon lange tun wollte. Er war – nein, er *ist* stinksauer. Für ihn ist Joshs Verhalten unverzeihlich. Auch nach der langen Zeit. Großer Bruder eben.

Ich folge ihnen in die gemütliche Wohnküche, in der ich so viele Stunden meiner Jugend verbracht habe. Allerdings meistens nur mit Josh. Ben war nie gerne hier. Nicht, dass er die Tiere nicht mag. Eine Wanderung mit Alpakas macht ihm schon Spaß. Aber er hatte nie dieselbe Freude an der Arbeit mit den Tieren wie Josh und ich. Wir genießen einfach die Nähe zu ihnen und die Ruhe, die sie ausstrahlen.

Außerdem sind sie total niedlich. Und diese kleinen Laute, die sie ausstoßen, wenn sie einen wiedersehen … einfach nur süß. Deshalb habe ich den mit den dunklen Locken damals Joshi getauft. Weil er genauso süß ist wie Josh. Wie Josh mal war … Ich sollte dringend an etwas anderes denken.

Die Jungs sitzen inzwischen. Jeder mit einem Coolpack taxieren sie sich wie in einem schlechten Film. Ich weiß nicht, was sie tun würden, wenn Karin nicht im Raum wäre. Sie winkt mich zu sich und drückt mir ein Messer in die Hand: »Schneide den Kuchen, aber lass das Messer hier liegen. Ich bin nicht sicher, was die beiden damit anstellen würden.« Sie deutet auf Josh und Ben und sieht mich dann fragend an.

Wir stehen weit genug von den beiden weg, dass sie Karins geflüsterte Worte nicht hören können. Kurz überlege ich, ihr alles zu erzählen, aber ich weiß ja selbst nicht, was hier genau passiert. Also antworte ich leise: »Es ist kompliziert.« Dann zerteile ich den Kuchen.

»Das war es zwischen euch immer.« Mit diesen Worten packt sie je ein Stück Kuchen auf die bereitgestellten Teller und trägt zwei davon zu den Jungs.

»Sahne habe ich leider keine, dafür hättet ihr euch anmelden müssen. Kaffee steht auf dem Tisch, bedient euch.« Sie sieht erst zu Ben, dann zu Josh. »Ich verlasse mich darauf, dass ihr euch in meinem Haus benehmt.« Ihr Zeigefinger wandert zwischen den beiden hin und her, und sie hebt vielsagend die Brauen. Die beiden nicken, wenn auch widerstrebend. »Gut. Denn ihr esst jetzt euren Kuchen und geht dann. Mir ist egal, was ihr danach macht, aber ich rate euch dringend, die Sache zu klären. Und zwar friedlich.«

Sie geht zurück zur Küchentheke und mustert uns von dort mit verschränkten Armen.

Unglaublich, dass ich mich gerade wieder wie ein zurechtgewiesenes Kind fühle. Josh und Ben scheint es ebenso zu gehen, denn sie essen schweigend ihren Apfelkuchen.

Es ist Ben, der schließlich das Schweigen bricht. »Wir sollten das feiern.« Er schiebt seinen leeren Teller von sich weg. »Ich meine, wir haben einen Tisch und Essen für zehn Personen bestellt. Vielleicht sollten wenigstens wir drei hingehen?«

Hunger hätte ich. Nur gar keine Lust, in das teure Schickimicki-Ding zu gehen, das Bens Eltern für uns ausgesucht haben. Unterhalten sollten wir uns allerdings wirklich. Nur wir drei. »Ich würde gerne in meine eigenen Sachen schlüpfen, Pizza essen und dabei in Erinnerungen schwelgen.«

»Noch besser!« Ben reibt sich die Hände. »Dann fahren wir zu uns, ziehen uns um und bestellen Pizza.«

Bei dem Wort *uns* zuckt Josh kaum merklich zusammen, was mir ein kleines Lächeln entlockt. Was hat er denn erwartet? Ben und ich wollten heiraten. Wo soll ich denn sonst wohnen?

Ihm scheint das inzwischen auch klar zu sein. »Okay, dass ihr zusammenwohnt, muss ich erstmal verkraften. Aber hey, ich habe so viel weggesteckt, da schaffe ich das auch noch.« Ein Lächeln erscheint auf seinem Gesicht. »Also, wo muss ich hin?«

»Wir wohnen am Hafen. Fahr uns einfach nach.« Mit diesen Worten steht Ben auf. »Wollen wir?«

»Ich muss mich noch umziehen …«

»Lass die Sachen an und bring sie bei Gelegenheit vorbei. Du bist jederzeit willkommen, Mia.« Karin stößt sich von der Theke ab. »Ich geh schnell dein Kleid holen.« Dann ist sie verschwunden, und wir stehen alleine in der großen Küche. Keiner sagt etwas. Wir sehen uns auch nicht an. Und dabei gäbe es so viel zu sagen. Bevor es wirklich unangenehm wird, kommt Karin zurück und drückt mir wortlos das Kleid in die Hände.

Ich umarme sie, soweit das mit dem vielen Stoff geht, und auch Josh schließt sie kurz in die Arme. Dabei kommt er mir so nah, dass ich seine Wärme spüren kann. Und ihn riechen. Ich könnte nicht sagen, wonach Josh riecht, auch wenn es schon immer meine Sinne verwirrt hat. Bevor ich irgendwelchen Blödsinn machen kann, trete ich einen Schritt zurück.

Ben kommt nicht, um Karin zu umarmen. Er hebt kurz die Hand, und wir verlassen zusammen die warme Küche. Karin bleibt zurück.

Draußen hat der Nieselregen wieder eingesetzt, und ich überlege kurz, mit wem ich fahren soll. Josh wäre meine spontane Wahl. Aber mein Bauchgefühl hat schon immer versagt, wenn es um Josh ging. Und wenn ich ehrlich bin, muss ich erstmal verarbeiten, was er mir eben erzählt hat. Also gehe ich zu Bens Wagen.

Josh nimmt es locker und steigt ohne einen weiteren Kommentar in sein eigenes Auto.

Ben packt das Brautkleid auf die Rückbank seines Wagens. Beim Versuch, mich in den Sportwagen zu quetschen, wünsche ich mir fast, doch mit Josh gefahren zu sein. Mit zunehmendem Bauchumfang wird dieses Ding einfach zu eng für mich.

»Ich hätte den SUV nehmen sollen, sorry«, sagt Ben und klickt den Gurt für mich ein. »Irgendwie waren meine Gedanken mit anderen Dingen beschäftigt.«

»Macht nichts. Ist ja nicht weit.« Er fährt los, und ich sehe im Seitenspiegel, dass Josh uns folgt.

Ben sieht genau, was ich tue. »Josh macht sich immer noch nichts aus Autos, wie ich sehe.« Mit dem Daumen deutet er nach hinten. »Was will er eigentlich hier?«

»Er wollte die Hochzeit verhindern oder so.« Seufzend streiche ich mir über den Bauch. Der kleine Kerl darin war die ganze Zeit ruhig, aber jetzt ist er wohl aufgewacht und strampelt ordentlich. »Ich glaube, er weiß es selbst nicht so genau.«

»Aber ihr habt geredet?« Ben wirft mir einen kurzen Blick zu und konzentriert sich dann wieder auf den Verkehr. Wir haben die Farm verlassen und sind wieder auf dem Weg zur Autobahn. »Du wirkst irgendwie verändert. So habe ich dich nicht mehr gesehen, seit … vergiss, was ich gesagt habe.«

»Seit zwischen ihm und mir noch alles gut war? Das wolltest du doch sagen, oder?«

»Ja, aber …«

»Du hast recht. Keine Ahnung. Gerade fühle ich mich so gut wie seit Jahren nicht mehr. Also nicht, dass ich mich schlecht gefühlt hätte. Mir ging es die letzten Jahre ausgezeichnet. Aber jetzt ist es … ich bin wieder komplett.« Keine

Ahnung, ob Ben das versteht. Ich verstehe es ja selbst nicht. Aber das Gefühl ist zu schön, um es auseinanderzunehmen.

»Was hat er gesagt? Ich dachte nicht, dass es irgendetwas gibt, was er vorbringen kann, damit du ihm wieder vertraust.«

»Nun mal ganz langsam. Wer hat was von Vertrauen gesagt? Ich bin ja nicht wieder mit ihm zusammen oder so. Wer weiß, ob wir nach heute überhaupt noch mal miteinander reden? Er wird wieder zurück nach Hamburg gehen, ich bleibe hier. Aber für den Moment fühlt es sich gut an, dass er da ist.«

»Verdammt, Mia, was hat er dir erzählt?«

»Er …« Ich weiß nicht genau, was ich sagen soll. Denn eigentlich denke ich, dass Josh seine Geschichte Ben selbst erzählen muss. Es steht mir nicht zu, das zu tun. Schließlich waren die zwei früher beste Freunde, und es geht um ziemlich heftige Dinge. Über die ich im Moment gar nicht nachdenken möchte. »Ich glaube, das solltet ihr untereinander ausmachen. Was mich angeht, ist die Sache Vergangenheit. Wenn es stimmt, was er mir erzählt hat, dann hat er sein Leben im Griff und ist jetzt clean.« Was man von Ben nicht behaupten kann. Nicht, dass er es ständig übertreibt, aber er feiert immer noch gerne und ausgiebig.

»Es sei ihm gegönnt. Ich weiß nicht, ob ich ihm so schnell verzeihen kann wie du.« Er umfasst das Lenkrad so fest, dass die Knöchel auf seinen Handrücken deutlich hervortreten.

»Ich habe gar nichts verziehen. Aber es ist zehn Jahre her, und eins hat mir das Gespräch gezeigt: Er hat sich verändert, und ist gleichzeitig immer noch Josh. Und eine Stunde mit ihm war intensiver, schöner und interessanter als zehn Jahre ohne ihn.« Ach scheiße, das habe ich so nicht sagen wollen. Das klingt, als würde ich ihm hinterherhecheln. So ist es nicht. Ich will Josh nicht zurück. Nicht für eine Beziehung. Vielleicht als Freund. »Das kam jetzt irgendwie falsch rüber. Er hat mir erzählt, was damals passiert ist. Und es war gut, endlich darüber zu reden und seine Sicht der Dinge zu hören.

Und es ist lang genug her, dass ich ihm zuhören konnte. Aber ich glaube nicht, dass ich ihm jemals wieder so vertrauen kann wie damals.«

»Ihr beide hattet schon früher eine merkwürdige Verbindung. Ich hatte immer das Gefühl, dass ich ein wenig außen vor war.«

Wie meint er das? »So ein Blödsinn.« Meine Verbindung zu Ben war immer anders gewesen, da hat er recht. Doch das heißt nicht, dass ich Ben weniger mochte.

»Ich meine das nicht böse, Mia. Ich sage nur, dass er dich immer geliebt hat. Vom ersten Tag an. Ich werde nie vergessen, wie seine Augen gestrahlt haben, als er dich das erste Mal mitgebracht hat.«

»Ja klar, er war schon mit elf in mich verknallt.« Ich gebe meiner Stimme einen sarkastischen Klang. Aber ich weiß, dass er recht hat. Nur weil ich es damals ewig nicht begriffen habe, heißt das ja nicht, dass Ben genauso blind war.

»Und er ist es immer noch.«

»Ben, das ist doch …«

Er nimmt die Hand vom Lenkrad und unterbricht mich mit einer Geste. »Ich habe es gesehen, Mia. Er schaut dich noch genauso an wie damals. Ich will doch nur …« Seine Hand legt sich wieder ums Steuer. »Ich will doch nur verhindern, dass er dein Herz ein zweites Mal bricht.«

Das ist ja irgendwie süß, aber ich bin alt genug, um selbst zu wissen, was gut für mich ist. »Er hat gesagt, dass er mich nicht betrogen hat.«

»Und du glaubst ihm?«

»Irgendwie schon, ja. Weißt du, es hat nicht zu ihm gepasst. Tatsächlich lag er teilnahmslos auf dem Bett. Ich war nicht lange genug da, um mehr zu sehen. Außerdem hat er kurz versucht, mich aufzuhalten, war aber nicht mehr in der Lage dazu.« Ich knete meine Finger und schaue aus dem Fenster. Weil Ben nichts sagt, fahre ich fort: »Ich habe nicht vor, wieder was mit ihm anzufangen. Nicht jetzt und nicht in Zukunft. Aber wie du gesagt hast: Da war immer eine Verbindung zwischen uns. Und die ist noch da. Wir waren so viele Jahre Freunde, und wer weiß, vielleicht schaffen wir das wieder.« Ich werfe Ben einen Blick zu und sehe, dass er mir nicht glaubt. Also versuche ich es noch einmal. »Es ist nur ein Abend mit Josh, und du bist auch dabei. Ich schmeiße mich nicht gleich wieder in seine Arme. So gut solltest du mich kennen.«

»Nach einem Abend vielleicht nicht.« Er fährt sich mit der Hand durchs Haar. »Hat er gesagt, wie lange er bleibt?«

»Keine Ahnung. So weit sind wir nicht gekommen.« Und weil ich keine Lust mehr habe, mir seine Predigt anzuhören, frage ich: »Was ist passiert, nachdem ich weg war? Du hast doch meinen Eltern Bescheid gegeben, dass es mir gut geht, oder?«

»Ja, habe ich. Und Sarah auch. Dein Handy ist im Kofferraum. Du solltest sie alle anrufen, wenn wir zu Hause sind.«

»Mach ich.« Auch wenn mir vor dem Gespräch mit meinen Eltern ein wenig graut. Sie waren so glücklich, als ich verkündet habe, dass ich Ben heiraten werde. Den Jungen aus gutem Haus. Sie haben nie ein Wort gegen Josh gesagt. Mit Joshs Eltern und Großeltern sind sie immer gut ausgekommen. Auch zu Lennart waren sie immer nett. Aber Ben ist der Vorzeigeschwiegersohn, den sich Eltern für ihre Tochter wünschen. Bis auf die Sache mit dem schwulen Freund. Aber das wissen sie ja nicht.

Ganz im Gegensatz zu Sarah. Sie wird es gut finden, dass die Hochzeit geplatzt ist.

»Und deine Eltern?«, frage ich, um mich abzulenken.

»Meine Mutter hat einen ihrer Schwächeanfälle bekommen. Mein Vater hat mir einen Vortrag darüber gehalten, dass schwangere Frauen oft unberechenbar seien und du deine Meinung sicher wieder ändern würdest.«

»Tja, ich glaube nicht.«

»Ich auch nicht.« Ben zwinkert mir zu. »Mal sehen, was ich jetzt mache. Ich soll dich auf jeden Fall von Adrian grüßen und dir sagen, dass er dir was schuldet.«

»Er bietet sich also freiwillig für die nächsten fünfzehn Jahre als kostenloser Babysitter an? Sehr gut, ich akzeptiere.«

»Ich richte es aus.« Wieder zwinkert er und fährt in die Tiefgarage, die zu dem Wohnblock gehört, in dem wir leben.

Keine Ahnung, ob ich da jetzt weiter bleibe. Wahrscheinlich sollte ich wieder zu meinen Eltern ziehen. Aber das ist nichts, worüber ich mir heute noch Gedanken mache. Morgen ist schließlich auch noch ein Tag.

15. Josh – Gegenwart

Ausklang eines denkwürdigen Tages

Für die Rückfahrt suche ich mir einen Klassiksender. Stille kann ich nicht ertragen, aber Lieder mit Text gehen auch nicht. Überhaupt schwirren meine Gedanken wild durcheinander, wie ein aufgescheuchter Bienenschwarm.

Ich habe ihr endlich die ganze Wahrheit gesagt. Sie hat es gut aufgenommen. So gut, wie es eben geht. Aber was das Wichtigste ist: Wir reden wieder.

Allerdings machen mich all diese Gefühle fertig. Ich bin nicht sicher, ob es so eine gute Idee ist, mit den beiden nach Hause zu fahren. Die Alternative wäre gewesen, Mia gehen zu lassen. Und dazu bin ich nicht bereit. Das habe ich schon einmal getan und bin daran fast zu Grunde gegangen. Seit ich sie heute Vormittag zum ersten Mal wiedergesehen habe, bin ich mir sicher: Ich brauche sie in meinem Leben. Wenn nicht als Partnerin, dann wenigstens als Freundin.

Bens Sportwagen verschwindet in einer Tiefgarage, und ich suche mir einen Parkplatz in der Nähe. Der Regen hat aufgehört, und ich laufe durch die kalte Nacht zu dem Wohnblock, unter dem Ben parkt. Kurz überkommt mich Panik. Was ist, wenn er Mia dazu überredet hat, mich einfach hier stehen zu lassen? Zutrauen würde ich es ihm.

Bevor sich der Gedanke festsetzen kann, sehe ich Mia und Ben am Eingang der Tiefgarage stehen. Sie lächelt, er zeigt keine Regung, beobachtet mich aber genau.

»Also los!« Mia hakt sich bei uns beiden ein und marschiert los. Wir folgen. Sie redet die ganze Fahrt mit dem Aufzug lang. Darüber, wie sehr sie sich gefreut hat, Joshi und Benni wiederzusehen, und darüber, dass wir unbedingt bald noch einmal zur Farm fahren müssen.

Ich stimme ihr zu, Ben schweigt. Er verlässt als Erster den Aufzug, ich lasse Mia den Vortritt. Sobald wir die Wohnung betreten haben, verschwinden die beiden zum Umziehen, und ich bleibe im Wohnzimmer zurück.

Diese Wohnung ist einhundert Prozent Ben und null Prozent Mia. Irgendwie erleichtert mich das. Wenn ich es nicht wüsste, wäre ich nie auf den Gedanken gekommen, dass hier eine Frau lebt. Ben war schon immer ein Technikfanatiker, und das scheint sich nicht geändert zu haben. Ein riesengroßer Bildschirm dominiert das gigantische Wohnzimmer. Ich glaube, alleine dieser Raum ist größer als meine ganze Wohnung in Hamburg. Ich verdiene nicht schlecht, aber meine Wohnung bedeutet mir in etwa so viel wie mein Auto. Ich muss mich darin wohlfühlen, und sie darf nicht zu viel Arbeit machen.

Ich sehe mich weiter um und lächle, als ich das Bild des explodierenden Todessterns über dem Sofa sehe. Genau dasselbe habe ich auch. Und es hängt auch über meinem Sofa. Ob Mia ihres noch hat? Wir haben sie vor Jahren alle drei zusammen gekauft. Damals müssen wir sechzehn oder siebzehn gewesen sein.

Vorsichtig sehe ich zu der Tür, hinter der Mia verschwunden ist. Mir ist ein ganzes Gebirge vom Herzen gefallen, als sie und Ben in verschiedene Zimmer gegangen sind. Die Vorstellung, die beiden würden in einem Bett schlafen, gefiel mir ganz und gar nicht. Aber gut. Mir gefällt nichts an der Idee, die beiden könnten ein Paar sein. Das hat sich ja zum Glück aufgeklärt. Trotzdem fühle ich mich immer noch ein wenig unwohl. Die ganze Situation ist irgendwie unwirklich.

Zum Glück taucht Ben wieder auf, bevor ich mir weiter Sorgen machen kann. Er trägt jetzt Jeans und Poloshirt. Die hat er schon früher immer getragen und sieht damit aus wie der Freund, den ich mal hatte. Irgendwie beruhigend.

»Willst du ein Bier?«, fragt er und deutet auf eine weitere Tür, hinter der wohl die Küche ist.

»Nein, danke. Muss noch fahren.«

Er zieht die Brauen hoch. »Du kannst die Nacht hierbleiben, wenn du willst.« Jetzt öffnet er die Tür, und ich werfe einen kurzen Blick in seine Küche. Auch die ist geräumig und blitzeblank.

»Ich sollte heute besser nichts trinken.« Eigentlich sollte Ben das wissen. »Kein guter Zeitpunkt dafür. Nicht mit meiner Vorgeschichte.«

»Wenn du meinst.« Er nimmt sich ein Bier aus dem Kühlschrank, öffnet die Flasche und trinkt einen Schluck. »Wasser, Cola? Mehr habe ich nicht.«

»Wasser ist okay.«

Er nickt und deutet auf einen hohen Schrank. »Da ist welches drin. Nimm, was du magst. Gläser sind im Wohnzimmer. Mia nimmt das stille Wasser.«

Als ob ich das nicht wüsste. Sie hat Wasser mit Kohlensäure nie gemocht. Aber ich sage nichts, nehme eine Flasche stilles Wasser und folge Ben wieder nach draußen. Er holt zwei Gläser aus einem Schrank und lässt sich auf einen Sessel fallen.

Ich sollte mich auch setzen. Es gibt einen weiteren Sessel und die Couch. Aus dem Bauch heraus nehme ich die Couch – nicht etwa, weil da die Chance besteht, dass Mia sich neben mich setzt. Ich schenke mir ein und lehne mich mit dem Glas in der Hand zurück. Irgendwie habe ich mich in Bens Gegenwart auch schon mal wohler gefühlt.

»Also, warum kein Bier?« Er deutet mit der Flasche auf mich und lehnt sich ebenfalls zurück.

Ich dachte, das hätte ich schon vor zehn Jahren deutlich gemacht. Aber ich erkläre es ihm gerne noch mal. »Birgt zu viel Gefahr. Ich bin süchtig, und wenn ich jetzt Bier trinke, weiß ich nicht, ob ich die Kontrolle behalte.«

»Du bist also auch Alkoholiker?«

Warum ist er so feindselig? »Nein. Ich bin drogensüchtig und seit zehn Jahren clean. Aber Alkohol ist ein Trigger. Und zusammen mit der Situation heute …« Ich zucke mit den Schultern. Und weil es Ben ist und wir uns schon ewig kennen, sage ich: »Ich habe dir damals erzählt, was mit mir los war. Du hast es ihr nie gesagt.«

»Das war nicht meine Aufgabe, oder?« Weiter kommt er nicht, denn Mia betritt den Raum.

Ich kann gerade noch verhindern, dass mir der Mund offen stehen bleibt. Sie ist wunderschön, auch oder gerade weil sie eine Jogginghose und ein T-Shirt trägt. Ich schiele zu Ben und sehe, dass er mich genau beobachtet. Würde ich an seiner Stelle auch tun. Mein Kiefer schmerzt immer noch an der Stelle, an der seine Faust mich getroffen hat. Ich bin im Moment noch nicht sicher, ob wir je wieder Freunde werden.

Mia mustert uns intensiv. »Alles klar zwischen euch?«

Ich schaue zu Ben, und er nickt. »Jepp. Alles bestens.« Er hebt sein Bier und prostet mir zu. Ich hebe mein Wasserglas und proste zurück. Keine Ahnung, ob sie uns glaubt. »Alles bestens« ist maßlos übertrieben. Bei ihm spüre ich dieses Band nicht, das es immer noch zwischen Mia und mir gibt. Er ist nicht wirklich feindselig. Wachsam trifft es eher.

Mia setzt sich tatsächlich neben mich auf die Couch, und mein Herz macht einen Sprung. Sie ist über einen Meter entfernt, doch das ist näher, als ich es die letzten Jahre für möglich gehalten hätte. Ich schenke ihr wortlos ein und lehne mich wieder zurück.

»Habt ihr schon überlegt, wo wir bestellen?«, fragt sie und streichelt sich über den Bauch.

»Pepe«, antworten Ben und ich wie aus einem Mund.

Vielleicht ist doch noch etwas von früher geblieben. Mia rollt auf jeden Fall mit den Augen.

»Also eine Familienpizza Peperoniwurst mit Pilzen von Pepe.« Ben stellt sein Bier weg und reibt sich die Hände. »Was muss, das muss. Ich bestelle.« Er steht auf, holt sein Handy aus der Hosentasche und verlässt das Wohnzimmer.

Ich schaue zu Mia.

»Wirklich alles okay zwischen euch?«, fragt sie. »Ben ist … er will mich beschützen, weißt du.«

»Ja, weiß ich.«

»Aber es wäre schon cool, wenn wir uns wieder häufiger sehen könnten. Die Jahre ohne euch waren … anders.«

Das Herz rutscht mir in die Hose. Jetzt bloß nichts Falsches sagen. »Ich wäre bereit, es zu versuchen.« War das zu viel? Aber verdammt, es ist die Wahrheit.

»Schwierig. Hamburg ist weit weg.«

Ihre Hand, die ständig über ihren gewölbten Bauch fährt, irritiert mich, daher wende ich den Blick ab und konzentriere mich auf meine Antwort. »Ich werde erstmal nicht in Hamburg sein. Ich habe bis Mai frei. Dann fange ich in der Suchtberatungsstelle an, die mir das Leben gerettet hat.«

»Du arbeitest in der Drogenberatung und hast jetzt ein halbes Jahr frei? Wie kommt's?«

»Ich brauchte einfach mal eine Auszeit.« Das ist die reine Wahrheit. Ben kommt zurück, setzt sich und fordert mich mit einer Handbewegung auf, weiterzusprechen. Gut, dann erkläre ich das mal. »Nach …«, ich schaue kurz zu Mia, und sie nickt mir aufmunternd zu. Das hilft. »Nach der Therapie habe ich mein Pharmaziestudium nicht wieder aufgenommen. Ich habe bei der Stadt Hamburg angefangen. Ein duales Studium mit dem Titel ›Soziale Arbeit‹.« Ich zucke mit den Schultern. »Mir erschien es richtig, etwas von dem zurückzugeben, was mir gegeben wurde. Ich bin Sozialarbeiter geworden.«

»Nicht dein Ernst!« Ben steht auf und holt sich ein neues Bier aus der Küche.

Mia blickt ihm nach und flüstert: »Nimm es ihm nicht übel.«

»Tue ich nicht«, antworte ich genauso leise, was ihr ein Lächeln ins Gesicht zaubert. Laut sage ich: »Doch, mein voller Ernst. Die letzten Jahre habe ich in der Flüchtlingsbetreuung gearbeitet. Hauptsächlich mit Jugendlichen und Kindern, die mit nur einem Elternteil oder ohne Eltern hergekommen sind.«

»Das ist eine ziemliche Verantwortung, oder?«

Ein erneutes Schulterzucken. »Es gibt einem aber auch wahnsinnig viel.« Mehr will ich dazu im Moment nicht sagen. Denn die Arbeit mit diesen Menschen hat so viele Facetten, dass ich ihnen mit nur wenigen Worten nicht im Geringsten gerecht werden kann. »Die meisten sind inzwischen gut untergebracht, und ich bin jetzt auch lange genug clean, um das machen zu können, was mir wirklich am Herzen liegt: Suchtberatung und Betreuung. Und weil ich in den letzten Jahren meist nicht mal meinen Jahresurlaub genommen habe, gönne ich mir diese Auszeit.« Das ist die Superkurzversion. Ich will nicht erzählen, dass ich arbeiten musste, um mich von Dummheiten abzulenken. »Es hat sich die Chance ergeben, dass ich ein halbes Jahr frei habe. Wie gesagt, im Mai fange ich neu an, und der alte Job war ab November vorbei.«

»Und was willst du in dem halben Jahr machen?« Ben ist zurück, hat die Beine übereinandergeschlagen und sieht mich mit offenem Blick an.

»Reisen.« Das ist die Wahrheit. »Ich will zum Flughafen, den nächstbesten Flug irgendwohin buchen und mich ein wenig durch die Welt treiben lassen.«

»Das hast du nie gemacht?« Mias ungläubige Stimme bringt mich zum Lachen.

»Nein, hab ich nicht.«

»Aber davon hast du geredet, seit du sechzehn bist.« Sie runzelt die Stirn. »Früher zumindest.«

Wieder ein Satz, der meine Endorphine springen lässt. Sie erinnert sich daran, und die zehn Jahre scheinen zusammenzuschrumpfen. »Besser spät als nie«, sage ich, um davon abzulenken, wie sehr mich ihre Wortwahl freut. »Was ist mit euren Träumen?« Ich deute auf Ben. »Warst du auf Hawaii surfen?«

Er grinst. »Nein. Aber ich war in Santa Barbara surfen.«

Ich nicke und deute auf Mia: »Und du? Wie weit bist du mit deinen Reisen zu allen Hauptstädten Europas?«

»Da fehlen noch ziemlich viele.« Sie zieht die Beine an, seufzt schwer und dreht ihren Oberkörper in meine Richtung. »Alles klar, verstanden. Wir haben alle nicht das gemacht, was wir uns vorgenommen haben.«

»Also ich bin ja wohl am nächsten dran, oder?«, sagt Ben grinsend. »Ich war immerhin surfen.«

»Du bist jeden Sommer surfen, Ben, das zählt nicht.« Mia wirft ein Kissen nach ihm.

»Hey, was soll das? Was habe ich dir getan?«

»Nichts. Aber du bist immer noch ein unverbesserlicher Angeber.«

Still lächle ich in mich hinein. Das hatte ich fast vergessen. Mia und Ben haben sich schon immer in einer Tour gekabbelt. Außer, wenn es ernst wurde. Dann standen sie bedingungslos füreinander ein. Ich lehne mich zurück und genieße die kleinen Wortgefechte. Sie zieht ihn auf, dass es bei ihm immer um Status und Geld geht, und er nennt sie eine Glucke, die immer auf alle aufpassen muss.

So falsch liegen die beiden gar nicht. Sie hat immer auf uns aufgepasst. Und Ben ohne seine teuren Klamotten, Spielsachen und später Autos kann ich mir auch nicht vorstellen.

Die Pizza kommt, und allmählich wendet sich das Gespräch der Vergangenheit zu. Unserer gemeinsamen Vergangenheit, bevor ich weggegangen bin. Lauter unverfängliche Themen. Wir reden stundenlang über Star Wars und die neuen Filme der letzten Jahre. Dabei stellen wir fest, dass wir alle ein *Han-shot-first*-T-Shirt haben. Sogar Ben. Auch wenn ich mir nicht vorstellen kann, wann er das trägt.

Als wir fertig gegessen haben, gehe ich ins Bad. Keine Ahnung, wie lange ich einfach nur dastehe und mein Spiegelbild anschaue. Das mache ich, weil der Wunsch, Mia zu berühren, übermächtig ist. Mich selbst anzuschauen und mir klarzumachen, was ich ihr angetan habe, hilft, diesen Wunsch unter Kontrolle zu halten.

Sobald ich mich wieder im Griff habe, gehe ich zurück, und das Bild, das sich mir bietet, jagt einen Pfeil mitten durch mein Herz. Ben hat sich zu Mia auf die Couch gesetzt. Ihre Füße liegen auf seinem Schoß, und er massiert sie. Sie unterhalten sich nicht. Mias Augen sind geschlossen, und Ben scheint völlig in seine Aufgabe vertieft.

Fuck, das tut weh. Ich räuspere mich und deute auf die leeren Flaschen auf dem Tisch. »Ich hole noch ein Wasser. Ben, noch ein Bier?«

Mia öffnet die Augen und macht Anstalten, die Beine wegzuziehen, doch Ben hält ihre Füße fest. Sein Blick trifft meinen, und er sagt: »Klar, warum nicht.«

Offensichtlich trinkt Ben immer noch gerne und oft. Sonst würde er nicht so viel vertragen. Die Flasche, die ich hole, ist die vierte an diesem Abend. Aber wer zählt schon mit? Ich halte den Mund, das geht mich schließlich nichts an. Er ist keiner meiner Schützlinge, und offensichtlich hat er sein Leben weitestgehend im Griff. Besser als ich zumindest.

In der Küche halte ich kurz den Kopf in den kalten Kühlschrank. Das bringt nicht wirklich was, dennoch hilft die Kälte, mich zu fokussieren. Mia ist schwanger, und mit Sicherheit tun ihr nach so einem Tag die Knöchel weh. Und natürlich fragt sie nicht mich, ob ich ihr die Füße massieren kann. Es schmerzt trotzdem.

Das ist wohl der Preis für diesen Abend mit ihr. Dieser bittersüße Schmerz.

Alles in allem ist es trotzdem ein schöner Abend. Ich gehe zurück ins Wohnzimmer, und Ben sitzt wieder in seinem Sessel. Wortlos stelle ich das Bier vor ihm ab und setze mich wieder. Um keine merkwürdige Pause aufkommen zu lassen, zeige ich auf das Bild vom Todesstern und frage: »Hast du deins auch noch, Mia?«

»Klar. Im Moment ist es bei meinen Eltern. Wisst ihr noch, wie …«

Es ist schon weit nach Mitternacht, als ich verkünde, dass ich aufbrechen muss. Mia sieht müde aus, und auch Ben gehört ins Bett. Ich stehe auf, als er ins Bad verschwindet.

Irgendwie traue ich mich nicht, Mia anzusehen. Wenn ich jetzt gehe, dann ist es vielleicht für immer. Der Abend war schön, und ich möchte noch viele weitere mit ihr erleben, auch wenn mir klar ist, dass ich kein Recht dazu habe.

»Ich denke, ich sollte gehen. Das war ein langer Tag und …«

»Gib mir deine Nummer, Josh«, unterbricht sie mich. »Ich weiß zwar nicht, ob das eine gute Idee ist, aber im Moment fühlt es sich richtig an.«

Fuck, warum sagt sie jetzt so was? Ich war gerade dabei, mich damit abzufinden, dass ich sie nie wiedersehe. Meine Zunge reagiert schneller als mein Verstand. »Klar, gib her, ich speichere sie ein.«

Und tatsächlich reicht sie mir ihr Handy, und ich tippe. Ich lege sie einfach unter *Josh* ab und bin stolz, dass meine Hände fast überhaupt nicht zittern. Wenn sie wüsste, wie glücklich mich ihre Worte machen.

Sie nimmt das Handy, studiert den Eintrag und nickt.

»Danke.« Dann lächelt sie. »Du verstehst, wenn ich dich nicht zur Tür bringe?« Sie deutet auf ihren Bauch. »Außerdem hasse ich Abschiede immer noch.«

Ich nicke. Wie gerne würde ich sie in den Arm nehmen. Aber sie hat mich seit vorhin vor der Tür nicht mehr berührt, und ich spüre, dass sie das auch nicht will. Irgendwie verständlich. Also hebe ich kurz die Hand, drehe mich weg und gehe Richtung Ausgang.

Schon lange ist mir nichts mehr so schwergefallen. Ich bin stolz, dass ich dem Drang widerstanden habe, sie nach ihrer Nummer zu fragen. Es ist besser, wenn sie die volle Kontrolle darüber hat, ob und wann wir Kontakt aufnehmen.

Im Flur treffe ich auf Ben, der gerade aus dem Bad kommt. »Mia ist müde, und ich dachte, ich gehe.«

»Weise Entscheidung.« Ben taxiert mich mit steinerner Miene. »Ich weiß nicht, was du vorhast. Und im Prinzip ist mir auch egal, was du machst. Aber …« Jetzt hebt er den Finger der rechten Hand und deutet damit auf mich. »Wenn du ihr noch einmal weh tust, dann mache ich meine Drohung von damals wahr. Ich breche dir jeden Knochen im Leib.«

Mir liegt eine flapsige Antwort auf der Zunge, aber ich sehe an seiner Haltung, dass er es ernst meint. So wie beim letzten Mal. Immerhin hat er mich nach zehn Jahren noch geschlagen. Also nicke ich und sage: »So etwas wird nie wieder passieren. Ich habe mich und mein Leben im Griff.« *Vielleicht sogar besser als du.* Das sage ich natürlich nicht laut.

»Und sie ihres. Mach es nicht kaputt. Geh auf deine Weltreise oder was immer du vorhast, und lass uns unser Leben leben.«

Weil er nicht mehr nüchtern ist und ich keine Lust auf Streit habe, nicke ich und gehe. Was soll ich auch sagen? Ich weiß ja nicht mal, ob Mia sich bei mir melden wird.

Den ganzen Weg zur Tür spüre ich Bens Blick in meinem

Rücken und bin nicht sicher, ob ich das mit ihm jemals wieder einrenken kann. Oder will.

16. Mia – Zurück bei den Eltern

»Wir sollten darüber nachdenken, wie wir das Kinderzimmer einrichten, oder, Ben?« Adrian deutet auf einen der vielen Kataloge mit Kindermöbeln, die neben der Couch auf dem Boden liegen. »In weniger als sechs Wochen ist es so weit.«

»Das sage ich ständig zu Mia, aber sie will ja nicht hören.«

Richtig, ich will das nicht hören. Vielleicht sollte ich endlich sagen, was ich schon vor Tagen beschlossen habe: »Ich werde ausziehen.«

Ben hebt überrascht die Brauen. »Warum?«

Und Adrian fragt: »Doch nicht wegen mir, oder?«

»Nein. Es ist einfach Zeit.« Die verpatzte Hochzeit ist eine Woche her. Ich habe mich hier bei Ben vor meinen Eltern versteckt. Also sie wussten natürlich, wo ich bin, aber solange ich bei Ben wohne, haben sie das Gefühl, dass alles wieder »in Ordnung« kommt. Das muss aufhören. Also habe ich ihnen gesagt, dass ich wieder zurückkomme, auch wenn wir das große Gespräch über das Warum noch führen müssen.

Nicht, dass Ben mir das Gefühl geben würde, unwillkommen zu sein. Das Gegenteil ist der Fall. Er tut alles, um mir das Leben so einfach wie möglich zu machen. Und auch Adrian ist ein echtes Goldstück. Die beiden haben allerdings genug eigene Probleme. Außerdem werde ich irgendwie das Gefühl nicht los, dass auch Ben mich weiter vor seinen Eltern als Schutzschild benutzt. Wir sollten uns der Realität stellen. Was ich zu sagen habe, wird Ben nicht gefallen, aber ich muss das jetzt loswerden.

»Ich werde meinen Eltern die Wahrheit sagen.«

»Aber …«

»Nicht über dich und Adrian. Sondern darüber, warum ich dich heiraten wollte. Vielleicht verstehen sie mich besser, wenn sie einsehen, dass es die falschen Gründe waren.«

Ben nickt bedächtig. »Die Stunde der Wahrheit also?«

»Schätze schon.«

Kopfschüttelnd verschränkt er die Arme vor der Brust. »Und das hast du alleine entschieden? Es betrifft auch Adrians und mein Leben, weißt du?«

»Sicher weiß ich das. Aber sehen wir den Tatsachen ins Auge: Wenn sich nichts ändert, bleiben wir in diesem Schwebezustand, und das ist für keinen von uns gut.« Das ist die schmerzliche Wahrheit. Ich sehe zu Adrian und erkenne ein zaghaftes Lächeln. Manchmal bin ich nicht sicher, ob Ben weiß, was für ein Prachtstück er sich da geangelt hat. Er ist nicht nur groß und dunkelhaarig mit den schönsten blauen Augen, die ich kenne. Nein, er ist auch einfach ein netter Kerl. Nicht viele Männer hätten diesen aberwitzigen Plan mitgetragen. Adrian war bereit, mich an Bens Seite zu akzeptieren. Mehr noch: Wir sind in den letzten Wochen Freunde geworden.

Ben löst die verschränkten Arme und nickt. »Okay.« Seufzend fährt er sich mit der Hand übers Gesicht. »Wenn ich ehrlich bin, habe ich so was schon geahnt. Sag einfach, wann du zurückwillst. Wir helfen dir natürlich.«

»Jetzt gleich wäre gut.« Hoffentlich gelingt der Versuch, aufmunternd zu lächeln.

Noch bevor Ben etwas sagen kann, springt Adrian auf. »Bist du sicher? Ich meine, du kannst so lange bleiben, wie du willst …«

Es gelingt mir nur mit Mühe, ein Lachen zu unterdrücken. »Ich bin ganz sicher. Es wird Zeit, dass ihr eure Privatsphäre wieder zurückbekommt.«

»Mia, das ist …«

Ich unterbreche Adrian.

»Genau das, was ihr braucht. Meine Sachen sind gepackt. Ihr müsstet sie nur ins Auto bringen und zu meinen Eltern fahren.« Mir ist klar, dass Ben wenig begeistert ist. Allerdings ist mir ebenso klar, dass ich ihn vor vollendete Tatsachen stellen muss, weil er sonst ewig mit mir rumdiskutiert.

»Aber das hat nichts mit Josh zu tun, oder?«

Stöhnend schüttle ich den Kopf. Er gibt einfach keine Ruhe. Seit Josh hier war, stellt Ben jede meiner Handlungen in Frage. Ich habe keine Lust mehr, ihm klarzumachen, dass Josh und ich keinen Kontakt haben. Ich weiß nicht mal, ob er noch in der Stadt ist. »Erwischt«, sage ich. »Josh wartet bei meinen Eltern auf mich. Wir werden durchbrennen.«

»Sehr witzig. Aber ich werde mir weiter Sorgen machen. Ich kenne Josh, der gibt so schnell nicht auf. Und wenn ihr jetzt wieder Tür an Tür wohnt …«

Ich verdrehe die Augen, und Ben hebt abwehrend die Hände. »Botschaft angekommen. Du willst wieder dein eigenes Leben führen. Und das sollten wir wohl auch.« Schon auf dem Weg in mein Zimmer winkt er Adrian zu sich. »Komm. Je schneller wir machen, umso schneller haben wir die Wohnung wieder für uns.«

Adrian bleibt neben mir stehen. »Er macht sich Sorgen um dich, Mia. Er traut Josh nicht, und ich kann das verstehen. Du weißt, dass Loyalität für Ben alles bedeutet. Und das, was euer Freund dir angetan hat …«

»Genau darum geht es, Adrian: Er hat es *mir* angetan. Ben hat er überhaupt nichts getan, und trotzdem führt er sich auf wie ein wild gewordener Affe.« Vorsichtig bewege ich die Hüfte ein klein wenig vor und zurück. So langsam wird der dicke Bauch lästig, und ich merke schon wieder, dass ich nicht lange stehen kann.

»Wie man es nimmt. Er war auch sein Freund, und das, was damals passiert ist, hat ihn wahnsinnig enttäuscht. Ich kenne nicht alle Einzelheiten, aber Ben meint, Josh hätte ihn und eure Freundschaft verraten.« Adrian schenkt mir ein schulterzuckendes Lächeln. »Ich geh ihm helfen. Fährst du schon? Wir sollten alles in den SUV kriegen?«

»Ja.« Und weil Adrian nicht mit zu meinen Eltern fahren wird, nehme ich ihn kurz in den Arm. »Pass gut auf ihn auf, ja?«

»Klar.« Er drückt mir einen Kuss auf die Stirn und geht Ben hinterher.

Ich werfe einen letzten Blick in die Wohnung und gehe mit einem lachenden und einem weinenden Auge. Es war bequem bei Ben. Aber bequem ist nicht immer richtig. Manchmal muss man den schwierigen Weg gehen.

***

»Ruh dich ein wenig aus, Mia. Diese ganze Aufregung ist nichts für das Baby.« Meine Mutter steht in der Tür und macht dieses typische besorgte Eltern-Gesicht. Wenigstens hat sie meine Erklärung ganz gut aufgenommen. Mein Vater ist noch arbeiten, dem wird sie meine Sicht der Dinge später erklären. Gespickt mit ihren Kommentaren und Ansichten, wird er es schon verstehen. Wahrscheinlich besser als sie.

Wobei ich sagen muss, dass sie es besser aufgenommen hat als gedacht. Keine Predigt, dass eine *vernünftige* Ehe besser sei als gar keine. Vielleicht hat die Woche Abstand geholfen.

Ich lächle sie dankbar an. »Ich weiß, Mama. Ich ruh mich ein wenig aus, und dann helfe ich dir später mit dem Essen, okay?«

»Aber nur, wenn es geht.« Sie nickt mir noch einmal zu und schließt dann leise die Tür.

Hier bin ich also wieder. In meinem Kinder-, Jugend- und Studentenzimmer. Fünf Jahre ist es her, dass ich ausgezogen bin. Automatisch gleitet mein Blick zum Fenster. Von dort aus kann ich in Joshs altes Zimmer schauen.

Keine Ahnung, warum ich das tue. Eigentlich hatte ich mir das abgewöhnt. Obwohl kaum eine Chance bestand, dass er dort war.

Auch jetzt ist sie verschwindend gering. Wahrscheinlich ist er schon längst auf seiner Reise durch die Welt. Ich habe mir zwar seine Nummer geben lassen, mich aber nicht bei ihm gemeldet. Warum auch? Ich brauche ihn nicht. Mein Leben ist gut so, wie es ist.

Doch wenige Minuten später erwische ich mich schon wieder dabei, wie ich auf sein Fenster starre. Alleine die Möglichkeit, dass er dort sein könnte, lässt mein Herz schneller schlagen. Denn egal, wie ich es drehe oder wende, egal, was ich den anderen erzähle: Joshs Rückkehr und sein Geständnis ändern alles. Was kann es schon schaden, hin und wieder ein wenig mit ihm zu schreiben?

Ohne genau darüber nachzudenken, was ich eigentlich tue, zücke ich das Handy und drücke auf Joshs Eintrag. Das grüne WhatsApp-Symbol springt mir ins Auge.

Bevor ich es mir anders überlegen kann, tippe ich: *Hi.*

Und weil mir einfällt, dass er meine Nummer gar nicht hat, füge ich hinzu: *Mia hier.*

Ich schließe die Augen und atme mehrmals tief durch. Was soll das überhaupt? Schließlich weiß ich immer noch nicht, ob ich wirklich weiter Kontakt mit ihm will.

Pling!

Der Ton lässt mich zusammenzucken. Ich werfe einen Blick aufs Handy. Da steht ein einziges Wort: *Hey.*

Ich tippe: *Ich stehe in meinem alten Zimmer und schaue auf dein Fenster.*

Warum erzähle ich ihm das? Keine Ahnung. Wahrscheinlich, weil ich früher immer auf sein Fenster gestarrt habe. Gleich an unserem ersten Abend haben wir entdeckt, dass wir uns gegenseitig sehen können. Und schon bald Zeichen ausgemacht, die wir dem anderen über das Fenster senden. Wir haben aus Tonpapier gebastelte Star-Wars-Figuren an die Scheibe geklebt. R2D2 hieß: *Kann heute nicht mehr raus.* C3PO: *Treffen mit Ben.* Der Todesstern: *Treffen auf dem Spielplatz, so bald wie möglich.*

Eine Bewegung lenkt meine Gedanken ab. Steht Josh etwa hinter seinem Fenster?

Pling!

Josh: *Bist du zu Besuch?*

Mia: *Nein. Wieder eingezogen.*

Josh: *Okay.*

Mia: *Mehr hast du dazu nicht zu sagen?*

Josh: *Ich habe dazu eine Menge zu sagen, aber nichts, was du hören willst. Wie geht es dir?*

Was meint er denn damit?

Mia: *Was will ich nicht hören? Mir geht es gut.*

Josh: *Freut mich.*

Er geht also nicht darauf ein. Das muss ich wohl akzeptieren. Die Zeit, in der wir alle Geheimnisse des anderen kannten, sind vorbei. Was auch besser so ist. Ich sollte gar nicht mit ihm sprechen. Was für eine blöde Idee, ihn anzuschreiben.

Pling!

Josh: *Also muss ich jetzt Ben keine reinhauen? Er hat dich nicht vor die Tür gesetzt?*

Was denkt er eigentlich von Ben?

Mia: *Natürlich nicht. Ich fand einfach, es war an der Zeit.*

Josh: *Was hast du jetzt vor?*

Was soll ich schon vorhaben? Ich streiche mir über den Bauch und überlege, ob ich mich aufs Bett setzen soll. Aber von da aus kann ich das Fenster nicht sehen. Inzwischen bin ich mir sicher, dass er hinter seinem steht.

Scheiße! Ich zwinge mich, zum Bett zu gehen, und lege mich drauf. Kann ja wohl nicht sein, dass ich am Fenster stehen bleibe, obwohl mein Rücken und meine Knöchel schmerzen, nur weil dort möglicherweise Josh steht. Er ist immer noch der Arsch, der mich einfach so abserviert hat und dann sang- und klanglos aus meinem Leben verschwunden ist. Die Stimme in meinem Kopf, die beharrlich auf ihrem *Aber* beruht, ignoriere ich. Vielleicht sollte ich gar nicht mehr mit ihm schreiben.

Pling!

Josh: *Sorry. Ich sollte das nicht fragen und dich in Ruhe lassen. War schön, von dir zu hören.*

Wahrscheinlich ist es das Beste so. Ich sollte »Ciao« sagen und mich dann nicht weiter um Josh kümmern. Stattdessen schreibe ich: *Erstmal, mein Kind zur Welt bringen. Dann den Mutterschutz genießen und nach drei Monaten wieder arbeiten gehen.*

Josh: *Wo arbeitest du?*

Mia: *In der Marketingabteilung bei Merck.*

Josh: *Werbung?*

Mia: *Überrascht? Und Marketing ist nicht Werbung.*

Josh: *Wenn du das sagst.*

Mia: *Sage ich. Nicht ganz so selbstlos wie dein Job. Meinst du, es ist klug, mit Süchtigen zu arbeiten?*

Direkt nachdem ich auf Senden gedrückt habe, überfällt mich das schlechte Gewissen. Das hätte ich nicht fragen sollen. Andererseits habe ich nie ein Blatt vor den Mund genommen. Warum sollte ich jetzt damit anfangen?

Josh: *Ganz die alte Mia. Trifft dort, wo es weh tut. *lach**

Josh: *Spaß beiseite. Das ist kein Problem. Ehrlich gesagt freue ich mich darauf, Menschen zu helfen. Mir ist klar, dass es nicht immer so gut ausgeht wie bei mir, aber wenn ich nur einem helfen kann …*

Mia: *Ja, verstehe ich.*

Und das tue ich wirklich. Es ist ja nicht so, als hätte ich nie irgendwelche Pillen genommen oder gekifft. Aber mir hat es nie so einen Spaß gemacht wie Josh oder Ben. Vor allem auf die ganze Chemie sind sie viel zu sehr abgefahren.

Josh: *Warum Marketing?*

Mia: *Warum nicht?*

Josh: *Weil … keine Ahnung. Würde mich langweilen, glaube ich.*

Mia: *Deshalb mache ja auch ich das und nicht du.*

Josh: *Punkt für dich.*

Mia: *Wo in Hamburg wirst du arbeiten?*

Josh: *Meine Hauptstelle wird in Altona sein. Da wohne ich inzwischen auch. Aber ich werde viel auf der Straße arbeiten.*

Ich weiß nicht, warum, aber ich kann mir Josh gut in dem Beruf vorstellen. Er weiß zumindest, wovon er redet.

Mia: *Klingt nach einem Job für dich.*

Ich bekomme keine Antwort. Soll ich nachschauen, ob er noch am Fenster steht? Würde ich gerne, aber es ist zu mühsam, sich aufzusetzen. Ich bin tatsächlich müde.
Pling!

Josh: *Sorry, meine Mutter braucht mich. Melde mich später.*

Und weil ich müde und in einer merkwürdigen Stimmung bin, antworte ich: *Ich freu mich drauf.*

Mit klopfendem Herzen warte ich auf seine Antwort. Doch die Häkchen hinter der Nachricht werden nicht blau. Er hat das Handy also schon weggesteckt.

Was für eine merkwürdige Unterhaltung. Aber er ist noch nicht abgereist. Ich muss ihn unbedingt fragen, ob er vorhat, noch länger in der Stadt zu bleiben. Der Gedanke, er könnte bleiben und wir könnten uns auf freundschaftlicher Ebene wieder annähern, freut mich und macht mir gleichzeitig Angst. Ich bin noch nicht sicher, was überwiegt.

***

»Mia, ich denke nicht, dass du so schwer tragen solltest. Wir warten einfach, bis dein Vater …«

»Mama, ich bin schwanger und nicht krank.« Völlig genervt greife ich nach dem Paket mit dem Babybett. So schwer ist das auch nicht.

»Ich organisiere Hilfe!« Die Stimme meiner Mutter hat einen Klang, den ich nicht einordnen kann. Irgendwo zwischen Freude und Besorgnis. Aber mir fehlen Zeit und Energie, um mir darüber Gedanken zu machen. Denn vielleicht habe ich den Mund doch ein wenig zu voll genommen. Mit dem Bauch ist es fast unmöglich, dieses Paket zu tragen. Vielleicht könnte ich eins von den kleineren …

»Lass mich das nehmen, Mia.«

Ich zucke kurz zusammen. Das kann doch nicht wahr sein. Diese Stimme würde ich unter tausenden erkennen. »Hey, Josh.« Gut, ich klinge locker und souverän. »Meine Mutter übertreibt, du musst mir nicht helfen.«

»Ich will aber. Was wäre ich denn für ein Freund, wenn ich dich in deinem Zustand dieses Zeug schleppen lassen würde?«

Ich will ihm sagen, dass wir keine Freunde sind, überlege es mir jedoch anders. Ich habe ihn nach seiner Nummer gefragt und ihm geschrieben. Wenn bei ihm der Eindruck entstanden ist, wir seien nach wie vor befreundet, kann ich das verstehen. Und irgendwie ist es ja auch so. Also gebe ich schulterzuckend nach. »Bitte. Ich halte dich nicht auf.«

Er grinst dieses Josh-Grinsen und schnappt sich den Karton. Ich klemme mir die aufgerollte Babymatratze unter den Arm und folge ihm ins Haus. Meine Mutter hält die Tür auf und deutet die Treppe nach oben. »Du weißt ja sicher noch, wo Mias Zimmer ist.«

»Aber natürlich, Frau Kauer.« Er schenkt auch ihr ein Grinsen und steuert auf die Treppe zu.

»Ich bringe euch gleich Kaffee und Kekse«, trällert meine Mutter hinterher, und ich verdrehe die Augen.

»Mama! Er hilft mir nur, die Sachen hochzutragen. Wir brauchen keinen Kaffee oder Kekse.«

Jetzt strahlt sie mich an: »Er hilft dir auch beim Aufbauen. Du kannst einen Mann gebrauchen, der weiß, wie so etwas funktioniert.«

»Ach, und woher weiß er das? Er ist Sozialarbeiter, kein Schreiner. Außerdem ist das sexistisch!« Ich weiß, dass ich aggressiver klinge, als angebracht ist, aber die Sache überfordert mich. Ich habe nicht damit gerechnet, Josh zu sehen. Wenn ich ehrlich bin, hängt mir unser Chat von gestern noch nach. Ich dachte, ich hätte ein wenig mehr Zeit, darüber nachzudenken, ob mir das zu viel war oder nicht. Und ich bin nicht sicher, ob es mir gefällt, dass er nicht mehr geantwortet hat. Gelesen hat er die Nachricht, aber es kam keine Reaktion mehr darauf.

»Männern liegt das im Blut!«, verkündet meine Mutter mit einer Inbrunst, die mich schon wieder mit den Augen rollen lässt. Sie hatte schon immer sehr klare Vorstellungen von Geschlechterrollen. Und egal, wie oft ich sie darauf hinweise, dass diese Art Denken veraltet und frauenfeindlich ist, sie rückt nicht davon ab.

Josh kommt die Treppe wieder herunter, lächelt uns an und geht Richtung Auto. Es hilft alles nichts. Da muss ich jetzt wohl durch. Also trage ich die Matratze nach oben und mache mich dann auf die Suche nach Werkzeug.

Zwanzig Minuten später sitzen wir zwischen den ausgepackten Teilen eines Babybettes in meinem Zimmer, essen Kekse und trinken Kaffee. Ich habe es mir auf dem Bett bequem gemacht, Josh sitzt mir gegenüber auf dem Boden. »Danke, dass du mir hilfst.«

»Mia, wenn du dich noch einmal bedankst, gehe ich.«

Früher hätte ich seinem Tonfall entnehmen können, ob er scherzt. Heute habe ich keine Ahnung. »Das ist also alles, was ich tun muss, um dich loszuwerden?«

Sein Lachen erfüllt den Raum. »Tja, manchmal ist es so einfach.« Er steht auf, nimmt einen letzten Schluck Kaffee und betrachtet die auf dem Boden liegenden Teile. »Dann versuchen wir mal, ein Bett daraus zu machen.«

Weitere zwanzig Minuten später halte ich die bereits zusammengebaute Seite des Gitterbettes, während Josh die andere Seite anschraubt. Leider war der Akkuschrauber meines Vaters nicht aufgeladen, und Josh muss die Schrauben mit der Hand eindrehen. Ich kann sehen, wie sich die Muskeln an seinen Unterarmen anspannen, und muss schlucken. Früher hat er nicht trainiert. Jetzt sieht es allerdings ganz danach aus. »Seit wann machst du Sport?« Ich bin noch nie gut darin gewesen, ihm gegenüber meine Gedanken für mich zu behalten. Aber die Frage ist ziemlich unverfänglich.

»Habe in der Therapie damit angefangen.« Er sieht mich nicht an, sondern greift nach der nächsten Schraube. »Es hilft, den Fokus nicht zu verlieren und meine Gedanken in Bahnen zu lenken, die gut für mich sind.«

»Gut für dich?« Schon während ich frage, könnte ich mich schlagen, doch er antwortet völlig locker, als hätte ich nach dem Wetter gefragt.

»Ich habe in den letzten Jahren viel von dem Mist aufgearbeitet, der mich dazu gebracht hat, Drogen zu nehmen.« Er greift nach einer weiteren Schraube und deutet auf eine Stelle, etwa dreißig Zentimeter von der entfernt, an der ich gerade festhalte. »Hältst du da?« Ich rücke ein wenig zur Seite und halte. Er spricht unterdessen weiter: »Inzwischen weiß ich ziemlich gut, was mich triggert, und kann dem entgegenwirken. Sport ist eines der Mittel, die ich nutze.«

»Verrätst du mir die anderen?«

»Ich backe.« An seinen Mundwinkeln zupft ein Lächeln, als wisse er genau, dass mich das amüsiert.

»Du backst? Kuchen?« Es fällt mir schwer, ein Kichern zu unterdrücken.

»Lach nicht.« Er deutet mit dem Schraubenzieher auf mich. »Warte ab, bis du zu Weihnachten meine Baumkuchenspitzen und Lebkuchen probieren kannst. Dann tut es dir leid, dass du mich ausgelacht hast.«

»Ich lache dich nicht aus«, sage ich glucksend.

Er hebt eine Braue und schüttelt langsam den Kopf.

»Na gut, ich lache dich aus. Ich kann es mir einfach nicht vorstellen: Du in einer Küche mit Kochschürze und voll Mehl.«

»Ich brauche keine Schürze.« Er zieht die letzte Schraube fest. »So, jetzt können wir es aufstellen.«

Wir drehen das Gestell, und vor mir steht ein wunderschönes Babybettchen. »Wow!« Ich kann es gar nicht glauben. Dieses Bett macht die ganze Sache irgendwie realer. Darin wird bald mein Sohn liegen. Und aufgebaut hat dieses Bett nicht sein Vater, sondern der Mann, mit dem ich die schönsten Jahre meiner Jugend verbracht habe. *Werd jetzt bloß nicht nostalgisch, Mia. Er ist auch der Mann, der dir die schlimmste Zeit deines Lebens verpasst hat.*

»Wo soll es hin?«

Entweder ist ihm entgangen, dass ich kurz mit dem Gedanken woanders war, oder er ist zu höflich, um etwas zu sagen. So wie ich ihn einschätze, eher Letzteres. Ich deute auf die Ecke, in der das Bett stehen soll. Zum Glück war das Zimmer bei meiner Rückkehr weitgehend leer. Nach meinem Auszug haben meine Eltern ein Gästezimmer daraus gemacht, in dem nur ein Bett, ein Nachttisch und ein Schrank standen.

Ich habe dem außer ein paar Bildern an der Wand bisher nichts hinzugefügt.

Wir bauen auch noch die Wickelkommode zusammen auf. Zum Glück funktioniert der Akkuschrauber jetzt. Das erspart mir den Anblick von Joshs Muskeln. Keine Ahnung, warum mich die beschäftigen. Ich stehe nicht auf Muskeln und habe sicher noch nie fasziniert zugeschaut, wie sich Armmuskeln spannen und entspannen.

Jetzt sitze ich auf der Kante meines Bettes, und Josh schiebt den Wickeltisch an seinen neuen Platz, dreht sich um und klatscht in die Hände. »So, jetzt kann der kleine Mann sich auf den Weg machen.« Er grinst mich an, und ich kann nicht anders, als zu lachen.

»Der soll es sich noch ein paar Wochen in mir bequem machen.« Ich streichle meinen Bauch und seufze. »Auch wenn es sich langsam so anfühlt, als würde ich zum Walross mutieren.«

»Bist du sicher? Meine Assoziation ist eher Wal. Pottwal vielleicht oder …«

Ich werfe mein Kissen nach ihm, aber er macht elegant einen Schritt zur Seite. »Nicht getroffen. Das konntest du noch nie gut.« Er hebt das Kissen auf und wirft es mir zu. »Ich muss gehen. Eigentlich war ich gerade auf dem Weg zum Flughafen, als deine Mutter mich abgefangen hat.«

»Du willst deine Reise antreten?« Ich bin nicht sicher, ob mich diese Ankündigung glücklich oder traurig macht. Eine merkwürdige Mischung aus beidem, denke ich.

»Jepp. Ich dachte, ich fahre nach Frankfurt, nehme den ersten verfügbaren Last-Minute-Flug und schaue, wohin er mich bringt. Es ist ja nicht so, als ob mich irgendwas in Deutschland halten würde.« Er zwinkert mir zu und dreht sich zur Tür. »Pass auf dich auf, ja?«

Ich nicke. »Du auch auf dich.« Keine Ahnung, warum ich jetzt einen Kloß im Hals habe. In den letzten Wochen bin ich so nah am Wasser gebaut, da bringt mich sogar der Anblick eines Welpen zum Weinen.

Josh nickt und geht. Und ich habe keine Ahnung, warum mir das etwas ausmacht. Ich hatte ja nicht mal gewollt, dass er mir hilft. Aber die letzten beiden Stunden mit ihm haben sich auf eine Weise gut angefühlt, die ich nicht in Worte fassen kann. Vielleicht ist es gut, dass er noch heute weit wegfliegt.

17. Josh – Flug in die Vergangenheit

Das Schicksal ist wirklich ein Arschloch. Von allen Flügen muss es ausgerechnet einer nach Nizza sein. Kurz habe ich überlegt, vom ursprünglichen Plan abzuweichen und den zweiten Flug zu nehmen, den ich bekomme. Aber das wäre geschummelt gewesen. Also bin ich nach Nizza geflogen. Und dann in den Zug nach Antibes gestiegen.

Jetzt stehe ich hier und betrachte den Sonnenuntergang über dem azurblauen Wasser. Ich weiß nicht, was mich reitet, mache ein Foto von der Altstadt im Sonnenuntergang und schicke es Mia. *Bin gut gelandet,* schreibe ich darunter und stecke das Handy weg. Während ich an der Küste entlanggehe und mir überlege, in welches Hotel ich einchecken will, denke ich unweigerlich an die Tage zurück, die ich hier zusammen mit Ben und Mia verbracht habe. Den beschissenen Anfang hat ein Traumurlaub wettgemacht. Ganz ohne Drogen. Mias Gesellschaft hat mir gereicht.

Mit einem Kopfschütteln schiebe ich die Gedanken zur Seite. Nicht gut. Ich hätte wissen müssen, dass es eine Scheißidee ist, herzukommen. Ich hätte in Nizza bleiben sollen. Oder nach Monte Carlo fahren. Aber nein, ich Idiot muss mich ja selbst quälen und an den Ort fahren, an dem ich glücklich mit ihr gewesen bin. An den Ort, an dem wir uns im Meer geliebt haben. *Fuck!* Ich muss mir dringend ein Hotelzimmer suchen und dann eine Runde laufen gehen. Eine große. Am besten renne ich den Berg hoch, der kurz hinter der Altstadt in den neueren Teil von Antibes führt.

Ich kaufe schnell in einem Supermarkt zwei Flaschen Wasser und checke dann in eines der großen Hotels direkt am

Strand ein. Schließlich kann ich es mir leisten. Zwanzig Minuten später laufe ich los. Ich laufe über eine Stunde lang und stelle mich dann unter die heiße Dusche. Der Sport hat den gewünschten Effekt. Ich bin wieder entspannt und muss keine Angst mehr haben, dass ich irgendwelche Dummheiten mache. Ich bestelle mir einen Burger und ein Bier aufs Zimmer und schaue nach, ob sie mir geantwortet hat.

Mia: *Du bist nicht ernsthaft in Antibes, oder?*

Ihre Antwort kam vor dreißig Minuten. WhatsApp zeigt mir aber an, dass sie online ist.

Josh: *Doch. Ob du es glaubst oder nicht, der erste Flug, den ich nehmen konnte, ging nach Nizza.*

Mia: *Nizza ist nicht Antibes.*

Als ob ich das nicht selbst wüsste. Und weil ich einen Teil des Bieres auf leeren Magen getrunken habe, oder weil ich ein Idiot bin, der sich gerne selbst quält, antworte ich: *Ich wollte sehen, was es mit mir macht.*

Mia: *Und?*

Josh: *Ich lebe noch, bin nüchtern und gerade eine Stunde den Berg hochgerannt. Ich überlege noch, was das bedeutet.*

Manchmal frage ich mich, was mit mir nicht stimmt. Warum habe ich das gemacht? Mias Gedanken scheinen in eine ähnliche Richtung zu gehen.

Mia: *Warum machst du so was?*

Josh: *Ich denke, ich wollte mir selbst beweisen, dass es mir nichts mehr ausmacht.*

Darauf antwortet sie nichts mehr. Was soll sie dazu auch sagen. Ich lege das Handy zur Seite und beginne zu essen. Den Rest Bier trinke ich nicht mehr. Dann schaue ich mir einen französischen Film an, von dem ich nur die Hälfte verstehe. Vor dem Schlafengehen werfe ich noch einmal einen Blick auf mein Handy. Sie hat noch etwas geschrieben:

Du bist der verrückteste Kerl, den ich kenne. Schlaf gut, Josh, und möge die Macht mit dir sein.

Dieser Satz zaubert mir ein Lächeln ins Gesicht. Die ersten Jahre unserer Freundschaft war das unser Abschiedsgruß gewesen. Sie, Ben und ich hatten die Hände aufeinandergelegt und feierlich »möge die Macht mir dir sein« gesagt. Im Teenageralter haben wir damit aufgehört. Viel zu kindisch. Umso mehr freut es mich, dass sie sich jetzt wieder daran erinnert.

Ein erneutes *Pling!* Zeigt an, dass sie noch etwas geschrieben hat:

PS: Mir hätte es etwas ausgemacht.

Mit einem Stöhnen sinke ich in meine Kissen zurück. *Fuck! Mir auch, Mia. Mir auch.* Doch ich hüte mich, ihr das zu schreiben.

***

Nach dem Frühstück beschließe ich, dass der Besuch hier genug Selbstgeißelung für diesen Urlaub gewesen ist. Ich werde den Zug nach Monte Carlo nehmen, mir die Stadt ansehen und dann in Nizza übernachten. Von dort aus nehme ich den nächsten Flug. Glücklicherweise ist egal, wo der hingeht, weil Südfrankreich der einzige Ort ist, an dem ich mit Mia Urlaub gemacht habe. Also ist alles andere unverfänglich.

Ich laufe zum Bahnhof und stelle fest, dass ich heute weit weniger sentimental bin als gestern. So ist wohl das Leben. Es gibt bessere und schlechtere Tage.

In Monte Carlo lasse ich mich durch die Straßen treiben. Ich kann nicht sagen, dass mir die Stadt sonderlich gefällt. Der ganze Prunk und Luxus ist nichts für mich. Aber ein Schaufenster in der Altstadt zieht mich magisch an. Dort sind kleine, handgemachte Figuren aus Glas ausgestellt. Und eines ist tatsächlich ein schwarzes Alpaka. Es sieht Joshi erstaunlich ähnlich, und ich kann nicht anders, als die Figur zu kaufen.

Den Rest des Nachmittags bin ich damit beschäftigt, sie bruchsicher zu verpacken und eine Möglichkeit zu finden, sie so schnell wie möglich nach Deutschland zu befördern. UPS verspricht, dass sie in zwei Tagen bei Mia sein kann. Also macht der kleine Kerl sich auf die Reise. Ich bin gespannt, ob er ihr gefällt.

Diesen Abend fällt meine Joggingrunde entspannt aus, und ich schlafe ruhig und tief. Der nächste Flug, den ich bekomme, bringt mich nach Manchester. Das Glas-Alpaka hat mich auf eine Idee gebracht, und ich habe, noch bevor ich losgeflogen bin, Kontakt zu meinem Onkel aufgenommen. Er hat mir die Adresse eines befreundeten Alpakazüchters in der Nähe von Sheffield gegeben. Dort kann ich für ein paar Tage unterkommen, gegen Hilfe auf den Koppeln.

Die Wilkins-Farm ist um einiges größer als die meines Onkels. Hier leben fast vierhundert Tiere auf mehreren Koppeln. Ich verstehe schon nach fünf Minuten, warum Karin und Marc so gut mit Michael Wilkins und seiner Frau Mary auskommen. Sie stellen genauso wenig Fragen und scheinen das Leben ähnlich pragmatisch zu nehmen. Das gefällt mir.

Am Nachmittag stehe ich auf einer der Stutenkoppeln und verteile Heu, als mein Handy mehrfach in der Hosentasche vibriert. Weil es sowieso Zeit für eine Pause ist, stelle ich die Heugabel zur Seite, lehne mich gegen den Zaun und schaue nach, wer da so penetrant etwas von mir will.

Dabei versuche ich, mein wild schlagendes Herz zu ignorieren. Es gelingt mir nicht. Schon gar nicht, als ich sehe, dass es Mia ist, die mir drei Nachrichten geschrieben hat.

Mia: *Das ist soooo süß!*

Es folgt ein Selfie von ihr, wie sie sich das Glasalpaka neben das Gesicht hält. Ihr glückliches Lächeln ist all die Mühe wert.

Mia: *Danke, danke, danke.*

Mia: *Wo bist du?*

Mit einem Grinsen im Gesicht antworte ich: *Sheffield, England.*

Mia: *Was machst du da?*

Zur Antwort schicke ich ihr ein Foto von den knapp zwanzig Alpakas, die friedlich ihr Heu fressen.

Josh: *Ich füttere und unterhalte diese Damen.*

Mia: *Und dafür fliegst du bis nach England? Das könntest du hier auch haben.*

Josh: *Vielleicht. Aber hier kann ich besser nachdenken.*

Mia: *Worüber?*

Meine Finger schweben über dem Display. Was soll ich antworten? Die Wahrheit? Dass ich weggeflogen bin, weil ich dachte, sie will nichts mehr mit mir zu tun haben? Dass ich nah dran war, einfach zu bleiben, nur um mehr Zeit mit ihr zu verbringen? Dass ich dann doch geflogen bin, weil ich sie beim Aufbauen der Sachen für das Baby am liebsten um den Verstand geküsst hätte?

Mia: *Bist du noch da, Josh?*

Josh: *Ja. Ich denke darüber nach, was ich im Leben will.*

Mia: *Hast du nicht gesagt, dass du dein Leben der Suchthilfe widmen willst? Oder habe ich das falsch verstanden?*

Josh: *Das hast du richtig verstanden. Aber als ich das beschlossen habe, lagen noch nicht alle Karten auf dem Tisch.*

Mia: *Und jetzt tun sie das?*

Josh: *Ich weiß nicht.*

Mia: *Dann denk gut darüber nach.*

Ob sie meinen Wink verstanden hat?

Mia: *Ich möchte auch in Zukunft gerne eine dieser Karten sein.*

Mein Herz setzt einen Schlag aus. Sie versteht.

Josh: *Ich wüsste auch nicht, ob ich diese Karte jemals wieder ablegen könnte.*

War das zu viel? Ich will sie nicht verscheuchen, aber ich will auch, dass sie weiß, wie wichtig sie mir ist.

Mia: *Dann ist gut. Genieß deinen Aufenthalt bei den Alpakas. Ich muss los.*

Josh: *Mach ich.*

Dann geht sie offline. Ich lasse das Handy sinken, und ein Grinsen macht sich auf meinem Gesicht breit. Ich glaube, das ist das beste High, das ich seit ich zehn Jahren hatte. Endorphine sind was Tolles. Voller Energie mache ich mich wieder an die Arbeit. Mia will mich in ihrem Leben. Das ist mehr, als ich je zu hoffen gewagt hätte.

18. Mia – Ein Besuch auf dem Spielplatz

»Alles in Ordnung mit dir, Mia?« Ben ist bereits halb aufgesprungen, bevor ich antworten kann.

»Alles gut. Das sind nur Senkwehen. Der Kleine macht sich bereit.«

»Dann ist es bald so weit? Willst du wirklich in den nächsten Tagen nicht lieber hier schlafen? Das würde Zeit sparen, wenn es tatsächlich so weit …«

»Ben, selbst wenn die echten Wehen einsetzen, werden wir mehr als genug Zeit haben. Das ist mein erstes Kind, und das kommt nicht innerhalb von fünf Minuten auf die Welt.« Sein Eifer ist ja irgendwie süß, aber auch ziemlich anstrengend.

»Alles schon passiert.« Langsam setzt sich Ben wieder, und Adrian greift nach seiner Hand.

Während er sie sanft tätschelt, sagt er: »Mia weiß schon, was sie tut. Sie ruft uns an, wenn es so weit ist, und dann wirst du das Wunder der Geburt erleben.«

Ich verkneife mir ein Schmunzeln. Tatsächlich ist Ben weit aufgeregter als ich. Im Moment kann ich eh nichts anderes tun, als darauf zu warten, dass der kleine Mann sich auf den Weg macht. »Der Termin ist erst in paar Tagen, also ganz entspannt bleiben.«

Mein Handy gibt ein Brummen von sich, und mein Herz macht einen Sprung. Das könnte Josh sein. Aus diesem Grund ignoriere ich es. Natürlich lässt das Ben sofort wieder misstrauisch werden.

»Willst du nicht wissen, wer das ist?« Sein lauernder Tonfall führt dazu, dass ich die Augen verdrehe.

»Nein, will ich nicht. Es ist sicher Sarah, die wissen will, wie es mir geht.« Ein erneutes Brummen unterbricht mich.

»Oder es ist Josh, und du willst nur nicht zugeben, dass du wieder Kontakt zu ihm hast.«

Ich bin nicht sicher, ob es mir gelingt, gelangweilt auszusehen. Ich hatte nie vor, Ben anzulügen, aber ich höre an seiner Stimme, dass er es nicht verstehen würde. Ich weiß nicht, wie er reagieren würde, wenn er wüsste, dass die täglichen Gespräche mit Josh – wenn man einen Chat über WhatsApp so nennen kann – das Highlight meines Tages darstellen.

Hätte mir das jemand vor vier Wochen gesagt, hätte ich ihn für verrückt erklärt. Aber so ist es.

In den letzten drei Wochen ist die Chatzeit mit Josh zur schönsten Zeit meines Tages geworden. Das liegt mit Sicherheit daran, dass sich das Zusammenleben mit meinen Eltern schwieriger gestaltet als gedacht. Ich bin es einfach nicht mehr gewohnt, mich dem Regiment meiner Mutter zu unterwerfen. Mein Tagesablauf ist ein völlig anderer. Aber ich wohne bei ihnen und muss mich damit arrangieren. Wenigstens hat sie aufgehört, über die *verpasste Chance* mit Ben zu lamentieren.

»Warum glaube ich dir nicht?« Die Frustration in Bens Stimme bricht mir das Herz. Natürlich könnte ich einfach zugeben, dass er recht hat.

Aber es zuzugeben würde bedeuten, dass es real ist. Dass ich mich mit dem Gedanken auseinandersetzen muss, dass Josh wieder mehr sein könnte als eine Episode in meiner Vergangenheit. Und ich bin nicht sicher, ob ich dazu tatsächlich bereit bin.

Natürlich ist mir klar, dass ein Teil des Kitzels darin liegt, dass keiner von meinem Chat mit Josh weiß. Es ist, als würde ich etwas Verbotenes tun. Und solange keiner davon weiß, muss ich mich nicht mit den Konsequenzen auseinandersetzen. So einfach ist das.

Keine Ahnung, ob das irgendwie Sinn macht, aber für mich tut es das. Wir schreiben seit fast drei Wochen und reden über Gott und die Welt. Die Jahre ohne Kontakt scheinen wie weggefegt. Wir erzählen von unserem Tag. Seine sind wesentlich interessanter als meine. Ich lasse mich treiben und mache mir Sorgen um die Zukunft. Er arbeitet in England auf dieser Alpaka-Farm und schickt mir jeden Tag Fotos von den Tieren. Er ist nie darauf zu sehen.

»Wenn das stimmt, schau nach, wer es ist.«

Bevor ich antworten kann, geht Adrian dazwischen. »Meinst du nicht, dass das zu weit geht, Ben? Wenn Mia sagt …«

»Sorry, Adri, aber du hast nicht erlebt, wie es mit den beiden war. Wenn es um den anderen geht, ist weder mit Josh noch mit Mia vernünftig zu reden. Sie sind wie zwei fahrende Züge, die mit Vollgas aufeinander zurasen. Ihnen ist klar, dass es zum Crash kommen wird, aber keiner stoppt den Irrsinn. Stattdessen haben sie eine vage Vorstellung im Kopf, wie der Aufprall sein könnte. Eine romantische Vorstellung, die nicht der Realität entspricht und im Chaos endet.«

Ein wenig drastisch, wenn man mich fragt. Aber um des lieben Friedens willen hole ich mein Handy aus der Tasche und schaue nach, wer da was von mir will.

Ein klein wenig mulmig ist mir schon, und ich habe absolut keinen Plan, was ich tue, wenn es tatsächlich Josh ist. Was soll schon passieren? Ben wird mir schon nicht den Kopf abreißen.

Doch alle Sorge ist umsonst. Es ist Sarah. Sie meldet sich nicht so oft wie Ben, doch auch sie will wissen, ob ich Kontakt zu Josh habe. Auch ihr erzähle ich nichts, obwohl sie meine beste Freundin ist.

Also halte ich Ben mein Handy unter die Nase und sage:

»Es ist Sarah, die wissen will, ob ich was von Josh gehört habe. Vielleicht solltet ihr euch zusammentun und einen *Wir-beschützen-Mia-vor-dem-bösen-Josh-Klub* gründen oder so.« Mein Sarkasmus ist vielleicht ein wenig übertrieben. Warum können die beiden mich nicht einfach in Ruhe lassen?

»Mia!« Bens Lächeln ist schuldbewusst. »Es tut mir leid.« Mit einem schiefen Grinsen fährt er sich durchs Haar. »Diese ganze Situation ist …« Er bricht ab und schüttelt den Kopf. »Ich schätze, es ist einfacher, mir um dich Sorgen zu machen, als meinen eigenen Scheiß in den Griff zu bekommen.« Diesmal greift er nach Adrians Hand und drückt sie.

Ich nicke, sage jedoch nichts dazu, aus Angst, mich zu verplappern.

***

Josh: *Hey.*

Ein Lächeln zieht über mein Gesicht.

Mia: *Hey.*

Josh: *Bist du zu Hause?*

Mia: *Ja. Ich sitze auf meinem Bett und will den Abend nicht mit meinen Eltern verbringen.*

Josh: *Geh ans Fenster.*

Mia: *Du weißt aber, dass es schwer ist, mit diesem Bauch aufzustehen?*

Josh: *Geh ans Fenster.*

Seufzend stehe ich auf und mache, was er von mir verlangt.

Josh: *Bist du da?*

Mia: *Ja.*

Josh: *Dann sieh zu meinem Fenster.*

Ich sehe ihn sofort. In seinem Fenster hängt ein Bild des Todessterns. Nicht aus Tonpapier gebastelt, sondern wohl eine Kopie oder so. Mein Herzschlag beschleunigt sich.

Mia: *Soll das heißen …*

Josh: *Finde es raus.*

Das lasse ich mir nicht zweimal sagen. So schnell mich mein Babybauch lässt, watschele ich die Treppe nach unten und rufe meinen Eltern zu: »Ich geh noch mal spazieren!« Dann schnappe ich mir meine Jacke und trete ins Freie. Wir haben inzwischen Mitte Dezember, und es ist ziemlich kalt. Zum Glück habe ich Mütze und Handschuhe immer in der Jacke.

Es ist bereits dunkel, aber im Licht der Straßenlaternen kann ich die weißen Wölkchen sehen, die mein Atem in der Luft hinterlässt. Mein Herz wummert wild gegen meinen Brustkorb. Ich bin nicht sicher, ob das die Aufregung ist, Josh gleich zu sehen, die Angst, weil ich nicht weiß, ob das eine gute Idee ist oder ich einfach zu schnell laufe. Ich zwinge mich, langsamer zu gehen, doch das beruhigt meinen Herzschlag nicht. Also Option eins oder zwei.

In meinem Kopf wirbeln die Gedanken so wild durcheinander, dass ich keinen davon zu fassen bekomme. Der Todesstern: Treffen auf dem Spielplatz. Bedeutet das, dass Josh wieder da ist? Was sonst? Aber warum hat er nichts gesagt? Wie wird es sein, ihn zu sehen? Will ich das überhaupt? Was soll ich sagen?

Jetzt kann ich den Spielplatz sehen. Mir fällt sofort das flackernde Licht einer Kerze auf. Meine Schritte beschleunigen sich wieder, und ich öffne mit zittrigen Fingern das kleine Tor. Das Licht der Straßenlaternen reicht nicht, um den ganzen Platz auszuleuchten. Aber ich sehe das Flackern und gehe darauf zu. »Josh?«

»Ich bin hier.« Seine Stimme jagt einen kleinen Schauer über meinen Körper. Er ist tatsächlich da. Jetzt sehe ich, wie sich jemand auf mich zubewegt. Langsam gewöhnen sich meine Augen an die Dunkelheit. Da steht ein Windlicht auf einem Holztisch, den es früher nicht gegeben hat. Und dann sehe ich ihn. Die Locken wie immer leicht zerzaust, heute glattrasiert und mit diesem Grinsen im Gesicht, das ich so liebe.

»Überraschung.« Er bleibt stehen und breitet die Arme aus. Ich kann nicht anders, als mich hineinsinken zu lassen. Mein Bauch ist im Weg, doch das ist mir egal. Ich schließe die Augen und rieche Josh. Ich kann immer noch nicht einordnen, wonach er riecht, sein Geruch hat etwas, was ich mit *zu Hause* verbinde.

Viel zu schnell lasse ich ihn wieder los. Nicht, weil ich es will, sondern weil es zu unbequem wird. Seine Augen sind in der Dunkelheit nicht zu sehen, aber ich glaube, dass er mich mustert.

»Dem Kleinen scheint es ja gut zu gehen.« Er deutet auf meinen Bauch. »Ist gewachsen, seit ich dich das letzte Mal gesehen habe.«

»Du nennst mich fett?« Es gelingt mir nicht, ernst zu bleiben.

»Das hast du gesagt.« Ein Lächeln umspielt seine Lippen, und er deutet zur Bank. »Ich habe Decken, heißen Tee und selbstgebackene Muffins. Wie wäre es?« Er deutet auf die

Bank, und tatsächlich, da liegen mehrere Decken. Auf dem Tisch steht eine Thermoskanne, zwei Becher und vier kleine Kuchen.

»So was kann auch nur dir einfallen.«

»Was?« Er hebt in gespielter Verwirrtheit die Brauen.

»Ein Picknick im Dunkeln, im Dezember auf dem Spielplatz.«

»Ich habe Decken aus Alpakawolle und heißen Tee. Wir werden nicht frieren.«

Für einen winzigen Moment zögere ich. Denn mir ist klar, was es bedeutet, wenn ich mich jetzt setze. Aber im Prinzip habe ich bereits entschieden. Schließlich bin ich hier und nicht in meinem warmen Bett geblieben.

Also gehe ich zur Bank, nehme eine der Decken und lege sie mir um. Josh breitet eine weitere auf der Bank aus, und ich setze mich. Auch er hüllt sich ein, setzt sich ebenfalls und schenkt uns Tee ein. Schon als er die Kanne öffnet, steigt mir der Geruch von Anis in die Nase. »Du hast es nicht vergessen«, sage ich und schließe die Augen.

»Natürlich nicht. Ich habe nichts vergessen.«

Seine Worte lassen jedes einzelne Härchen an meinem Körper vibrieren. Ich nehme diesen Satz und verschließe ihn tief in meinem Herzen. Denn so schön er ist, so wenig bin ich bereit dafür.

Vielleicht wird es Zeit, dass ich mich endlich der Realität stelle. Und die ist, dass es schlimm war, Josh nicht in meinem Leben zu haben. Heißt das im Umkehrschluss, dass ich ihn wirklich wiederhaben will? Mit ihm zu chatten war in Ordnung. Er war weit weg. Jetzt sitzt er neben mir, und das ist etwas völlig anderes. Das lässt mein Herz stolpern, mein Blut kochen und alles in mir vibrieren. Hin- und hergerissen zwischen Freude und Panik. Ich weiß, dass ich etwas antworten sollte, aber was? Also trinke ich einen Schluck Tee und sage nichts. Das sollte Antwort genug sein. Aus dem Augenwinkel sehe ich, wie er nickt und ebenfalls nach seiner Tasse greift.

»Ich möchte, dass wir wieder Freunde werden, Mia. So wie früher.«

Den Blick auf die dampfende Tasse gerichtet, überlege ich, was ich antworten soll. Denn mir ist klar, dass viel davon abhängt. Wahrscheinlich würde er aus meinem Leben verschwinden, wenn ich ihn jetzt darum bitte. Aber alleine die Möglichkeit fühlt sich so falsch an, dass ich die Option verwerfe. Es ist schon zu spät. Der Gedanke, ihn noch einmal gehen zu lassen, reißt eine Wunde wieder auf, die ich für vollständig geheilt gehalten habe.

Und verdammt, es ist mein Leben. Das besser ist, wenn er darin vorkommt. Ich atme tief durch und drehe mich so, dass ich ihm direkt ins Gesicht schaue. »Das möchte ich auch. Aber nur Freunde.« Bei den nächsten Worten schaue ich ihm in die Augen, »So wie … vorher.«

Ich kann nicht mal erahnen, was er denkt, dafür ist es zu dunkel, doch er nickt langsam. »Um mehr bitte ich dich gar nicht.«

Dieser Satz nimmt eine Last von mir, von der ich nicht gewusst hatte, dass sie da war. Ich nicke und fange an, ihm von meinem Tag zu erzählen. Von dem Streit mit meiner Mutter, weil ich die Wäsche *falsch* zusammengelegt habe, von Ben, der möchte, dass ich morgen mit ihm zu Mittag esse, und davon, wie sehr mir meine Arbeit fehlt.

Er hört zu, gibt mir Trost und berichtet dann von seinem Rückflug nach Deutschland.

»Warum hast du mir nicht erzählt, dass du wiederkommst?«

»Ist das nicht offensichtlich? Dann wäre es ja keine Überraschung gewesen.« Er trinkt einen Schluck und stellt die Tasse dann wieder ab. »Und ich weiß doch, wie sehr du Überraschungen magst.«

Ja, das war eines der Dinge, die ich an Josh schon immer gemocht habe: Mit ihm war es nie langweilig. Er hat mein geordnetes Leben und meinen Hang zum geregelten, gut geplanten Tagesablauf immer gehörig durcheinandergewirbelt. Genau wie jetzt. Es ist eisig kalt, und ich sitze seit fast zwei Stunden mit ihm auf einem Spielplatz, trinke Tee und fühle mich so gut wie seit Ewigkeiten nicht mehr.

»Nimm einen Muffin. Ich habe sie nicht vergiftet und weiß, was ich tue.«

Daran zweifle ich nicht. Mir ist nur einfach nicht nach Essen zumute. Schon den ganzen Tag spüre ich einen merkwürdigen Druck im Bauch, und Essen macht es nicht besser. Aber ihm zuliebe greife ich nach einem Muffin und breche ein Stück ab.

Er hat recht. Sie schmecken wirklich gut. »Sind das Blaubeermuffins?«

»Klar. Ich weiß doch, was du magst.« Er bricht ebenfalls ein Stück ab und steckt es sich in den Mund. »Ich mag ja lieber die mit Vanille. Die backe ich dir ein andermal.«

Keine Ahnung, was los ist, aber auf einmal packt mich der Übermut, und ich wuchte mich von der Bank hoch. »Ich möchte schaukeln.« Die Decke immer noch um die Schultern gewickelt, setze ich mich auf die schmale Schaukel. Josh folgt mir nicht, schaut aber zu mir herüber.

Zu meinem Leidwesen muss ich feststellen, dass es mit dem Babybauch gar nicht so einfach ist, Schwung zu holen. Nach dem dritten Versuch gebe ich auf und schaue zu Josh. »Schubst du mich an?«

Er steht sofort auf und tritt hinter mich. »Festhalten!«

Ich spüre seine Hände unter meinen an den Ketten der Schaukel und werde ein Stück nach hinten gezogen. Dann lässt er mich los, und ich schaukle. Danach drückt seine Hand immer wieder gegen meinen Rücken. Gerade fest genug, dass ich sanft hin und her wiege.

Dem kleinen Mann in meinem Bauch scheint die Bewegung gar nicht zu gefallen, denn er fängt kräftig an zu treten. Ich atme mehrmals tief in den Bauch, um ihn zu beruhigen, aber er tritt weiter. Langsam wird es schmerzhaft. »Anhalten. Ich muss aufstehen. Er scheint es gar nicht zu mögen, wenn ich wie eine kindische Kuh schaukle.«

»Wal«, sagt Josh neben mir. »Kindischer Wal.«

»Nicht hilfreich, Josh.« Ich stehe auf und laufe ein paar Schritte hin und her.

»Sorry.« Er geht neben mir und deutet auf meinen Bauch. »Wie lange noch?«

»Zwei Wochen, um Silvester rum. Aber der Arzt sagt, es könnte auch früher …« In dem Moment spüre ich etwas Feuchtes meine Beine herunterlaufen.

»Mia?«

Kurz bin ich nicht sicher, was ich sagen soll. Meine Wangen werden heiß. Ist das peinlich. Gehört habe ich natürlich schon, dass Schwangere inkontinent werden können, aber das … Die Feuchtigkeit läuft immer weiter meine Beine hinab. Langsam manifestiert sich die Wahrheit in meinem Kopf. »Meine Fruchtblase ist geplatzt.«

»Was?« Er hört sich so überfordert an, wie ich mich fühle.

»Meine Fruchtblase …«

»Das habe ich verstanden. Was soll ich machen?«

Woher soll ich das denn wissen? Ich erinnere mich daran, was die Hebamme im Geburtsvorbereitungskurs gesagt hat: »Wenn das Kind bereits im Becken liegt, dann fahren Sie so bald wie möglich ins Krankenhaus. Wenn nicht, legen Sie sich hin, und rufen Sie einen Krankenwagen.« Also kein Grund zur Panik. »Er liegt bereits im Becken, es sollte nichts passieren. Wir packen zusammen, und dann fährst du mich ins Krankenhaus.«

»Ich? Bist du sicher?«

Keine Ahnung, was in seinem Kopf vorgeht, aber ich will

ihn dabeihaben. Nicht meine Eltern, nicht Ben und auch nicht Sarah. Sondern den Menschen, der mir die letzten Wochen Kraft zum Durchhalten gegeben hat. »Ja, du!« Jetzt überkommt mich doch leichte Panik, und ich suche nach seiner Hand. Als ich sie gefunden habe, greife ich sie und drücke zu. »Lass mich jetzt nicht alleine.«

»Alles, was du willst.« Seine ebenfalls behandschuhten Finger streichen über meine. »Dann los.«

In Windeseile packt er die Sachen in einen Korb. »Wir können.« Sein Blick gleitet zwischen meine Beine. »Ist das … also das Fruchtwasser … läuft es …?«

»Es tropft nur noch. Sein Kopf sorgt dafür, dass nichts mehr läuft.« Was für ein tolles Thema.

Josh öffnet die Tür zum Spielplatz und lässt mir den Vortritt. »Das ist gut, oder?«

»Ja, das ist gut.«

»Okay. Was passiert jetzt? Ich meine, sagen wir deinen Eltern Bescheid? Hast du eine Tasche? Willst du dich noch umziehen?«

»Nein, ja und ja.« Und weil er mich verwirrt anblinzelt, füge ich hinzu: »Wir gehen zu mir, du wartest draußen. Ich hole meine Tasche, ziehe mich um und sage meinen Eltern, dass ich noch zu dir gehe. Dann fährst du mich ins Krankenhaus, und wir bekommen mein Kind.«

»Bist du sicher, dass du deinen Eltern nichts sagen willst? Oder Ben?«

»Ganz sicher. Sie können nichts tun. Also lass ihnen ihren Schlaf. Es dauert sowieso bis morgen früh, bis irgendwas passiert.«

»Okay. Dein Körper, dein Kind, deine Regeln.« Er zeigt auf sein Auto, das direkt vor dem Haus seiner Mutter parkt. »Ich warte hier auf dich.«

»Alle klar. Bin gleich zurück.«

Den ganzen Weg in mein Zimmer und auch als ich mich

umziehe, warte ich darauf, dass ich meine Meinung ändere. Doch Ben anrufe. Er wartet auf diesen Anruf, war sogar beim Geburtsvorbereitungskurs dabei gewesen. Bei der einen Stunde, bei der die Männer mitdurften. Trotzdem ändere ich meine Meinung nicht. Ich will Josh mitnehmen.

Wir haben nicht mehr über das geredet, was damals passiert ist, und auch nicht über sein Suchtproblem. Aber aus dem, was er erzählt hat, schließe ich, dass er die Sache wirklich im Griff hat. Natürlich kann ich das nicht mit Sicherheit sagen, allerdings hat er zu keinem Zeitpunkt so gewirkt, als wäre er high.

Er will wieder mit mir befreundet sein. Genau wie ich mit ihm. Und ein Freund ist genau das, was ich in den nächsten Stunden brauche. Entschlossen greife ich nach meiner gepackten Tasche und gehe nach unten.

19. Josh – Herzlich willkommen, Paul

Ich gebe zu, ich habe verschiedene Enden für diesen Abend vor meinem inneren Auge durchgespielt. Mia zur Geburt ihres Kindes zu begleiten war nicht dabei.

Aber hier bin ich: Im Kreißsaal der Mainzer Uniklinik halte ich Mias Hand. Sie hat inzwischen regelmäßig Wehen und offensichtlich Schmerzen. Ich wünschte, ich könnte irgendetwas tun. Außer den Kerl zu verfluchen, der ihr das angetan und sie dann im Stich gelassen hat.

Gerade ist wieder eine Wehe vorbei, und Mia entspannt sich. Kleine Schweißtropfen haben sich auf ihrer Stirn gebildet, und sie versucht sich an einem Lächeln. »Vielleicht will ich doch eine PDA?«

Das lasse ich mir nicht zweimal sagen und drücke sofort den Rufknopf. Seit einer Stunde rede ich auf sie ein. Es ist doch Schwachsinn, die Schmerzen zu ertragen, wenn man etwas dagegen tun kann. Doch bisher war sie der Meinung, eine natürliche Geburt zu wollen, die nicht durch Schmerzmittel beeinträchtigt wird. Ich bin da anderer Meinung. Alles, was ihr die Schmerzen nimmt, ist gut. Es zerreißt mir jedes Mal das Herz, wenn sie sich krümmt und meine Hand fast zerquetscht.

Die Hebamme betritt das Zimmer und lächelt Mia an. »Was kann ich für Sie tun?«

»Ich glaube, ich will doch eine PDA.« Mias Stimme ist leise. Ich weiß, dass dieses Eingeständnis einer Kapitulation gleichkommt. Die ganze Fahrt über und auch danach hat sie mir erklärt, wie wichtig es ist, die Schmerzen zu kanalisieren.

Ich habe meinen Mund gehalten, weil ich sie kenne. Mir war klar, dass sie irgendwann kapitulieren würde.

»Dann schauen wir mal, wie es aussieht und …«

Mias Schrei lässt mich zusammenzucken. Schon wieder eine Wehe. So schnell kamen sie bisher nicht. Und sie hat auch bei keiner geschrien. Sobald die Wehe abgeflaut ist, lächelt die Hebamme. »Na, dann wollen wir doch mal sehen, wie weit Sie sind, und dann den Anästhesisten holen.«

Ich halte weiter Mias Hand, und sie wendet mir den Kopf zu. »Josh?«

»Ja?«

»Danke, dass du hier bist. Du weißt, dass du das nicht musst?«

Die Haare kleben ihr schweißnass am Kopf, und ich kann an ihrer Haltung sehen, dass eine weitere Wehe heranrollt. Also nicke ich nur und lächle. Wie gerne würde ich ihr sagen, dass es keinen Ort gibt, an dem ich lieber wäre. Aber ich denke nicht, dass es das ist, was sie im Moment hören will. Sie schreit wieder und presst meine Hand so fest, dass ich sicher bin, mindestens eine Stauchung der Mittelhand davonzutragen.

»Oh!« Die Hebamme sieht auf. »Für eine PDA ist es zu spät. Sie bekommen jetzt Ihr Kind.«

»Was?« Mias Atem geht gehetzt, und sie versucht, sich hochzudrücken.

Die Hebamme fährt das Bett so, dass Mia ins Sitzen gelangt. »Der Muttermund ist offen, und Ihr Sohn macht sich auf den Weg.« Sie deutet auf das dicke Seil, das neben dem Bett gespannt ist. »Möchten Sie lieber in die Hocke gehen? Oder im Sitzen oder Liegen gebären? Noch haben Sie Zeit, sich die Position auszusuchen. Ich rufe jetzt den Arzt, und Sie versuchen, bei der nächsten Wehe zu hecheln. Danach sehen wir weiter.«

Die Hebamme scheint nicht zu sehen, dass Mia panisch wird. Doch ich sehe es und beuge mich ganz nah zu ihr. »Mia, hör mir zu. Du schaffst das. Du bist nicht alleine, auch nicht danach. Ich bin für dich da, und ich gehe nicht mehr weg, wenn du das nicht willst. Okay?« Hoffentlich schaffe ich es, in meiner Stimme und meinem Blick die Ernsthaftigkeit zu transportieren, die ich empfinde.

Eine neue Welle des Schmerzes überflutet sie, und ich fühle mich so hilflos. Sie macht, was die Hebamme gesagt hat, hechelt wie ein Hund und schaut mich dann mit großen Augen an. »Josh und Mia?«

»Ja.« Ich drücke ihre Hand. »Josh und Mia.«

Die nächsten zwanzig Minuten fühlen sich an wie Sekunden und gleichzeitig wie Stunden. Mia entscheidet sich dafür, im Bett zu bleiben. Also verharrt sie in einer halb liegenden und halb sitzenden Position. Die Wehen kommen jetzt in sehr kurzen Abständen. Ich konzentriere mich voll und ganz auf sie. Das heißt, ich lächle ihr aufmunternd zu, wenn sie meinen Blick sucht, lasse sie weiter meine Hand zerquetschen und bete, dass sie diesen Horror lebend übersteht. Nicht, dass ich ein gläubiger Mensch wäre, aber wenn es hilft, würde ich auch dem Teufel meine Seele verkaufen. Wenn sie nur überlebt und nicht mehr von Schmerzen geschüttelt wird. Mir ist klar, dass meine Gedanken ein wenig dramatisch sind, sie leiden zu sehen und dabei selbst so hilflos zu sein ist allerdings fast so schlimm, wie sie gehen zu lassen.

Und dann ist es vorbei. Ein letzter lauter Grunzer, ihr heftiges Atmen, und wir hören das erlösende Geschrei ihres Sohnes. »Zeitpunkt der Geburt: 0:03.« Mit diesen Worten legt der Arzt ihr das noch blutige Kind auf den Bauch. »Sagen Sie ›Hallo‹ zu Ihrem Sohn.«

Mia hebt den Kopf und lächelt auf den kleinen Körper

hinab. »Hey«, sagt sie mit einem Lächeln, wie ich es noch nie an ihr gesehen habe.

»Möchte der frischgebackene Vater die Nabelschnur durchschneiden?« Ich höre die Worte zwar, bin nur irgendwie so sehr in den Anblick von Mia und ihrem Sohn vertieft, dass ich nicht wirklich verstehe, was der Arzt von mir will.

»Josh, er meint dich.« Mia strahlt immer noch übers ganze Gesicht und nickt mir aufmunternd zu.

»Bist du sicher … Ich bin nicht …?« Ich bin nicht der Vater, will ich sagen, aber sie nickt und sieht so hoffnungsvoll aus, dass ich nicht anders kann. Also tue ich es. Jetzt sind die beiden getrennt. Die Hebamme versorgt den Nabel und winkt mich zu sich. »Ihre Freundin wird jetzt erst einmal versorgt, und Sie dürfen beim Baden helfen. Wie soll der Kleine denn heißen?«

Ich schaue sie völlig verständnislos an. Keine Ahnung. Darüber haben wir nie gesprochen. Also schüttle ich den Kopf, und sie nickt verständnisvoll. »Gut, dann tragen wir wenigstens schon mal die Eltern ein. Mia Kauer und Sie sind?«

»Nicht der Vater«, sage ich leise, und es schmerzt.

»Oh«, entfährt es ihr. »Das tut … das wusste ich nicht.«

Ihre mitleidsvolle Miene bringt mich endlich dazu, mehr zu tun, als wie ein Idiot in der Gegend herumzustehen und dämliche Antworten zu geben. »Konnten Sie nicht wissen. Ich habe leider keine Ahnung, wie der Vater heißt. Und auch nicht, wie das Kind heißen soll.«

»Das ist alles halb so wild. Solange die Mutter will, dass Sie jetzt da sind, ist alles gut. Wollen Sie den Kleinen waschen?«

»Ich habe keine Ahnung, wie.«

»Das zeige ich Ihnen. Zuerst wiegen wir ihn einmal und messen seinen Kopfumfang.« Ich stehe daneben und kann es immer noch nicht so richtig fassen. Ich war bei der Geburt von Mias Sohn dabei. »So, jetzt nehmen sie den Waschlappen und dann …« Sie zeigt mir alles und legt mir dann das kleine Bündel in den Arm.

Ein Lächeln schleicht sich auf mein Gesicht, und ich glaube, ich sehe jetzt genauso aus wie Mia vorhin. Einfach nur glücklich. »Hey, Kleiner. Willkommen in der Welt. Ich bin Josh, ein Freund deiner Mama.« Er schaut mich aus großen blauen Augen an. Ganz so als würde er überlegen, ob ich gut für ihn und seine Mama bin. »Keine Angst, ich nehme sie dir nicht weg oder so. Ich will nur ihr Freund sein. Und dein Kumpel, wenn das okay für dich ist.« Er sieht mich immer noch an, und ich streichle ihm mit dem Daumen der linken Hand über die Wange. Dann über die winzigen Hände. Unglaublich, wie klein Menschen sind, wenn sie auf die Welt kommen. Und wie perfekt. Denn das ist er. Genauso perfekt wie seine Mutter. Ich will meine Hand gerade wieder wegnehmen, als sich seine kleinen Finger erstaunlich fest um meinen kleinen Finger schließen. Diese Berührung macht etwas mit meinem Herzen. Auf einmal weiß ich, dass es nicht mehr nur Mia gehört, sondern auch ihm.

»Sie können jetzt wieder zu ihr. Sie ist mit allem fertig.« Die Hebamme kommt mit einem kleinen Armband, das sie ihm ums Handgelenk legt. *Paul* steht darauf. Was für ein wunderschöner Name.

»Hey, Paul«, murmele ich und gehe zu Mia hinüber. Sie sieht müde, aber glücklich aus. Der Schweiß ist inzwischen getrocknet, und trotz der völlig zerzausten Haare und der anstrengenden Geburt gibt es keine schönere Frau. In diesem Moment wird mir schmerzlich bewusst, dass ich sie immer noch liebe, nie damit aufgehört habe. Und genau deshalb werde ich das für sie sein, was sie will: ein Freund. Denn es gibt nichts Wichtigeres, als dass Mia glücklich ist.

Vorsichtig lege ich ihr den kleinen Paul in die Arme. Es kostet mich ein wenig Mühe, seine Finger von meinem zu lösen, doch schließlich gelingt es mir.

»Er mag dich.« Sie sieht mich nicht an, sondern hat nur Augen für ihren Sohn. »Genau wie seine Mama.«

Mir ist klar, dass sie mit Endorphinen überflutet und völlig fertig ist, aber dennoch wecken diese Worte etwas in mir: die Hoffnung, dass sich vielleicht doch noch alles zum Guten für uns wenden könnte.

20. Mia – Worte einer Freundin

Müsste ich meinen momentanen Zustand beschreiben, würde ich sagen: am Ende meiner Kräfte und trunken vor Glück.

Ich bin nicht sicher, ob ich jemals in meinem Leben so müde und gleichzeitig so aufgekratzt war. Der kleine Paul liegt neben mir in seinem Bettchen und schläft. Sein Atem geht regelmäßig, aber er stößt diese kleinen Geräusche aus, die mich immer wieder zu ihm hinübersehen lassen.

Und zu Josh. Der liegt auf meiner anderen Seite und schläft tief und fest. Nach der Geburt hat man uns ein Familienzimmer angeboten, und ich habe, ohne zu überlegen, zugestimmt. Die Vorstellung, jetzt mit einer fremden Frau das Zimmer teilen zu müssen, ist unerträglich. Genau wie der Gedanke, Josh gehen zu lassen.

Was ihn angeht, habe ich inzwischen vollständig kapituliert. Ich muss mich wohl damit abfinden, dass diese besondere Verbindung zwischen uns immer da sein wird. Im Moment ist er genau das, was ich brauche: jemand, der mich unterstützt. Nicht mehr, aber auch nicht weniger.

Ein Blick auf die Uhr zeigt, dass es kurz nach fünf am Morgen ist. Da ich sowieso nicht schlafen kann, beschließe ich, meine Eltern anzurufen. Es klingelt nur zweimal, und meine Mutter hebt ab. »Mia, bist du das? Wo seid ihr? Britta sagt, dass Josh auch nicht da ist. Ihr seid doch zusammen, oder?«

Typisch meine Mutter. Hat direkt bei Joshs Mutter nach mir gefragt. Mein Blick fällt auf Paul, und auf einmal verstehe ich, warum sie sich Sorgen macht. Ich würde alle Hebel in Bewegung setzen, wenn es um ihn ginge. Obwohl er kaum fünf

Stunden bei mir ist. Also antworte ich ohne den üblichen sarkastischen Unterton, den ich ihre gegenüber in den letzten Wochen so oft gebraucht habe. »Ja, Josh ist hier. Wir sind im Krankenhaus. Du bist seit Mitternacht Oma.«

»Oh, Mia, das ist …« Ich höre sie kurz schluchzen. »Ist er gesund?«

»Ja. Sein Name ist Paul. Er ist 51 cm groß, wiegt 3.680 g und hat einen Kopfumfang von 35 cm.«

»Und Josh war bei der Geburt dabei?«

Ich bin zu müde für Andeutungen, also sage ich einfach, wie es ist: »Josh und ich sind Freunde. Mehr nicht. Du brauchst dir gar keine Hoffnungen in die Richtung zu machen. Ich werde ihn nicht heiraten oder mit ihm zusammenkommen, nur damit mein Kind einen Vater hat.«

»Ich habe nichts dergleichen gesagt.« Sie ist beleidigt, das höre ich an ihrem Tonfall. »Ich will nur das Beste für dich und Paul.«

»Das weiß ich, Mama.« Paul regt sich in seinem Bettchen. »Du, Mama, ich muss auflegen. Der Kleine wird wach.« Und noch bevor sie antworten kann, lege ich das Handy zur Seite und versuche aufzustehen. Das geht nicht so leicht wie gedacht. Mir tut alles weh.

»Bleib liegen, Mia«, höre ich Joshs noch leicht verschlafene Stimme neben mir. »Ich bringe ihn dir.«

Das einzige Licht dringt von einer Straßenlaterne durch das Fenster, bei dem wir die Jalousie halb offen gelassen haben. Ich sehe Joshs dunkle Silhouette durch das Zimmer laufen und dann neben mir auftauchen.

Vorsichtig nimmt er Paul aus dem Bettchen. Ich fahre mein Bett in eine sitzende Position und lasse ihn mir in die Arme legen. Dann lege ich ihn an. Im Kreißsaal hat mir die Hebamme gezeigt, wie es geht, und der kleine Paul scheint ein Naturtalent zu sein. Er dockt an und saugt, was das Zeug hält.

Keine Ahnung, ob da schon Milch kommt, aber er scheint Spaß daran zu haben.

Ich schaue zu Josh, der neben mir steht und mich ansieht. Es ist allerdings zu dunkel, um zu erkennen, was in ihm vorgeht. Ob er gehört hat, was ich zu meiner Mutter gesagt habe? Wahrscheinlich. Ich könnte ihn fragen. Allerdings stimmt es, was ich gesagt habe, und das steht auch nicht zur Debatte. Also halte ich den Mund.

»Macht es dir was aus, wenn ich kurz nach Hause fahre? Ich müsste duschen und mich umziehen.«

Hat ihn mein Kommentar verletzt? Geht er deshalb? Oder projiziere ich da zu viel hinein? Wahrscheinlich ist es genau, wie er sagt: Er will duschen und sich umziehen.

»Aber du kommst wieder, oder?« Es tut mir nicht leid, dass ich bettelnd klinge. Der Gedanke, hier ohne ihn weitermachen zu müssen, versetzt mich ein wenig in Panik.

»In zwei, drei Stunden bin ich wieder da.« Eine kurze Pause. »Wenn du willst.«

Habe ich das nicht gerade gesagt? »Bring Sachen zum Wechseln und eine Zahnbürste mit.« Diesmal mache ich eine Pause. »Wenn du willst.« Ich glaube, ich sehe ihn nicken und dann lächeln.

»Dann geh ich mal.« Er schlüpft in seine Schuhe, greift sich seine Jacke und dreht sich an der Tür noch einmal zu mir um: »Bis in drei Stunden, ihr zwei.« Und weg ist er.

Paul ist fertig mit Saugen und friedlich an meiner Brust eingeschlafen. Für mich ist an Schlaf allerdings nicht zu denken. Zu viel geht mir im Kopf herum. Ich muss mit jemandem reden. Ben fällt aus. Er wird Josh gegenüber nicht neutral sein. Also bleibt nur Sarah. Sie hat das ganze Drama ja ebenfalls mitbekommen und mir über die erste schwere Zeit hinweggeholfen.

Ich habe keine Ahnung, wie sie zu Josh steht. Nachdem ich ihr erzählt hatte, was nach der geplatzten Hochzeit passiert ist, hat sie nur genickt und gesagt: »Wer weiß, wofür es gut ist. Aber sei vorsichtig.«

Halb sechs morgens ist nicht die beste Zeit, um mit ihr über Josh zu reden, dennoch muss ich meine Gedanken ordnen. Und dazu brauche ich jemanden, der mir zuhört. Also schnappe ich mir mein Handy und rufe sie an.

»Du bekommst jetzt besser dein Kind oder ich bringe dich um.« Das ist so sehr Sarah, dass ich kichern muss.

»Er heißt Paul, ist seit Mitternacht auf der Welt, und es geht uns beiden gut.«

Sie quietscht so laut, dass ich das Handy weghalten muss.

»Er liegt übrigens hier neben mir und schläft.«

Das lässt sie sofort verstummen. »Sorry, erzähl. Wie war's? Ich bin neugierig.«

Also erzähle ich. Sie unterbricht mich nicht, auch als ich damit ende, dass Josh nach Hause gefahren ist, um zu duschen, sagt sie erstmal nichts. »Sarah? Bist du noch da?«

»Ja. Ich versuche nur gerade zu verkraften, dass du mich die ganze Zeit angelogen hast.«

»Sarah, ich …«

»Nein, schon gut. Ich versteh das. Du wolltest nicht hören, dass es keine gute Idee ist, dich wieder mit Josh abzugeben.«

»Tut mir leid.« Das ist gelogen. Wenn ich ehrlich bin, würde ich es wieder tun.

»Tut es nicht.« Sarah kennt mich einfach zu gut. »Aber das ist auch nicht schlimm. Mir war schon immer klar, dass du ihm verzeihen würdest, wenn er dir irgendwann erklärt, was passiert ist. Und seine Geschichte nicht völlig dämlich ist.«

»Dann findest du es gut, dass ich ihn wieder in mein Leben lasse?« Ich merke, wie ich die Luft anhalte, und atme bewusst tief ein und aus.

»Wenn es das ist, was du willst, dann ist es richtig.«

An der Pause kann ich hören, dass sie noch mehr zu sagen hat. »Spuck es schon aus, ich kann das ›Aber‹ hören.«

»Okay. Vergiss nicht, was er getan hat. Er ist drogensüchtig. Zwar clean, aber er wird immer süchtig bleiben. Und all das könnte wieder passieren. Wenn es nur um dich ginge, würde ich sagen: Tu, was du nicht lassen kannst. Aber du bist jetzt Mutter. Und wenn du Josh wieder in dein Leben lässt, dann lässt du ihn auch in das deines Sohnes.«

Deshalb mag ich Sarah. Sie hat noch nie ein Blatt vor den Mund genommen und spricht die Dinge aus, die ich nicht einmal zu denken wage. »Ich weiß das alles, und das werden Punkte sein, über die wir noch reden müssen, aber Sarah …« Mir steigen Tränen in die Augen, und ich schaffe es nicht, sie zurückzuhalten. »Seit Josh wieder da ist, ist das Leben wieder … er ist wie Familie. Familie gibt man eine zweite Chance.«

»Ich weiß. Mir war auch klar, dass du mit ihm Kontakt hast. Du warst so ruhig und ausgeglichen. Niemand hat diese Wirkung auf dich – außer Josh.«

»Also ist es was Gutes?« Ich ziehe die Nase hoch, und Paul rührt sich in meinen Armen. Er stößt ein leises Stöhnen aus und schläft dann weiter.

»Ja, das ist was Gutes. Ich will nur, dass du vorsichtig bist.«

Das werde ich. »Danke.«

»Gerne geschehen. Und jetzt lass mich noch ein Stündchen schlafen. Ich komme nach der Arbeit vorbei. Zimmernummer?«

Ich nenne sie ihr und lege auf. Der Anruf hat mich ein wenig beruhigt. Sie hat recht. Wir müssen über viele Dinge reden. Aber für den Moment ist alles gut so, wie es ist.

21. Josh – Zwei sind einer zu viel

Ich schaffe es in weniger als drei Stunden zurück ins Krankenhaus. Und das, obwohl meine Mutter mich in die Finger bekommen hat. Als ich fertig erzählt habe, was in der Nacht passiert ist, hat sie gelächelt und gesagt: »Und dann stehst du hier und quatschst mit mir? Mach dich wieder auf den Weg ins Krankenhaus.«

Ich sag ja, meine Familie ist einfach toll. Wie immer in solchen Momenten packt mich die Wehmut, und ich denke an meinen Vater. Inzwischen kann ich das, ohne nur das schreckliche Ende zu sehen. Er hätte gelacht, mir auf die Schulter geklopft und mich gefragt, warum ich hier meine Zeit vergeude.

Es ist kurz vor acht, als ich die Wochenstation wieder betrete. Eine Schwester kommt gerade aus Mias Zimmer und lächelt mich an. »Sie müssen Herr Schreiber sein. Ich bin Schwester Pia. Ihre Freundin hat bereits gesagt, dass sie bald wiederkommen. Das Frühstücksbuffet finden Sie den Gang hinunter. Suchen Sie sich was Schönes aus.«

Sie lässt mir gar keine Gelegenheit, etwas zu antworten, sondern verschwindet direkt ins nächste Zimmer. Ich beschließe, erstmal meine Tasche abzustellen und Mia zu fragen, was sie gerne essen möchte.

Nach einem kurzen Klopfen trete ich ein. Mia sitzt mit Paul im Arm auf dem Bett und füttert ihn mit einer kleinen Flasche. Als sie mich sieht, lächelt sie verlegen. »Die Schwester sagt, er braucht Flüssigkeit. Und da ich eh in drei Monaten wieder arbeiten will, kann er sich gleich an die Flasche gewöhnen.«

Warum klingt sie, als würde sie sich rechtfertigen? »Ich hab da kein Problem mit.«

»Es ist nur … im Vorbereitungskurs haben alle immer davon gesprochen, wie wichtig es ist, das Kind voll zu stillen. Aber ich glaube nicht, dass das etwas für mich ist.«

Das scheint sie wirklich mitzunehmen. Ich habe keine Ahnung von der Thematik, bin allerdings der Meinung, dass jede Mutter selbst entscheiden muss, was die beste Lösung für sie und ihr Kind ist. »Wenn es dir hilft: Ich bin auch ein Flaschenkind und nicht verkorkst dadurch.« Ihre hochgezogenen Brauen zeigen, dass meine Worte nicht ganz den Effekt haben, den ich erzielen wollte.

»Vielleicht sollte ich das mit der Flasche noch mal überdenken.« Ihr amüsierter Unterton nimmt den Worten die Spitze.

»Ja, okay, vielleicht bin ich nicht das beste Beispiel.« Ich belasse es dabei. Aber ich bin ziemlich sicher, dass es keinen Zusammenhang zwischen Sucht und Stillen gibt.

»Mach nicht so ein Gesicht, Josh. Ich zieh dich nur auf.«

»Ich weiß.« Ich stelle meine Tasche ab und krame kurz darin herum. Sobald ich gefunden habe, was ich suche, verstecke ich es hinter meinem Rücken, gehe zu meiner Seite des Bettes und setze mich darauf. »Ich habe dir was aus England mitgebracht. Aber ich denke, ich werde es Paul schenken.«

»Ich habe ja schon gehört, dass man als Mutter hintenanstehen muss. Also los, was ist es?«

Ganz langsam lasse ich meine Hand nach vorne gleiten und wackle mit dem kleinen Stofftier hin und her. »Du hast dich so sehr über das Glas-Alpaka gefreut, da habe ich gedacht, ich bringe dir eins zum Kuscheln mit.«

Ihre Augen beginnen zu leuchten, und sie strahlt noch mehr. »Das ist so süß!«

Keine Ahnung, ob sie mich oder das schwarze Stoff-Alpaka meint, aber das ist mir in dem Moment völlig egal. Sie ist glücklich, und ich bin es auch. Und weil der Drang, die beiden in meine Arme zu ziehen, übermächtig wird, lege ich das Stofftier neben ihr ab, stehe wieder auf und gehe Richtung Tür. »Was willst du zum Frühstück?«

»Überrasch mich. Du weißt, ich esse alles.«

Ja, das weiß ich. Da sind wir uns ähnlich. Also stelle ich ein Frühstück zusammen, bei dem es von allem etwas gibt. Müsli, Brötchen, Wurst, Marmelade und Eier. Mit einem voll beladenen Tablett mache ich mich wieder auf den Weg zurück zum Zimmer und erstarre. Ben klopft gerade an die Tür.

Mia hat mir erzählt, dass eigentlich er bei der Geburt dabei sein sollte. Wahrscheinlich ist er also nicht gut auf mich zu sprechen. Oder noch schlechter als vor ein paar Wochen. Hier stehen bleiben und nicht ins Zimmer gehen ist allerdings auch keine Option. Also gebe ich mir einen Ruck. Was soll schon groß passieren?

Ich öffne die Tür, ohne zu klopfen, mit dem Ellenbogen (habe ja schließlich mit dem Tablett keine Hand frei).

»… verstehe ich nicht, warum du nicht angerufen hast«, höre ich Ben. Er klingt überraschend ruhig. Ich hätte gedacht, dass er sich mehr darüber aufregt, von mir ausgestochen worden zu sein.

Was nicht ist, kann ja noch werden. Ich atme einmal tief durch und sage dann laut: »Ich wusste nicht, worauf du Lust hast, deshalb habe ich einfach alles …« Weiter komme ich nicht, weil Bens anklagende Stimme mich unterbricht.

»Was macht der hier?«

Oh, er weiß noch gar nicht, dass ich bei der Geburt dabei war. Das erklärt seine Ruhe. Ich schaue kurz zu Mia, um zu sehen, ob sie das erklären will oder ich.

»Reg dich jetzt nicht auf, Ben. Er ist hier, weil ich das will.« Offensichtlich klärt sie das. Und weil das Tablett schwer wird und ich keine Lust habe, hier weiter in der Tür rumzustehen, gehe ich an Ben vorbei und stelle das Frühstück auf den Tisch.

Dann nehme ich eine der Kaffeetassen und stelle sie neben Mia auf den Nachttisch.

Bens Blick folgt mir und bleibt auf Kleinigkeiten im Zimmer hängen. Meiner Reisetasche in der Ecke. Dem improvisierten Doppelbett, dem Frühstück auf dem Tisch.

»Deshalb hast du mich nicht angerufen. Du hast IHN mitgenommen.«

Schnellmerker. Mir ist klar, dass ich nicht so gehässig sein sollte. Aber Bens Verhalten geht mir auf den Zeiger. Er weiß seit Jahren, was mit mir los war. Und auch, dass ich clean bin. Er hat mir nicht geholfen. Ein Wort von ihm zu Mia, und alles hätte sich geändert. Zusammen mit seiner Feindseligkeit ist meine Reaktion immer noch moderat, wie ich finde.

»Ben«, Mia hebt beschwichtigend eine Hand. »Wir waren gerade zusammen, als …«

»Ihr wart zusammen?« Er schüttelt mehrfach den Kopf. »Dann hast du mich angelogen? Ich habe es gewusst!« Sein feindseliger Blick trifft zuerst mich und dann sie. »Okay, wenn das so ist, bin ich hier ja überflüssig.«

»Ben …« Sie streckt immer noch die Hand nach ihm aus und versucht aufzustehen, was ihr offensichtlich Schmerzen bereitet. Zu allem Überfluss fängt jetzt auch noch Paul an zu schreien.

Ich entscheide, ohne groß nachzudenken, wie ich weiter vorgehen will. Zuerst nehme ich Paul aus seinem Bettchen und reiche ihn Mia. »Bleib liegen, ich regle das.«

Dann drehe ich mich zu Ben. »Wir besprechen das draußen.« Ich deute zur Tür. Ben nickt widerwillig und folgt mir.

Kaum hat er die Tür geschlossen, legt er auch schon los: »Nenn mir einen Grund, warum ich dir nicht noch eine runterhauen soll?« Er hat die Stimme nicht erhoben, doch sein ganzer Körper ist angespannt und die Hände zu Fäusten geballt.

»Weil du Mias Wünsche respektierst.«

»Ach ja? Und du? Meinst du, es ist gut, sich wieder in ihr Leben zu drängen? Gerade jetzt?«

»Ich dränge mich nicht in ihr Leben. Sie lässt mich rein.« Er schnaubt, aber ich bin noch nicht fertig. »Ich wäre niemals so endgültig daraus verschwunden, wenn du ihr alles erzählt hättest.«

»Weil du zu feige warst? Hättest du Eier in der Hose, hättest du IHR damals alles erzählt und nicht mir. Denn das ist doch der Kern der Sache. Immer wieder hast du die unangenehmen Dinge mir überlassen. Das kotzt mich dermaßen an.« Er streckt kampflustig das Kinn nach vorne.

In mir brodelt es. Zum einen, weil er recht hat. Zum anderen will ich mir von ihm nicht sagen lassen, wie ich mich hätte verhalten sollen. Ich musste die letzten Jahre damit leben, nicht er. »Ich wollte sie immerhin nicht für meine Zwecke ausnutzen!«

»Ach und ich wollte das?«

»Nicht? Kam mir so vor. Sie heiraten, damit du weiter mit deinem Freund was auch immer ...«

»Halt Adrian da raus!« Bens Kiefer mahlt.

»Und wenn ich es nicht tue? Haust du mir dann wieder eine rein, oder was?« Ich lehne mich ein wenig in seine Richtung und spanne jetzt auch die Fäuste an.

»Meine Herren! Was ist denn das für ein Benehmen?« Die scharfe Stimme einer Schwester lässt mich zusammenzucken. »Sie befinden sich hier in einem Krankenhaus. Noch dazu auf der Wöchnerinnenstation. Sie beruhigen sich jetzt sofort wieder oder ich muss Sie bitten, die Station augenblicklich zu verlassen.« Ihr strenger Blick fliegt in ständigem Wechsel zwischen Ben und mir hin und her.

Während ich noch überlege, wie ich reagieren soll, lenkt Ben ein. »Geh wieder rein zu ihr, und sei das für sie, was sie braucht. Sonst ...« Er hebt kurz drohend die Faust, dreht sich dann um und verschwindet.

Die Schwester mustert mich von oben bis unten. »Dann befolgen Sie mal den Rat dieses jungen Mannes.«

Ich nicke, schließe für einen Moment die Augen und gehe wieder rein. Mia sitzt nach wie vor im Bett, Paul im Arm und sieht alles andere als erfreut aus. »Wo ist er?«

»Weg.« Müde fahre ich mir mit der Hand durchs Haar. »Wir standen kurz davor, uns zu prügeln. Dann wollte eine der Schwestern uns rausschmeißen, und er hat eingelenkt.« Es ist mir ein wenig peinlich, zugeben zu müssen, dass er es war, der sich besser im Griff hatte.

»Ihr müsst das wieder einrenken.«

»Ach, und wie, wenn er immer gleich aggressiv wird?« Dass ich schreie, ignoriere ich.

»Keine Ahnung. Ich rede mit ihm, sobald er sich beruhigt hat. Er wird es sicher verstehen. Denn am Ende wollen wir doch alle drei das Gleiche: dass die anderen beiden glücklich sind.«

Könnte was dran sein. Auch wenn ich zugeben muss, dass Bens Glück gerade nicht ganz oben auf meiner Liste steht. Ich will ihr schon sagen, dass Ben meine ganze Geschichte all die Jahre kannte, halte mich aber zurück. Das wäre nicht fair. Und würde mich wie einen missgünstigen Arsch dastehen lassen. Na ja, sie wird ja nicht von mir verlangen, dass ich mich gleich heute mit Ben auseinandersetze. Bis es so weit ist, kann ich mir sicher noch eine Taktik überlegen.

22. Mia – Aussprache an Silvester

»Schön, dass du da bist.« Es ist zehn Uhr abends, ich bin hundemüde, aber ich freue mich tatsächlich über Adrians Besuch. Denn die Situation zwischen Josh und Ben ist nicht mehr auszuhalten.

Nicht, dass sie sich seit Pauls Geburt gesehen hätten. Aber sobald ich einem gegenüber den anderen erwähne, schalten sie auf stur. Das will ich ändern. Wir wollen das ändern. Denn Adrian leidet genauso unter der Situation wie ich.

Wir gehen nach oben in mein Zimmer, in dem Paul friedlich in seinem Bettchen schläft. Eigentlich sollte ich auch schlafen, denn dazu komme ich im Moment nicht oft. Jedes Mal, wenn mir gerade die Augen zufallen, wacht Paul auf und hat Hunger oder will gewickelt werden. Aber das ist alles nichts gegen das Glück, das ich empfinde, wenn ich ihn ansehe.

Da ich nur einen Stuhl habe, biete ich den Adrian an und setze mich selbst aufs Bett. Ich deutete auf den Schreibtisch. »Wenn du was trinken willst, ich habe Wasser, sonst nichts, fürchte ich.«

»Wasser ist gut.« Er setzt sich und schlägt die Beine übereinander. »Wie geht es dir?«

»Könnte schlimmer sein«, antworte ich wahrheitsgemäß. »Wie geht es Ben? Ist er noch sehr sauer auf mich?« Mir gegenüber tut er zwar so, als würde es ihm nichts ausmachen, dass Josh bei der Geburt dabei war, doch ich weiß, dass das nicht stimmt. Es hat ihn getroffen. Allerdings kanalisiert er seinen Hass auf Josh.

»Ich bin nicht sicher. Eigentlich dachte ich, Ben ziemlich

gut zu kennen. Doch in den letzten Wochen haben sich Seiten gezeigt, die mir völlig neu sind.«

»Gute oder schlechte?«

»Beides, würde ich sagen.« Er lächelt und lehnt sich in seinem Stuhl zurück. »Ich wusste immer, dass Ben ein Familienmensch ist. Ich wusste auch, dass du ihm wichtig bist. Schon bevor ich dich kennenlernen durfte. Und ich wusste, dass Joshs Verhalten ihn tief verletzt hat.«

»Weißt du, warum das so ist? Warum hat er diesen Hass in all den Jahren nicht überwunden?« Diese Frage beschäftigt mich seit Joshs Auftauchen.

Ratlos schüttelt Adrian den Kopf. »Ich kann nur Vermutungen anstellen. Wenn ich das richtig verstanden habe, wart ihr für Ben wie Geschwister. Josh war sein bester Freund, sein Vertrauter und …« Adrian beißt sich auf die Lippen.

»Und was?«

»Das sind nur Vermutungen. Ich sollte vielleicht nicht …«

»Doch, solltest du. Ich tappe nämlich völlig im Dunkeln. Und deine Vermutung ist mehr als ich habe. Also los.« Gespannt schlage ich die Beine unter und hebe kurz auffordernd die rechte Hand.

Adrian seufzt. »Okay. Ich glaube, dass Ben in Josh verliebt war.«

»Was?« Diese Vorstellung ist so weit weg von allem, was uns drei verbunden hat, dass ich tatsächlich kurz auflache. »Nein, das hätte ich doch …« Ich stutze. Ist das wirklich so abwegig? Ich habe auch lange nicht gemerkt, dass Josh in mich verliebt war. Könnte es tatsächlich sein, dass Bens Gefühle für Josh in diese Richtung gingen?

»Siehst du«, Adrian deutet mit dem Zeigefinger auf mich, »so abwegig ist der Gedanke gar nicht, oder?«

»Ich bin nicht sicher«, muss ich zugeben. Es würde Bens anhaltenden Hass auf Josh erklären. »Wenn das stimmt, dann …« Ich habe keine Ahnung, was das genau zu bedeuten hat, aber es wirft ein ganz anderes Licht auf die Vorkommnisse in jenen letzten Tagen unserer Jugend.

»Es muss sehr merkwürdig gewesen sein, damals«, nimmt Adrian den Faden wieder auf. »Josh war in dich verliebt. Das wusste Ben. Für ihn bist du wie eine Schwester, die er beschützen wollte. Dabei war er selbst in Josh verliebt und wusste doch, dass er chancenlos war.«

»Deshalb hat er auch Josh davon abhalten wollen, etwas mit mir anzufangen.« Auch das hatte ich nie verstanden. Denn schließlich waren die beiden beste Freunde gewesen. Und besten Freunden gönnt man ihr Glück.

»Das glaube ich nicht. Zumindest nicht absichtlich.« Er seufzt und fährt sich mit der Hand über die Augen. »Aber das sollte heute gar nicht Thema sein, oder?«

Richtig. Sollte es nicht. »Es ändert aber meinen Blick auf die Dinge.«

»Allerdings nur auf die in der Vergangenheit. Denn eines weiß ich ganz genau: Ben ist über ihn hinweg. Aber«, er atmet hörbar ein, »und das gehört zu den Dingen, die ich nicht über ihn wusste: Er ist nachtragend.«

»Ja, das war er schon immer.«

»Und deshalb wird es schwer werden, ihn zum Einlenken zu bewegen. Aber ich habe da bereits eine Idee …«

***

Heute ist Silvester. Das erste Silvester mit Paul. Und das Silvester, an dem Ben und Josh sich wieder vertragen werden.

Weder Josh noch Ben ahnen, was wir vorhaben. Ben denkt, Adrian plant eine Feier mit Freunden bei ihnen zu Hause – was ja auch stimmt.

Josh denkt, ich nehme ihn mit zu einer Feier bei Freunden – was ja auch der Wahrheit entspricht. Und dann? Keine Ahnung, ehrlich gesagt. Zur Not sperren wir die beiden so lange in ein Zimmer, bis sie das geklärt haben. Wenn *ich* Josh verzeihen kann, dann sollte Ben das doch auch hinbekommen. Egal, was er damals gefühlt hat oder auch nicht.

Ein wenig aufgeregt sitze ich bei Josh im Auto. Es hat fast eine Stunde gedauert, alles zusammenzupacken, was ich für Paul mitnehmen muss. Joshs Auto sieht aus, als wollten wir für Wochen in Urlaub fahren. Aber ich will alles dabeihaben, was wir brauchen könnten, und alleine der Kinderwagen nimmt schon den ganzen Kofferraum ein.

Josh fragt mich nach der Adresse. Weil ich ihm noch nicht direkt sagen will, wo wir hinwollen, sage ich erstmal, er solle in die Stadt fahren. Natürlich merkt er ziemlich schnell, was Sache ist. Er war ja schon mal bei Ben. Doch er sagt nichts, bis wir Paul in der Tragetasche des Kinderwagens verstaut haben. Das Fahrgestell lassen wir im Auto. Wir haben uns darauf geeinigt, es mitzunehmen, falls Paul nicht schlafen will. Dann kann ich mit ihm eine Runde um den Block drehen.

»Weiß Ben, dass ich komme?« Er nimmt die Tragetasche und ich die anderen beiden Taschen.

»Nicht so richtig.«

»Aha. Und was heißt das?«

Ich schaue ihn nicht an, sondern tue so, als würde mich die verschneite Landschaft wahnsinnig interessieren. »Er weiß nur, dass Freunde von Adrian kommen.«

»Ich bin nicht sicher, ob das so eine gute Idee ist.« Josh bleibt stehen und will sich mit der Hand durchs Haar fahren. Dabei schiebt er die Mütze nach hinten, und seine dunklen Locken fallen ihm in die Stirn. »Ich sollte wieder gehen und euch nicht den Abend verderben.«

»Es würde mir den Abend verderben, wenn du gehst«, sage ich mit Nachdruck in der Stimme. »Euer Streit hat mir schon die letzten Wochen verdorben. Ihr klärt das jetzt ein für alle Mal.«

»Und wenn er nicht will?«

»Er will! Das weiß er vielleicht noch nicht, aber er hat gar keine Wahl.« Entschlossen betätige ich den Klingelknopf.

»Ja?«, ertönt Adrians Stimme aus der Gegensprechanlage.

»Mia hier.« Der Summer schrillt, und ich drücke die Tür auf. Josh folgt mir nicht. »Was soll das?«, frage ich genervt. »Jetzt mach schon. Ich möchte einen schönen Abend verbringen, und dafür müsst ihr beide euch vertragen.«

»Auf deine Verantwortung.« Zögerlich macht er einen Schritt auf mich zu. »Dann lass es uns hinter uns bringen.«

Ich kann ja verstehen, dass das für alle nicht leicht ist. Auch für mich nicht. Aber die Situation ist nun mal, wie sie ist, und wir sollten das Beste daraus machen. Schlimm genug, dass ich mich täglich mit meiner Mutter zoffe. Und durch Paul bin ich die ganze Zeit müde. Josh und ich haben noch viel aufzuarbeiten, aber für den Moment will ich einfach nur, dass es wieder wird wie in unserer Kindheit. Hoffentlich kriegen sich die beiden wieder ein. Im Aufzug frage ich: »Du bist bereit, zu reden, oder?«

»Äh, ja.«

»Gut. Denn wenn ihr nicht miteinander reden könnt, werdet ihr spielen müssen.«

Josh runzelt verwirrt die Stirn. »Spielen?«

»Ja. Wahrheit oder Pflicht.«

Jetzt lacht er. »Das ist nicht dein Ernst, oder? Wie alt sind wir? Fünfzehn?«

»So wie ihr euch benehmt.« Der Aufzug hält, und wir steigen aus. Adrian steht in der Tür und lächelt uns an. Ich wende mich noch einmal an Josh. »Also, reden oder spielen. Du hast die Wahl.« Dann gehe ich auf Adrian zu und ziehe ihn in eine Umarmung. »Weiß Ben schon Bescheid?«

»Nein. Aber er wird ihn ja gleich sehen.« Er lässt mich los, und ich stelle die beiden einander vor.

»Adrian, das ist Josh.« Adrian hält ihm die Hand hin, und Josh ergreift sie.

Die beiden taxieren sich kurz, bis Adrian schließlich mit einem Zwinkern sagt: »Du hast recht, Mia. Josh ist der Hübschere von den beiden.«

Na toll. Jetzt werde ich rot, und Joshs Augen weiten sich für einen kurzen Augenblick, bevor die Sonne auf seinem Gesicht aufgeht. Keine Ahnung, wann ich ihn zum letzten Mal so habe grinsen sehen. »Soso. Ich bin also der Hübschere.«

»Wer ist hübsch?« Ben erscheint hinter Adrian. Seine Miene versteinert, als er sieht, wer neben mir steht. »Er ist nicht eingeladen!«

»Doch Schatz, das ist er.« Adrian fasst Ben bei der Hand. »Ich habe ihn eingeladen.«

»Dazu hast du kein Recht.«

»Ach, habe ich nicht? Ich dachte, das hier ist unsere Wohnung und ich kann mir meinen Besuch selbst aussuchen.«

Ben befreit seine Hand und mustert uns alle drei grimmig. »Das ist ein Komplott.«

»Von Adrian und mir, ja. Josh wusste bis vor ein paar Minuten auch nichts. Aber wir gehen heute Abend erst, wenn ihr euch ausgesprochen habt.«

Bens Kiefer mahlen, schließlich tritt er zur Seite und lässt uns rein. »Habe ich eine Wahl?«

»Nein, hast du nicht.« Ich schiebe mich an ihm vorbei und stelle meine Sachen im Wohnzimmer ab. »Also, wie wollt ihr es haben? Sollen Adrian und ich bleiben oder macht ihr das unter euch aus?«

Josh zuckt mit den Schultern. »Ganz wie Ben will.«

»Ich habe nichts zu verbergen. Ihr könnt ruhig bleiben.«

Ich bin nicht sicher, ob das wirklich so eine gute Idee ist, aber vorerst werden wir alle zusammen reden. Paul beginnt, sich in seiner Tragetasche zu rühren, und Josh nimmt ihn wie selbstverständlich heraus. Er sieht aus, als hätte er das schon hundert Mal gemacht. Ihn mit dem Baby zu sehen versetzt mir immer wieder einen kleinen Stich und lässt mich darüber nachdenken, wie es hätte sein können. Wenn er sich gemeldet hätte. Wenn ich mich gemeldet hätte.

Weil solche Gedanken nichts bringen und der Vergangenheit nachtrauern nichts ist, was ich gerne tue, greife ich mir das kleine Joshi-Stofftier aus der Tragetasche und setze mich aufs Sofa. Wichtig ist erst einmal, dass wir alle wieder Freunde werden.

Adrian klatscht in die Hände. »Dann versorgen wir mal alle mit Getränken und legen los. Wer will was?« Er schaut zu mir. »Wasser, richtig?«

Ich nicke. Da ich noch stille, fällt alles andere weg. Außerdem passen Kind und Alkohol für mich eh nicht zusammen.

»Für mich ein Bier. Das werde ich brauchen.« Ben setzt sich mit verschränkten Armen in einen Sessel.

»Habt ihr Cola?«, fragt Josh. Er wiegt Paul und läuft mit ihm auf und ab. Bens Schnauben lässt ihn innehalten. »Hast du ein Problem?«

»Ja. Fühlst du dich moralisch überlegen, wenn du Cola nimmst und ich Bier trinke?« Das war ein Schlag unter die Gürtellinie, doch Josh bleibt ruhig.

»Nein. Aber ich habe ein Baby auf dem Arm. Und wenn etwas nicht geht, dann ist das Alkohol trinken und auf ein Kind aufpassen.« Das ist jetzt irgendwie süß. Ein Gedanke, den ich in den letzten Wochen häufiger habe, wenn ich an Josh denke. Ich bin noch nicht sicher, was das bedeutet. Aber die Tatsache, dass er das mit dem Alkohol wie ich sieht, ist sicherlich ein Pluspunkt für ihn.

»Okay. Dann wird das eine Feier ohne Alkohol.« Keine Ahnung, was in Ben vorgeht, aber das überrascht mich doch. »Also für mich auch Cola, Adri.«

Adrian nickt und verschwindet in der Küche. Ben betrachtet betont lässig seine Fingernägel, Josh scheint völlig in die Betreuung von Paul versunken, und ich bin mir nicht mehr sicher, ob das alles so eine gute Idee war.

Was, wenn sich diese Sache nicht kitten lässt? Was, wenn das alles nur ein kalter Aufguss von etwas ist, was seit Jahren verglüht ist? Manchmal kann man Dinge nicht wieder geradebiegen.

Adrian kommt zurück und stellt die Getränke auf den Tisch. Dann setzt er sich in den zweiten Sessel. Das scheint auch für Josh das Stichwort zu sein. Er kommt zu mir auf die Couch, hält Paul aber weiter im Arm.

Ben beobachtet ihn genau und quittiert das mit einem weiteren Schnauben, schweigt jedoch. Mir reicht es. Wir klären das. Jetzt. »Also dann. Da ihr nicht in der Lage seid, euch wie zivilisierte Menschen zu benehmen, werde ich jetzt Regeln festlegen, nach denen das hier ablaufen wird.« Ich schaue zuerst zu Josh, der nickt, und dann zu Ben. Auch er gibt seine Zustimmung.

»Also gut. Als Erstes: Offenheit. Ihr werdet die Wahrheit sagen. Das könnt ihr auf zwei Arten haben. Entweder einfach so oder wir spielen Wahrheit oder Pflicht.«

»Wir? Du und Adrian auch?« Bens latent aggressive Abwehrhaltung könnte zum Problem werden.

»Ich, ja. Adrian nicht. Er ist so was wie ein Schiedsrichter. Schließlich hat er mit allem nichts zu tun. Ist das okay?«

Josh nickt und Ben nach einem Moment auch. »Gut, also dann: absolute Offenheit. Wir haben lange genug geschwiegen. Punkt zwei: Keiner wird ausfallend oder beleidigend. Damit ist uns nicht geholfen. Wir sind erwachsen und sollten uns auch so benehmen. Und das führt mich gleich zu drittens: keine Gewalt. Ihr werdet euch nicht prügeln.«

»Vielleicht würde uns das aber helfen«, brummt Ben.

Adrian streichelt seinen Arm. »Schatz, das ist doch Blödsinn. Deine Hand hat noch tagelang weh getan, und du hast die ganze Zeit gejammert deswegen.«

»Nicht hilfreich.« Seufzend beugt sich Ben vor. »Bringen wir es hinter uns. Wie läuft das jetzt ab?«

»Wenn ihr wollt, stelle ich Fragen?« Adrian wartet, bis wir alle zugestimmt haben. »Okay. Ich stelle immer einem von euch eine Frage, und der beantwortet sie. Die anderen warten, bis derjenige fertig ist, und können dann etwas dazu sagen.«

»Ist dann dieses Stofftier das Redekissen?«, fragt Ben sarkastisch, schüttelt aber direkt den Kopf. »Vergesst es, das war nicht nett. Also fang an.«

Adrian wendet sich ihm zu. »Fangen wir doch gleich mit dir an. Was macht dich so wütend?«

»Ernsthaft? Das muss ich noch erklären?«

Ich weiß, die Regel lautet, es spricht nur der, der die Frage gestellt bekommen hat, aber ich kann nicht anders: »Ja, musst du. Schließlich hat Josh mich verletzt und nicht dich.«

»Aber genau das ist doch der Punkt!« Ben richtet den Zeigefinger auf Josh. »Er war jahrelang in dich verknallt, aber ich wusste, dass es nicht gut ausgehen wird. Das habe ich ihm immer wieder gesagt. Und nur für's Protokoll, das hatte nichts mit meinen eigenen Gefühlen für Josh zu tun. Mir war einfach nur klar, dass er es versauen würde. Auf die ein oder andere Art. Dass ich recht hatte, macht mich wahnsinnig. Und, dass er dabei ist, den gleichen Fehler wieder zu machen.« Jetzt deutet er auf mich. »Und du es wieder zulässt.«

So viel zu seinen Gefühlen. Aber es jetzt von ihm zu hören macht es nicht besser.

Bevor ich überlegen kann, was ich antworten soll, höre ich Josh sagen: »Ich weiß, dass du es mir immer wieder gesagt hast. Deshalb habe ich so lange gewartet. Vielleicht hätte ich nie … aber …« Sein Blick huscht kurz zu mir. »Um nichts in der Welt möchte ich die Zeit hergeben, die Mia und ich hatten.«

»Weil du schon immer ein egoistisches Arschloch warst!«, stößt Ben hervor.

»Ben«, geht Adrian dazwischen. »Keine Beleidigungen.«

»Dann eben: Weil du schon immer nur dich und deine Bedürfnisse gesehen hast.«

»Das stimmt nicht.« Josh schüttelt mehrfach den Kopf und schaut zu mir. »Kannst du Paul nehmen?«

Wortlos nehme ich ihn entgegen. Er quäkt kurz, kuschelt sich aber dann in meinen Arm. Das macht er immer, wenn er von Josh wegmuss. Ich vertreibe den Gedanken und konzentriere mich wieder auf Joshs ruhige Stimme.

»Ich habe damals vor unserem Abi lange darüber nachgedacht, was ich tun soll. Schließlich bin ich zu dem Schluss gekommen, dass es schlimmer wäre, nicht zu wissen, was sein könnte.«

»Ach, du meinst also, das wäre schlimmer gewesen als das, was du ihr angetan hast?«

»Das habe ich nicht gesagt.« Da ist eine Schärfe in Joshs Stimme, die ich nicht von ihm kenne. »Ich weiß gar nicht, wie oft ich mir mein Verhalten in den letzten zehn Jahren vorgeworfen habe. Hätte ich gewusst, was passiert, hätte ich mir eher die Zunge abgebissen, als ihr meine Liebe zu gestehen.«

»Als ob du nicht selbst dafür verantwortlich wärst. Du hättest es verhindern können.«

»Weiß ich. Glaub mir, es vergeht kein Tag, an dem ich mir das nicht vorwerfe.«

Ich glaube nicht, dass ich das alles tatsächlich hören will. Aber jetzt ist es wohl zu spät für einen Rückzieher.

»Und was machst du dann hier?« Bens Augen verengen sich zu Schlitzen. »Warum spielst du dich als Freund und Helfer auf, wo du doch weißt, dass alles wieder den Bach runtergehen wird?«

Ich spüre, wie Josh sich neben mir anspannt, und lege ihm instinktiv eine Hand aufs Knie.

»Da haben wir es doch!« Ben springt auf und deutet auf meine Hand. »Ihr beide seit bereits wieder ›so‹.« Er verschränkt die beiden Zeigefinger miteinander. »Ich kann sagen, was ich will. Ihr hört nicht zu.«

»Ben, das ist nicht …«

»Sag nicht, das sei nicht wahr!«, unterbricht er mich. »Mich lügst du wochenlang an, und ihn nimmst du mit zur Geburt. Und wenn ich sehe, wie er mit Paul umgeht, ist er seitdem ein fester Bestandteil deines Lebens.« Er zuckt mit den Schultern. »Und ich kann nichts tun, um das aufzuhalten. Er wird im Mai wieder nach Hamburg gehen und dann?« Mit großen, wütenden Schritten läuft er hinter seinem Sessel auf und ab. »Darf ich es dann wieder richten? Dich wieder trösten? Wieder dafür sorgen, dass du nicht erfährst, wie sehr er sich danebenbenommen hat?«

Verwirrt schaue ich zuerst zu Ben und dann zu Josh. Was meint er? »Ich habe gesehen, was er getan hat. Ich war da.«

»Das meine ich nicht. Ich meine alles, was danach passiert ist und vieles von davor. Seine Blackout-Tage, in denen er was auch immer getan hat. Die Therapie und seine Anrufe danach …«

Mir wird eiskalt, und meine Finger krallen sich in das kleine Stofftier, das ich auf Pauls Bauch gelegt habe. »Was für Anrufe?« Ich schaue zu Ben, doch der steht nur mit verschränkten Armen da und starrt auf Josh. Also sehe ich zu Josh, der den Blick gesenkt hält. »Was für Anrufe, Josh?«

»Ich habe mit Ben geredet, nachdem ich aus der Therapie gekommen bin.« Seine Worte kommen leise, und er sieht mich immer noch nicht an.

»Soll das heißen, Ben wusste die ganze Zeit, was los war?« Das kann nicht wahr sein. Ich weiß gerade nicht, was mich mehr verletzt. Dass Ben mir nichts gesagt hat oder dass Josh mit ihm, aber nicht mit mir geredet hat.

»Ich habe ihn angerufen, sobald es ging, und ihm alles erzählt.«

»Und für mich hat der Mut dann nicht mehr gereicht?«

Überraschenderweise ist meine Stimme ruhiger als das Chaos in mir.

»So in etwa.« Er schaut mich an, und die Tränen in seinen schönen Augen brechen mir das Herz. »Ich habe mich geschämt, Mia. Ben hat gesagt, dass du gerade dabei bist, dein Leben wieder in den Griff zu bekommen. Da wollte ich nicht …« Er fährt sich mit der Hand durchs Haar und bringt seine sowieso schon unordentliche Frisur noch mehr in Unordnung. »Ich schätze, ich bin den Weg des geringsten Widerstands gegangen. Ich hatte Angst davor, was du sagen würdest. Tatsächlich war ich mir fast sicher, dass es einen Rückfall ausgelöst hätte, wenn du …« Er schließt die Augen und spricht leise weiter. »Also habe ich mir eingeredet, dass ich warte, bis ich besser gefestigt bin, besser damit umgehen kann. Außerdem hatte ich Ben alles erzählt. Ich dachte, er sagt es dir, und wenn du dich meldest … Dann zogen die Monate ins Land, und ich wusste immer weniger, was ich sagen sollte. Schließlich dachte ich, dass du dich gemeldet hättest, wenn du noch Kontakt wolltest. Oder Ben.«

Ich drücke Paul an mich, weil er mein einziger Halt ist. Denn ich falle ins Bodenlose und kann es nicht stoppen. Der Abgrund scheint endlos. Ich sehe Josh neben mir sitzen und Ben mir gegenüberstehen, aber in meinem Kopf hämmert nur ein Gedanke: »Ich muss hier raus!« Und genau das tue ich, ich stehe auf und suche in einer der Taschen nach Pauls warmem Anzug. Dann lege ich ihn auf der Couch ab, ziehe ihn an und verfrachte ihn in die Tragetasche. All das tue ich, ohne meine Umgebung wirklich wahrzunehmen.

Eine Hand auf meiner Schulter lässt mich zusammenzucken. Sie gehört Josh. »Mia, was …«

»Gib mir die Autoschlüssel. Ich muss hier raus.«

»Du bist aufgewühlt und solltest nicht Auto fahren.«

»Scheiße, Josh, ich will nicht fahren, ich will einen Spaziergang machen. Alleine mit Paul im Kinderwagen. Und dafür brauche ich deinen beschissenen Schlüssel!«

Er nickt bedächtig. »Ich gebe ihn Adrian. Der kann dir mit dem Kinderwagen helfen und ihn dann wieder herbringen.«

»Von mir aus.« Ist mir tatsächlich egal. Hauptsache ich komme hier weg. Ohne einen der drei noch eines Blickes zu würdigen, ziehe ich meinen Mantel an und gehe zur Tür. Schritte folgen mir, und ich kann nur annehmen, dass es Adrian ist. Tatsächlich tritt er neben mir in den Aufzug, sagt jedoch nichts.

Das ist eine Eigenschaft, die ich sehr an ihm schätze. Er weiß immer, wann es Zeit zum Reden oder Schweigen ist. Immer noch schweigend hilft er mir, den Kinderwagen aus dem Kofferraum zu holen. Ich verstaue Paul darin und laufe los. Nicht zum Rhein, sondern in Richtung Christuskirche. Ich habe keine Ahnung, wo ich hinwill, einfach laufen und verarbeiten, was ich eben gehört habe.

Ben hat es die ganze Zeit gewusst. Ein Wort von ihm hätte alles geändert. Keine Ahnung, ob ich direkt wieder mit Josh gesprochen hätte, aber ich hätte gewusst, was wirklich passiert ist. Ben hatte kein Recht, für mich zu entscheiden.

Und Josh: Mit Ben hatte er reden können, aber nicht mit mir? Ich fühle mich betrogen. Von beiden.

Mein Atem hinterlässt weiße Wölkchen in der Luft, die sich nach wenigen Sekunden in nichts auflösen. So wie jeder meiner Gedanken. Einfach weiterlaufen. So lange, bis sich alles beruhigt hat und ich wieder klar denken kann.

23. Josh – Eine Chance für die Freundschaft

Fuck! Ich überlege noch, ob ich Mia nachgehe oder nicht, als Ben neben mir auftaucht. »Nimm und trink.« Er hält mir eine Flasche Bier hin.

Ich schaue ihn verständnislos an, nehme aber die Flasche, weil ich nicht ganz verstehe, was er von mir will.

»Setz dich, trink, und dann reden wir.«

Ich schaue auf das Bier und schüttle langsam den Kopf. »Ich denke nicht, dass …«

»Josh, mach mich nicht wahnsinnig. Wir diskutieren das jetzt bei einem Bier aus. Wenn sie wiederkommt, ist die Sache aus der Welt.«

Das klingt vernünftig. Also setze ich mich, stelle die Flasche aber unberührt auf den Tisch.

»Nein, nein, wir stoßen an, du trinkst einen Schluck, und dann fangen wir an.«

»Was soll der Scheiß, Ben? Ich habe dir erklärt, warum ich nicht trinke.«

»Mia und das Baby sind weg. Und ich sage nicht, dass wir uns besaufen sollen. Aber bei dem, was wir uns zu sagen haben, kann ein wenig Alkohol nicht schaden.«

Mein Widerstand bröckelt. Er ist bereit, die Vergangenheit aufzuarbeiten. Dann bin ich es auch. Also greife ich nach der Flasche und proste ihm zu. Nach einem Schluck stelle ich sie wieder ab und schaue ihn – zugegebenermaßen provozierend – an.

Er hält meinem Blick stand. »Wie stellst du dir das vor, wenn du wieder gehst?«

Gute Frage. Es sind noch vier Monate. »So weit in die Zukunft plane ich im Moment nicht.«

»Du hast dich kein bisschen verändert. Lebst immer noch in den Tag hinein und schaust, was er bringt. Wie es deiner Umgebung dabei geht, ist dir scheißegal.« Er schüttelt den Kopf und deutet mit der Flasche auf mich. »Hast du dir überlegt, wie es für sie sein wird, wenn du gehst? Dass sich die Vergangenheit für sie wiederholen wird?«

Scheiße, was soll das? »Wer sagt, dass es wieder gleich ausgeht? Wir sind in einer völlig anderen Situation.«

»In einer viel schlimmeren. Sie hat ein Kind, Mann! Du spielst dich hier auf wie der Vater und hast doch schon geplant, sie zu verlassen.«

Die Wohnungstür fällt ins Schloss. Das muss Adrian sein. Er kommt jedoch nicht ins Zimmer. Ich konzentriere mich wieder auf Ben, will ihm sagen, dass ich sie nicht verlassen werde. Aber die bittere Wahrheit ist: Er hat recht. In vier Monaten habe ich in Hamburg einen Job, auf den ich seit Jahren hinarbeite, eine Wohnung, eine Zukunft. Hier habe ich nichts. Sie hat deutlich gemacht, dass sie nicht mehr als Freundschaft will. Und was passiert, wenn sie einen anderen Mann kennenlernt? Was mache ich dann?

»Es stimmt, oder? Du hast wieder nur im Jetzt gelebt und keinen Moment an ihre Zukunft gedacht.«

Frustriert streiche ich mir durchs Haar und trinke einen Schluck. Das kühle Bier beruhigt mich ein wenig, weshalb ich es wegstelle. »Ich habe keine Ahnung, was die Zukunft bringt. Und du auch nicht. Ich habe auch keine Antworten auf deine Vorwürfe. Ich weiß nur eins: Die letzten zehn Jahre war ich tot. Und als sie mir vor dem Standesamt in die Arme gelaufen ist, bin ich wieder zum Leben erwacht. Ich brauche sie. Sie braucht mich. Also bin ich für sie da.«

Bens Schnauben lässt mich zu ihm blicken. Mit betrübter Miene schüttelt er den Kopf. »Weißt du, was die bittere Wahrheit ist?« Er lacht leise und tonlos. »Schon als ich euch vor sechs Wochen zusammen auf dem Hof deines Onkels gesehen habe, war mir klar, dass es so enden wird. Da war sie wieder die Mia, die ich aus meiner Kindheit kannte. Sie hat wieder gestrahlt wie früher. Deshalb war mir auch klar, dass sie lügt, als sie später sagte, ihr hättet keinen Kontakt mehr.«

»Überleg mal, warum sie dich angelogen hat.« Ehrlich gesagt habe ich keine Ahnung, warum sie das getan hat, aber ich könnte mir vorstellen, dass es mit seinem Verhalten mir gegenüber zu tun hatte.

»Weil ich offensichtlich nicht wollte, dass ihr miteinander redet.« Er sieht das anscheinend wie ich.

Mir fällt etwas ein, das Mia bei den Alpakas gesagt hat. Ben und ich seien uns ähnlich, wenn es um sie ging. »Vielleicht sollten wir mehr darauf achten, was sie will, und weniger darauf, was unserer Meinung nach gut für sie ist?« Hätten wir das früher getan, wären wir wahrscheinlich nicht in dieser Situation.

»Das haben wir schon immer gemacht, nicht wahr?« Ben nimmt einen tiefen Schluck. »Das hat sie mir in einem unserer vielen Gespräche gesagt. Wir hätten ihre ganze Jugend über jeden Kerl vergrault, der ihr nahekommen wollte.«

»Da könnte sie nicht ganz unrecht haben, oder?« Ich lehne mich zurück, greife nach dem Alpaka-Stofftier, das sie auf der Couch hat liegen lassen, und beginne, damit zu spielen. Meine Finger brauchen Beschäftigung.

»Ich fürchte auch.« Ben leert sein Bier und stellt es auf den Tisch. Dann schaut er zu meinem und lächelt. »Du hast das echt im Griff, oder?«

Ich folge seinem Blick zu der fast noch vollen Flasche und zucke mit den Schultern. »Mir ist seit Jahren klar, dass es mir nicht hilft, wenn ich mich betäube.«

Ben steht auf, greift nach der Flasche und geht in die Küche. Zurück kommt er mit Cola und einer Packung Chips. Diesmal setzt er sich nicht gegenüber, sondern neben mich auf die Couch. »Du versprichst mir, dass sich die Vergangenheit nicht wiederholt?«

Was soll das? Und dann dämmert es mir. »War das ein Test?«

»Nicht wirklich. Dafür hätte ich die harten Sachen besorgen müssen. Aber erstens habe ich keine Ahnung mehr, wo ich so was herbekommen sollte, und zweitens käme es ein wenig blöd, dich zu fragen, ob du eine Pille schmeißen willst.«

»Mein Wort reicht dir nicht?« Ich merke, wie Wut in mir hochkocht, und ich löse meinen Griff vom Hals des Alpakas. Dann schaue ich zu Ben. Wer von uns beiden hat sich denn bei unserem letzten Treffen besoffen?

»Das hast du mir letztes Mal auch gegeben«, sagt er. »Du wolltest Mia zuliebe die Finger von den Drogen lassen. Das hat super geklappt.«

»Ach und weil ich jetzt das Bier nicht getrunken habe, vertraust du mir wieder?« Ich kann seiner Logik nicht folgen.

»So weit würde ich nicht gehen. Ist aber ein Anfang. Sie braucht uns jetzt. Das hat die Szene eben deutlich gezeigt. Wir helfen ihr nicht, wenn wir uns gegenseitig bekriegen und anzicken wie Bitches.«

Dem stimme ich zu. »Alles klar, was schlägst du vor?«

»Dass wir das Kriegsbeil begraben, die Vergangenheit ruhen lassen und uns auf die Zukunft konzentrieren. Keine Ahnung, ob wir je wieder echte Freunde werden, aber Feinde müssen wir nicht sein.«

»Klingt gut für mich.«

»Also dann, Hand drauf.« Er streckt mir seine Rechte entgegen, und ich ergreife sie.

24. Mia – Mia, Josh und Ben

Ich bleibe vor dem Haus stehen, in dem Ben wohnt, und sehe nach oben. Wenn mich nicht alles täuscht, sitzen die drei im Wohnzimmer und unterhalten sich.

Das ist doch zumindest ein Anfang. Aber ich bin nicht sicher, ob ich bereit bin, wieder da reinzugehen.

Allerdings ist die Tatsache, dass ich hier stehe und sie beobachte, ein eindeutiger Hinweis, in welche Richtung ich tendiere.

Weil mir kalt ist, Paul Hunger hat, meine Brüste fast platzen und ich weiß, dass ich Josh und Ben sowieso vergeben werde, klingle ich.

»Mia?« Höre ich da Erleichterung in Bens Stimme?

»Ja.« Sofort erklingt der Summer, und die Tür springt auf. Ich schiebe den Kinderwagen rein und in den Aufzug. Das ist zwar ein wenig eng, doch für die paar Stockwerke geht es.

Die Tür öffnet sich, und ich stehe Josh und Ben gegenüber. Sie grinsen beide. »Wir haben uns vertragen«, sagt Ben.

»Und wollen uns entschuldigen.« Dieses Lächeln und diesen Dackelblick, mit dem Josh spielerisch um Vergebung bettelt, habe ich noch zu gut in Erinnerung. Das hat bei mir schon früher gewirkt.

»Ich bin immer noch sauer auf euch!«, sage ich und schiebe den Kinderwagen an ihnen vorbei. »Aber für heute Abend belassen wir es dabei.« Völlig ungeniert schiebe ich den Wagen über Bens blank polierte Fliesen. »Heute will ich das neue Jahr mit den Menschen feiern, die mir das letzte gerettet haben.« Ich nehme Paul aus dem Wagen und gehe ins Wohnzimmer. »Er muss gestillt werden.« Mit diesen Worten setze ich mich in einen Sessel, und Josh bringt mir ein großes Glas Wasser.

Auf Bens und Adrians fragenden Blick antwortet er: »Stillen macht sie durstig.«

»Und hungrig«, sage ich. »Ich hoffe, ihr habt das Essen schon vorbereitet.«

»Haben wir.« Ben deutet auf den Tisch. »Wir haben nur auf dich gewartet. Dann mache ich das Raclette schon mal an, und wenn du fertig bist, können wir gleich loslegen.«

Ich lege Paul an, und er beginnt gierig zu saugen. Josh steht mit Ben und Adrian am Tisch und lacht über etwas, was Ben gesagt hat. Dieser Anblick treibt mir die Tränen in die Augen. So hätte es schon viel früher sein können.

Aber solche Gedanken bringen nichts. Denn das würde wahrscheinlich auch bedeuten, dass ich Paul nicht hätte, und den möchte ich für nichts in der Welt hergeben. Nicht einmal für glückliche Jahre mit Josh. Und wer weiß, wie es gelaufen wäre, wenn wir zusammengeblieben wären. Wenn ich eines in den letzten Jahren gelernt habe, dann, dass man in der Gegenwart leben muss. Und genau das werde ich jetzt tun. Ich schließe die Augen, weil ich schon den ganzen Tag müde bin. Mein ausgedehnter Spaziergang hat es nicht besser gemacht. Ich sollte mich ein wenig ausruhen, solange Paul saugt. Stillen geht zum Glück auch im Halbschlaf.

Irgendwer stellt Musik an, und die Klänge helfen, mich weiter zu entspannen. »Das Raclette ist jetzt heiß.« Josh kniet neben mir. Ich habe ihn gar nicht kommen hören, so sehr war ich im Augenblick versunken. »Was möchtest du? Ich mach dir gerne schon was.«

»Habt ihr Salami und Pilze?«

»Klar. Mache ich.« Er streicht mir kurz über den Arm und geht wieder zum Tisch. Mein Blick folgt ihm, und ich sehe, dass Ben uns beobachtet. Er ist immer noch wachsam. Aber nicht mehr feindselig. Das ist gut.

Paul ist an meiner Brust eingeschlafen, und ich lege ihn vorsichtig zurück in seinen Kinderwagen. Dann setze ich mich zu den anderen. »Das da ist deins.« Josh deutet auf eines der Pfännchen.

Glücklicherweise schläft Paul die nächsten zwei Stunden durch, und ich kann endlich mal wieder in Ruhe essen. Die Stimmung zwischen Josh und Ben hat sich tatsächlich entspannt. Keine Ahnung, wie sie das hingekriegt haben, aber ich bin verdammt froh, dass es so ist. Jetzt ist es sogar egal, dass Adrians Vermutung über Bens Gefühle stimmt. Denn auch wenn sie in der Vergangenheit vielleicht eine Rolle gespielt haben, sind sie jetzt nicht mehr wichtig.

Nach dem Essen wechseln wir auf die Couch. Als Paul aufwacht, kümmern sich die drei Jungs so rührend um ihn, dass ich gar nichts machen muss. Ben lässt sich sogar von Josh zeigen, wie man Windeln wechselt. Alles in allem verläuft der Abend erfolgreicher und harmonischer, als ich gehofft hatte.

Um kurz vor Mitternacht stellen wir uns an die bodentiefen Fenster und blicken über die Stadt. Ich habe Paul im Arm, und Ben hat den Fernseher angemacht, in dem der Countdown läuft. Eine blonde Moderatorin trällert ins Mikrofon: »Drei, zwei, eins! Frohes neues Jahr!«

Draußen starten die ersten Raketen, und Ben zieht mich in eine kurze Umarmung. »Frohes Neues, Mia!«

»Das wünsche ich dir auch.« Er drückt mich noch einmal kurz und wird dann von Adrian abgelöst. Auch er nimmt mich in den Arm und wünscht mir ein frohes neues Jahr. Dann wendet er sich Ben, zu und die beiden versinken in einen tiefen Kuss.

Ich schaue zu Josh, der so nah neben mir steht, dass unsere Schultern sich berühren. Und dann ist es, wie es schon einmal war, und doch ganz anders. Ich habe keine Ahnung, wie es dazu kommt, aber seine Lippen berühren meine. Ganz zart nur und sacht, dann zieht er sich sofort wieder zurück. Dennoch durchfährt mich diese Berührung wie ein Blitzschlag. Mein Körper erinnert sich an Josh und will sofort mehr. Zum Glück halte ich Paul im Arm. Das hindert mich daran, Josh wieder an mich zu ziehen. Auf seinen Zügen liegt ein Lächeln, als er sagt: »Frohes neues Jahr, Mia. Auf dass es das beste in deinem Leben wird.« Dann legt er seinen Arm um meine Taille und schaut dem Feuerwerk vor dem Fenster zu.

Ben und Adrian gesellen sich wieder zu uns. Adrian hat von hinten seine Arme um Ben gelegt, und dessen Blick verharrt kurz auf Joshs Hand an meiner Taille. Ich sehe, wie sein Kiefer mahlt, aber er wendet den Blick ab und sagt nichts. Dafür bin ich ihm dankbar. Wenigstens heute Abend ist es wieder fast so, wie es früher war.

***

Es ist bereits nach drei Uhr, als wir uns von Ben und Adrian verabschieden. Paul schläft, aber mir ist jetzt schon klar, dass ich morgen wie ein Zombie durch die Gegend wanken werde. Zumal meine Eltern verkündet haben, dass sie sich nicht um den Kleinen kümmern, nur weil ich unbedingt mit meinen Freunden Silvester feiern muss.

Wir fahren schweigend nach Hause, aber es ist eine angenehme Stille. Josh hat das Radio ausgemacht, um Paul nicht zu wecken, und als er auch den Motor abstellt, umhüllt uns vollkommene Stille. In der Stadt waren noch einige Nachtschwärmer unterwegs gewesen. Hier im Vorort ist es menschenleer. Vereinzelt sieht man noch Licht in den Häusern, aber in unserer direkten Umgebung ist es dunkel.

Ich weiß, dass ich aussteigen sollte, rühre mich allerdings genauso wenig wie Josh. Vorsichtig schaue ich zu ihm, und er wählt denselben Moment, um zu mir zu schauen. Unsere Blicke treffen sich, und wir beginnen gleichzeitig zu sprechen: »Kann ich noch …«, frage ich, »Willst du noch …«, er.

Wir stoppen und lachen. »Zuerst du«, sage ich, und mein Herz klopft mir bis zum Hals.

»Willst du noch mit zu mir?« Seine Stimme flattert leicht, und seine rechte Hand umklammert die Handbremse so fest, dass die Knöchel weiß hervortreten.

»Gerne.« Ich lächle zittrig, und in meinem Inneren herrscht ein Aufruhr, den ich nur schwer beruhigen kann. Jetzt mit ihm mitzugehen ist ein weiterer Schritt in Richtung Beziehung. Wir müssen dringend darüber reden, wohin das mit uns führen soll. Aber nicht heute. Heut will ich ihn einfach weiter in meiner Nähe haben. Jemanden, der mir mit Paul hilft, wenn ich völlig übermüdet bin. Jemanden, der mir nicht sagt, ich sei egoistisch und müsse für mein Kind zurückstecken. Jemanden, der versteht, dass ich beides will: Mutter sein und ein Leben nach meinen Vorstellungen führen.

»Also dann.« Er steigt aus und kümmert sich um Paul. Ich hole die Wickeltasche aus dem Auto und begleite Josh nach drinnen.

Er wohnt in der alten Wohnung seiner Großeltern. Sein Großvater ist vor vier Monaten in ein Heim mit betreutem Wohnen umgezogen, und Joshs Mutter möchte die Erdgeschosswohnung neu vermieten. Josh hat sich bereit erklärt, sie zu entrümpeln und zu renovieren.

Aus diesem Grund ist hier alles ein wenig chaotisch. Überall stehen volle oder halb gepackte Kisten, einige Möbel sind bereits abgebaut oder von der Wand weggestellt. Im Wohnzimmer stehen nur noch die alte Couch seiner Großeltern und ein kleiner Tisch. Die Fenster und Türen sind bereits abgeklebt, und Farbeimer nebst Pinsel nehmen eine ganze Ecke ein.

»Nicht gerade bequem, aber …« Er lächelt und zuckt dann mit den Schultern.

Natürlich wusste ich schon, wie es hier aussieht. Schließlich waren Paul und ich erst vorgestern zu Besuch.

»Möchtest du ein Wasser? Ich habe auch Apfelsaft.« Vorsichtig stellt er Pauls Babyschale ab und nestelt dann am Reißverschluss seiner Jacke herum.

»Josh?«

»Mmh?« Er schaut mich nicht an, sondern ist völlig darauf konzentriert, die Jacke auszuziehen.

»Ich bin hundemüde und möchte nur ins Bett.«

Sein Blick schießt nach oben. »Oh, ja, dann helfe ich dir schnell, alles rüberzutragen.«

Ich schüttle den Kopf. Für den nächsten Satz nehme ich all meinen Mut zusammen. »Nein. Ich will hier schlafen. Bei dir.«

Josh verharrt mitten in der Bewegung, und ich sehe, wie er sich anspannt. Vielleicht war es doch eine doofe Idee. Schnell stehe ich auf und gehe auf ihn zu. »Vergiss es. War dumm von mir, ich …«

»Nein!« Er schaut auf und lächelt. »Du hast mich nur überrascht.« Er atmet zittrig aus. »Was meinst du mit ›hier schlafen‹?« Sein Blick hält meinen nicht fest und richtet sich wieder auf Paul.

»Ich will nicht alleine sein, wenn Paul aufwacht und ich müde bin. Meine Eltern wollen mir nicht helfen, und ich dachte …«

»Oh, okay.« Er klingt fast erleichtert. »Das kann ich. Ihr nehmt das Schlafzimmer, und ich mache es mir hier auf der Couch bequem.«

»Nein.« Ich schüttle den Kopf. »Kannst du zu uns kommen?« Und weil ich Panik in seinem Gesicht sehe, füge ich hinzu: »Paul wird zwischen uns liegen. Und wir sind erwachsen und Freunde, oder?« Keine Ahnung, ob das eine dumme Ausrede ist oder ich ernst meine, was ich sage. Dafür bin ich zu müde. »Können wir morgen über alles reden und heute einfach den Abend gemeinsam beenden?«

Josh schaut wieder auf und nickt. »Okay. Damit kann ich leben, denke ich.«

Was bedeutet das? Ich bin zu müde, um zu fragen. Behutsam nehme ich Paul aus der Babyschale und gehe in Joshs Schlafzimmer. Dort steht immer noch das Doppelbett seiner Großeltern. Josh folgt mir. Die linke Seite des Bettes ist nicht gemacht. Dort schläft wohl Josh. Auf der rechten Seite stehen ordentlich zwei Kissen auf einer straff gespannten Decke. »Legst du eines der Kissen in die Mitte? Da können wir Paul reinlegen.«

Josh folgt meinen Anweisungen, und ich lege meinen Sohn vorsichtig darauf. Das Alpaka setze ich neben ihn. Ich möchte nichts anderes als mich danebenkuscheln. Allerdings nicht in voller Montur. Kurz überkommen mich Hemmungen, mich vor Josh auszuziehen. Die Spuren der Schwangerschaft sind noch lange nicht verschwunden, und mein Bauch sieht immer noch aus, als wäre ich im fünften Monat. Er scheint mein Zögern zu bemerken, denn er sagt: »Wenn du willst, warte ich draußen, bis du im Bett bist.«

»Nein, das ist doch Blödsinn. Ich bin frischgebackene Mutter und sehe aus, wie ich aussehe. Punkt.« Entschieden schiebe ich die Jeans nach unten. Es ist eine Schwangerschaftshose. In meine alten Sachen passe ich noch lange nicht wieder rein. Aus dem Augenwinkel sehe ich, dass Josh mir den Rücken zudreht. Also habe ich mir völlig umsonst Gedanken gemacht. So schnell ich kann, schlüpfe ich unter die Decke. »Du kannst dich jetzt wieder umdrehen.« Um ihn nicht anzuschauen, drehe ich mich auf die Seite und wende ihm jetzt ebenfalls den Rücken zu.

»Alles klar.« Schnellen Schrittes geht er zur Tür und macht das Licht aus. Ich höre, wie auch er seine Jeans auszieht und dann ins Bett steigt. Paul regt sich auf seinem Kissen, und ich drehe mich so, dass ich ihn berühre. Dabei streift meine Hand Joshs, der meinen Sohn wohl ebenfalls beruhigen wollte. Mein erster Instinkt ist, zurückzuzucken. Aber diese Berührung ist so sanft und unschuldig, dass ich meine Hand einfach liegen lasse. Josh ebenfalls. Unsere Daumen berühren sich, was ein Lächeln auf meine Lippen zaubert. Seine zarte Berührung und Pauls ruhiger Atem geben mir ein Gefühl von Geborgenheit, und ich dämmere langsam in den Schlaf.

25. Josh – Der Morgen danach

Ich erwache durch Pauls unruhiges Gequäke. Er weint nicht, scheint aber aufzuwachen. Mein Blick fällt auf Mia, die seelenruhig schläft. Dieser Anblick gräbt sich tief in mein Herz. Es ist lange her, dass ich sie so gesehen habe. Ich habe sie oft im Schlaf beobachtet. Dann entspannen sich ihre Züge, und sie hat ein Lächeln auf den Lippen. Und ich kann mich kaum davon abhalten, sie zu küssen. Erinnerungen an die Zeit, in der ich das einfach jeden Morgen getan habe, lassen Regionen erwachen, die bei einer Freundschaft eigentlich ruhig bleiben sollten. Ganz schlechter Zeitpunkt.

Zum Glück quäkt Paul weiter, was meine Gedanken in eine andere Richtung führt. »Okay, Kleiner. Wir lassen deine Mama noch ein wenig schlafen und machen dich erst einmal frisch.«

Er öffnet die Augen und sieht mich an, als würde er genau verstehen, was ich sage. Ich nehme ihn hoch und trage ihn ins Wohnzimmer. Dort wickle ich ihn neu. »Und jetzt kochen wir Kaffee, bevor wir deine Mama wecken und dir was zu essen besorgen, okay?«

Er quäkt zur Antwort, und ich nehme ihn wieder auf den Arm. Gar nicht so leicht, nur mit einer Hand die Kaffeemaschine zu bedienen, aber es geht. Als sie läuft, betrachte ich Paul und lächle. »Weißt du was, kleiner Mann? Es wird mir verdammt schwerfallen, euch beide im Frühjahr wieder zu verlassen. Was meinst du? Besteht eine Chance, dass es deiner Mama auch schwerfällt, mich wieder gehen zu lassen?« Natürlich antwortet er nicht, sondern saugt wie wild an seinem Schnuller. »Ich arbeite auf jeden Fall dran.«

Der Kaffee ist durchgelaufen, und genau in dem Moment spuckt Paul seinen Schnuller aus und beginnt zu schreien. Seine letzte Mahlzeit ist über fünf Stunden her. »Dann ist es wohl Zeit, deine Mama zu wecken.« Paul langsam hin- und herwiegend, gehe ich zurück ins Schlafzimmer. Mia schläft immer noch tief und fest. Paul hat sich durch das Schaukeln wieder ein wenig beruhigen lassen, und ich setze mich vorsichtig zu Mia ans Bett. Sanft streiche ich ihr über die Wange. Meine Hand zittert leicht. »Mia?«

Sie rührt sich kurz, wacht jedoch nicht auf. Also streichle ich sie noch einmal. Diesmal öffnet sie die Augen. Das dunkle Braun ist vom Schlaf fast schwarz, und ich muss all meine Willenskraft aufbieten, sie nicht zu küssen. So wie letzte Nacht. Ich hätte sie so verdammt gerne richtig geküsst. Aber darauf hätte sie bestimmt nicht positiv reagiert. Deshalb habe ich mich zurückgehalten und ihre Lippen nur gestreift. Das scheint genau richtig gewesen zu sein, denn schließlich liegt sie jetzt hier in meinem Bett.

»Hey, ihr zwei«, sagt sie verschlafen und streichelt mir über den Arm.

Ich schlucke schwer und versuche, meine Gedanken auf etwas anderes zu lenken als diese Berührung. Den Zeitplan für die Renovierung zum Beispiel. Doch ihre von Schlaf raue Stimme macht es mir schwer, mich abzulenken. »Hat er Hunger?«

»Ähm, ja.«

Sie richtet sich auf, und ich reiche ihr Paul.

»Ich hol dir ein Glas Wasser und Tee?« So schnell ich kann, verschwinde ich aus dem Schlafzimmer. Mir ist auf einmal bewusst, dass ich immer noch nur Unterwäsche und ein T-Shirt trage. Verdammt. Ich kann nur hoffen, dass sie zu müde war, um meine Erektion zu bemerken. Ich muss mich auf jeden Fall abkühlen, bevor ich da wieder reingehe. Aber die Berührung ihrer Finger auf meiner nackten Haut bekomme ich einfach nicht aus dem Kopf. Ich sollte ihr schnell das Wasser bringen und dann duschen. Entweder eiskalt oder ich muss es mir selbst machen. Bei dem Gedanken daran zuckt mein Schwanz erneut. *Fuck!* Das Schimpfwort lässt mich schmunzeln und hilft, mich ein wenig zu beruhigen. Bevor ich ihr ein Glas Wasser bringe, gehe ich im Bad vorbei und ziehe meinen Bademantel über. Der verdeckt alles, was peinlich werden könnte.

Mia lächelt und deutet mit dem Kopf auf mich. »Du trägst dieses Ding immer noch?« Sie hat es schon immer lustig gefunden, dass ich an freien Tagen zu Hause oft im Bademantel rumlaufe.

»Alte Gewohnheiten ändert man nicht so leicht«, sage ich augenzwinkernd und stelle das Getränk neben ihr ab. »Ich mach dir noch schnell den Tee und geh dann duschen, okay?«

»Alles klar.« Sie lächelt noch immer und widmet sich dann wieder Paul.

In Windeseile bereite ich den Earl Grey zu. Den hat sie früher schon gemocht. Nur einmal kurz mit Wasser übergießen und den Beutel wieder rausnehmen. Sie lächelt, als ich ihr die Tasse hinstelle, und ich verschwinde, so schnell ich kann, im Bad. Dort stelle ich mich unter die Dusche. Eiskalt. Denn alles, was recht ist, ich kann mir keinen runterholen, wenn sie nur zwei Zimmer weiter ihr Kind stillt. Langsam beruhige ich mich wieder. Zum Glück. Denn sie braucht einen Freund und kein brünftiges Tier, das sich bis zum Anschlag in ihr versenken will. *Fuck!* Nicht hilfreich. Ich muss dringend an etwas anderes denken. Vielleicht daran, wie wir den Tag verbringen wollen? Denn eines ist sicher: Ich möchte nicht, dass sie geht. Ich möchte jede freie Minute mit ihr und Paul verbringen. Bens Worte fallen mir wieder ein: »Wie stellst du dir das vor, wenn du wieder gehst?«

Eine richtige Antwort habe ich immer noch nicht darauf. Aber ich könnte bis dahin klare Verhältnisse geschaffen haben. Vielleicht sollte das mein Plan für die nächsten Wochen sein: Mia davon überzeugen, dass wir zusammengehören. Schöne Erinnerungen schaffen und ihr meine Liebe zeigen. Und ich werde gleich heute damit anfangen.

***

»Und du meinst wirklich, dass Marc und Karin nichts dagegen haben, wenn wir uns am Neujahrstag bei ihnen einnisten?«

Sie fragt das sicher zum zehnten Mal, seit wir losgefahren sind. Und ich antworte wie die Male davor: »Ich habe mit ihnen gesprochen, und sie freuen sich sehr, Paul kennenzulernen.«

Sie nickt und lächelt. »Und ich freue mich auf die Alpakas. Ob Paul sie auch mögen wird?«

»Da bin ich sicher. Wir sind schließlich verrückt nach ihnen, oder? Und er mag den kleinen Joshi-Alpaka.« Tatsächlich begleitet das kleine Kuscheltier ihn meist. Aber eher, weil Mia und ich ihn immer wieder zu ihm legen, als dass er das Stofftier wirklich mögen würde. Dafür ist er noch viel zu klein.

»Ist aber auch zu süß.«

Ich muss mir auf die Zunge beißen, um nicht zu fragen, ob sie das Stofftier oder mich meint. Dafür ist es noch viel zu früh. Also nicke ich nur und fahre den Wagen die schmale Zufahrt zur Farm entlang.

Als wir gerade anhalten, klingelt Mias Handy. Sie schaut nach, wer es ist, und das Lächeln verschwindet aus ihrem Gesicht. Ich sehe, wie sie mit zittrigen Fingern den Anruf entgegennimmt. »Was willst du?«

Das klingt nicht gut. Wer auch immer das ist, scheint nicht willkommen.

»Ehrlich gesagt weiß ich nicht, warum dich das auf einmal interessieren sollte, Lennart.«

Das IKEA-Möbelstück. Spontan überkommt mich der Wunsch, Mias Telefon einfach aus dem Fenster zu schmeißen. Meine Finger krampfen sich ums Lenkrad. Vielleicht sollte ich aussteigen, bevor ich irgendwelche Dummheiten mache. Also schnalle ich mich ab und will gerade die Tür öffnen, als Mias Hand mich zurückhält. Ich drehe mich um. Ihr Anblick zerreißt mein Herz und lässt es gleichzeitig jubilieren. Sie schüttelt panisch den Kopf, und gleichzeitig rutscht ihre Hand in meine, die sie fest drückt. Sie will mich hier haben. Ich erwidere den Druck und nicke ihr aufmunternd zu. Ihre Züge entspannen sich ein wenig, und sie sagt mit leicht zittriger Stimme ins Telefon: »Ich glaube nicht, dass das eine gute Idee ist.«

Er scheint das anders zu sehen. Ich höre seine aufgeregte Stimme, verstehe aber nicht, was er sagt.

»Dein Recht? Meinst du nicht, du hast das verspielt, als du darauf bestanden hast, Paul ›wegmachen‹ zu lassen?«

Sie wird sauer. Gut so, Mia, gib es ihm! Er sagt noch etwas, und sie zuckt kurz zusammen. Dann atmet sie tief durch. »Ich denke drüber nach und melde mich bei dir.«

Ganz langsam lässt sie das Handy sinken. Sie drückt immer noch meine Hand, und ich überlege fieberhaft, was ich sagen soll. Sie kommt mir zuvor. »Er will Paul sehen. Regelmäßig.«

Ich zwinge mich, ruhig zu bleiben. So ein Arsch! Mein erster Impuls ist es, wild auf ihn zu schimpfen. Aber dann fallen mir die vielen Fälle wieder ein, die ich in den letzten zehn Jahren erlebt habe. Während meiner Ausbildung habe ich auch fast ein Jahr eine Selbsthilfegruppe für Väter mitbetreut. Väter, denen die Mütter aus verschiedensten Gründen den Kontakt mit ihren Kindern verboten haben. *Ach, Scheiße!*

»Was meinst du?« An ihrer Stimme kann ich nicht ablesen, was sie denkt.

Ich entscheide mich für Ehrlichkeit. »In dem Fall schlagen zwei Herzen in meiner Brust.«

»Verrätst du mir, welche? Ich weiß nämlich gar nichts.«

»Alles klar.« Ich drehe mich ein wenig in meinem Sitz, sodass ich sie ansehen kann. Dabei halte ich weiter ihre Hand. »Als dein Freund denke ich: Der Arsch soll sich verpissen und dich und Paul in Ruhe lassen. Und wenn er das nicht tut, bekommt er es mit mir zu tun.«

Ein Lächeln umspielt ihre Lippen, und ihr Daumen streicht mehrfach sanft über meinen Handrücken. »Und das zweite Herz?«

»Das gehört dem Sozialarbeiter, der viele verzweifelte Väter gesehen hat, die ihre Kinder nicht sehen durften. Aus endlosen Gesprächen weiß ich, dass es für viele Männer einen Unterschied macht, ob das Baby ungeboren oder auf der Welt ist. Solange es nur eine theoretische Möglichkeit ist, fällt es ihnen leicht, es wegzuschieben. Das ändert sich aber schlagartig, wenn das Kind auf der Welt ist. Dann ist es real, und sie stellen sich ihrer Verantwortung. Oder wollen es, wenn man sie lässt.«

»Das heißt, ich soll zulassen, dass er einen Platz in Pauls Leben bekommt?«

Was ich jetzt sage, wird ihr nicht gefallen. »Er kann das gemeinsame Sorgerecht einklagen.«

»Aber er wollte es doch gar nicht. Seit ich ausgezogen bin, haben wir nicht mehr miteinander geredet. Also bin ich davon ausgegangen, dass ich das alleinige Sorgerecht behalte.«

»Die sechs Wochen sind aber noch nicht um. Das heißt, wenn er jetzt das gemeinsame Sorgerecht will, steht ihm das zu. Es sei denn, es liegen Beweise vor, dass es dem Kindeswohl schadet. Und so leid es mir tut, das kann ich nicht sehen.«

»Dass er sich bisher keinen Deut für uns interessiert hat,

reicht nicht?« Sie entzieht mir ihre Hand und schaut aus dem Fenster.

»Wahrscheinlich nicht.« Es tut weh, ihr das sagen zu müssen, aber besser ich tue es als irgendein Fremder. »Er hat doch einen Job, nimmt keine Drogen und ist auch sonst ein netter Kerl?«

Sie schnaubt. »Das mit dem nett ist Ansichtssache, oder?«

»Auf jeden Fall. Aber er hat dich nie geschlagen, und es ist auch nicht zu befürchten, dass er Paul misshandeln würde, oder?«

»Das würde er nie tun.«

»Siehst du. Und ihr wohnt in derselben Stadt. Seine Chancen stehen ziemlich gut, das gemeinsame Sorgerecht zu bekommen. Und selbst wenn er das nicht bekommt oder nicht will, hat er ein Umgangsrecht.«

Sie dreht sich zu mir, und Tränen glitzern in ihren Augen. »Ich habe mir bisher keine Gedanken darüber gemacht, weil ich dachte, er will sowieso nichts von uns wissen.«

»Das weiß ich. Ich helfe dir, so gut ich kann, okay?« Eine einzelne Träne läuft ihre Wange hinab, und ich fange sie mit einem Finger auf. »Jetzt lass uns den Tag genießen. Joshi und Benni warten darauf, von dir geknuddelt zu werden.«

Sie nickt und beißt sich auf die Lippen. »Danke, dass du da bist, Josh.« Und dann beugt sie sich blitzschnell zu mir herüber und küsst mich auf die Wange. Mein Herz bleibt fast stehen und galoppiert dann umso schneller. Der Anruf von Lennart hat unsere Situation nicht einfacher gemacht, aber mir scheint, er hat uns einander nähergebracht. Jetzt gilt es, den Rest des Tages unvergesslich zu machen.

26. Mia – Alpakas helfen immer

Lennarts Anruf hat mich ein wenig aus der Bahn geworfen. Gerade schien alles so gut zu laufen. Paul und ich haben zu einer Routine gefunden, und Josh … Ehrlich gesagt habe ich keine Ahnung, was mit Josh ist. Wir werden irgendwann darüber reden müssen.

Sarahs Worte gehen mir einfach nicht aus dem Kopf. Er ist süchtig, und das alles könnte wieder passieren. Ich sollte mein Herz nicht noch einmal an ihn verschenken. Aber das ist verdammt schwer. Ich sehe doch, wie sehr er sich verändert hat. Er lässt die Finger von dem Zeug, ist verantwortungsbewusst und zuverlässig. Und was das Wichtigste ist: Paul liebt ihn. Natürlich ist er noch sehr klein, aber ich sehe, wie wohl er sich bei Josh fühlt. Und ich liebe es, wie Josh mit ihm umgeht. Er redet ganz normal mit ihm, was ich unheimlich toll finde. Ich kann diesem ganzen Babygequatsche nichts abgewinnen. Babys sind Menschen, und so sollte man auch mit ihnen reden.

Ich sehe zu Josh, der aus dem Auto steigt und Pauls Babyschale abschnallt. Vielleicht bietet sich später eine Gelegenheit, miteinander zu reden. Das hat vor ein paar Wochen bei den Alpakas ja auch funktioniert. Ich glaube, wir fühlen uns beide in ihrer Gegenwart entspannter. Das könnte helfen.

Karin erscheint in der Tür und schenkt uns eines ihrer seltenen Lächeln. Nicht, dass sie unfreundlich wäre oder so. Aber sie macht nie viel Aufheben, sondern packt Dinge lieber an. Das gefällt mir. »Kommt ins Warme, und dann zeigt ihr mir den neuen Erdenbewohner.«

Sie führt uns in die Küche, die schon immer das Herzstück

dieses Hauses gewesen ist. Der Tisch ist bereits gedeckt, und der verführerische Duft nach deftiger Suppe hängt in der Luft. Der Raum ist voll mit Menschen. Ich erkenne Joshs Mutter und ihren Bruder Marc. Neben ihr sitzen eine junge Frau und ein Mann mit einem etwa sechs Monate alten Baby auf dem Arm. Ihnen gegenüber ein weiteres Pärchen mit zwei Kleinkindern.

Wenn mich nicht alles täuscht, sind das die Kinder von Karin und Marc und ihre Familien. Jetzt fühle ich mich erst recht wie ein Eindringling. Das hier ist nicht meine Familie, und ich habe kein Recht, hier zu sein oder mich in diesen intimen Moment zu schleichen.

Josh tritt an meine Seite, legt einen Arm um meine Schultern und sagt: »Ihr erinnert euch an Mia?«

Seine Cousine Kathi steht auf und umarmt mich kurz. »Aber natürlich. Wie könnte ich unsere Wasserschlachten am See vergessen.«

Jetzt steht auch ihr Bruder Hannes auf und zieht mich in eine Umarmung. »Genau, die waren legendär.«

»Kommt erstmal an, dann starten wir die Vorstellungsrunde«, sagt Karin. Praktisch wie immer.

Wir stellen unsere Sachen ab, und Josh nimmt Paul auf den Arm. »Das hier ist die Küche von Tante Karin und Onkel Marc. Ich bin sicher, du wirst dich hier genauso wohlfühlen wie deine Mama und ich.«

Karin schaut zu mir und fragt: »Darf ich?« Ich nicke, und sie nimmt Paul von Josh in Empfang. »Hallo, kleiner Mann. Herzlich willkommen hier bei uns.«

Josh übernimmt inzwischen die Vorstellung. Von den vielen Namen schwirrt mir der Kopf. Ich habe mir noch nie sonderlich gut Namen merken können, aber ich versuche, mir jeden einzelnen einzuprägen. Mal sehen, wie lange sie hängen bleiben.

»Wollt ihr was essen?« Marc deutet auf zwei Plätze, und wir setzen uns.

Was folgt, sind die entspanntesten zwei Stunden Familienzeit, die ich seit langem hatte. Niemand zickt rum oder versucht anderen zu erklären, was das Beste für die Kinder ist. Man ist einfach zusammen, unterhält sich und genießt das Zusammensein.

Mich lenkt es auf jeden Fall davon ab, über Lennart und seine merkwürdigen Anwandlungen nachzugrübeln. Es wundert mich zwar, dass er sich gemeldet hat, aber da ich nie vorhatte, ihm seinen Sohn vorzuenthalten, ist die Sache eigentlich halb so schlimm. Es hat mich überrascht, doch er hat ein Recht darauf, sein Kind kennenzulernen. Wie ich ihn einschätze, wird sich der Kontakt auf Geburts- und Feiertage beschränken. An den anderen Tagen ist er viel zu sehr mit seiner Arbeit beschäftigt. Ich verbanne Lennart aus meinen Gedanken und genieße die Zeit mit Joshs Familie. Es bringt nichts, sich jetzt über Dinge den Kopf zu zerbrechen, an denen ich sowieso nichts ändern kann. Und Josh hat versprochen, dass er mir helfen wird. Das ist alles, was ich im Moment wissen muss.

Als es Zeit wird, Paul zu stillen, ziehe ich mich ins Wohnzimmer zurück. Nach wenigen Minuten kommt Karin mit einem Glas Wasser dazu. »Josh sagt, du bist immer durstig beim Stillen.« Sie stellt das Glas ab und deutet auf den Sessel neben meinem. »Darf ich?«

Ich nicke und trinke einen Schluck. Was sie wohl von mir will?

»Du kennst mich«, beginnt sie ohne Umschweife. »Ich mag es nicht, um den heißen Brei herumzureden, und deshalb komme ich direkt zur Sache: Was damals zwischen Josh und dir passiert ist, hat ihn verändert. Es war nicht richtig, was er getan hat, und ganz sicher mache ich dir keinen Vorwurf.«

»Damit hätte ich auch nicht gerechnet.«

»Ihn jetzt mit dir und dem Baby zu sehen ist ein Segen. Die letzten Jahre war er … ich weiß kein besseres Wort als ›distanziert‹. Ich hatte das Gefühl, als würde er dem Leben nur zuschauen und nicht daran teilnehmen. Das hat sich in den letzten Wochen drastisch geändert. Und ihr beide seid der Grund dafür.«

Weil ich nicht weiß, was ich darauf sagen soll, schweige ich und bitte sie mit einem Nicken, fortzufahren.

»Ich weiß nicht, wie die Situation zwischen euch beiden ist oder was ihr vorhabt, aber ich möchte dich um eines bitten: Sei ehrlich zu ihm. Wenn du für euch keine Chance siehst, sag es ihm lieber heute als morgen. Denn ich kann sehen, wie er sich an euch bindet. Und je länger du damit wartest, desto härter wird es ihn treffen, wenn du dieses Band kappst.«

»Was willst du damit sagen? Josh und ich haben beschlossen, nicht mehr als Freunde zu sein. So wie früher.«

»Das ist aber nicht das, was er will.«

Ihre Worte treffen mich, obwohl ich natürlich längst weiß, dass es wahr ist. »Ich bin mir nicht sicher. Ich hatte bisher keine Zeit, mir darüber Gedanken zu machen.«

»Dann musst du dir die Zeit nehmen.« Sie steht auf und deutet nach draußen zu den Weiden. »Vielleicht solltet ihr nach draußen gehen und das klären?«

»Aber …« Ich will widersprechen. Die Sache ist gut so, wie sie ist. Warum Dinge zerreden, die gut funktionieren.

»Sehen wir den Tatsachen ins Auge, Mia: Josh ist süchtig. Die letzten Jahre hat er überlebt, weil er dich und eure gemeinsame Zeit ausgeblendet hat. Jetzt bist du zurück und hast dieses kleine Wesen in sein Leben gebracht. Ich sehe, wie er mit Paul umgeht und wie er dich anschaut.« Sie schüttelt langsam den Kopf. »Er macht sich Hoffnungen. Und ich habe Angst, was er tun wird, wenn du sie zunichtemachst. Rede mit ihm. Wenn nicht für dich und dein Kind, dann für ihn.« Sie deutet auf die Küche. »Dort sitzt eine ganze Familie, die bereit ist, dich willkommen zu heißen. Wenn du hier fertig bist, kümmern wir uns um das Baby. Du gehst mit Josh zu den Hengsten und schaffst klare Verhältnisse.« Mit diesen Worten steht sie auf und verlässt das Zimmer.

Ich schaue ihr nach und weiß nicht, ob ich lachen oder weinen soll. Lachen, weil sich jemand um Josh sorgt und uns eine Chance gibt. Weinen, weil ich mich vor diesem Gespräch fürchte. Aber es stimmt, was sie sagt. Wir müssen das jetzt klären.

***

Keine halbe Stunde später laufen wir den schmalen Weg zur Weide entlang. Wir schweigen mal wieder. Diesmal ist es ein angespanntes Schweigen. Keine Ahnung, ob seine Tante auch etwas zu ihm gesagt hat. Wahrscheinlich.

Josh öffnet das Gatter, und wir betreten die Weide. Sofort kommen zwei der Hengste angetrabt und stoßen mit ihren Köpfen gegen unsere Arme. Joshi und Benni sind nicht dabei. Wir kraulen die Tiere kurz, und Josh deutet auf das Gatter am anderen Ende der Weide. »In den Unterstand oder an den See?«

Es ist nicht wirklich kalt heute, nur ein wenig windig, und außerdem liegt noch Schnee. Also entscheide ich mich für den Unterstand. Dort können wir es uns auf Heuballen gemütlich machen. »Der Unterstand. Vielleicht kommt ja einer zu uns.« Ich deute auf Joshi, der ein paar Meter entfernt steht und auf den See blickt, und dann auf Benni, der friedlich ein paar Meter weiter grast.

»Okay.« Josh geht vor und ich hinterher. Keiner der Hengste folgt uns, und Josh stellt zwei Heuballen so, dass wir uns gegenübersitzen können. Er will also auch reden.

Seufzend setze ich mich und stütze die Ellenbogen auf den

Knien ab. Josh macht das Gleiche, legt den Kopf leicht schief und schenkt mir sein Josh-Grinsen. »Hier sind wir.«

»Ja, hier sind wir.« Auch ich versuche mich an einem Grinsen, aber ich fürchte, das geht entsetzlich schief.

Das Lächeln verschwindet nicht aus Joshs Gesicht, als er sagt: »Soll ich anfangen? Ich habe Übung darin, unangenehme Gespräche zu führen.«

Sofort muss ich daran denken, dass ich genau das gestern von ihm und Ben verlangt habe. Ein erzwungenes Gespräch über ihre Beziehung. Ich hätte nicht gedacht, dass man sich so scheiße dabei fühlen kann. »Josh, es tut mir leid, dass ich das von dir und Ben verlangt habe.«

Josh richtet sich auf und macht eine wegwerfende Handbewegung. »War längst überfällig. Das meinte ich auch gar nicht. Ich habe das mehr auf meinen Job bezogen.« Er zwinkert, und ich bin mir sicher, dass er das nur sagt, um mir das schlechte Gewissen zu nehmen.

»Du führst bei deinem Job solche Gespräche?«

»Ich moderiere sie. Also das, was Adrian gestern gemacht hat.« Er verzieht das Gesicht. »Er war nicht sonderlich gut darin. Man beginnt solche Gespräche nicht mit einer Hammerfrage.«

»Ach, und wie dann?«

»Mit etwas Unverfänglichem. Zum Beispiel könnte ich dir erzählen, wie glücklich es mich macht, dass du mit mir hier bist. Und du könnest sagen, wie gerne du hier mit mir bei meiner Familie bist.«

Jetzt muss ich kichern. »Du übernimmst beide Teile des Gesprächs? Bin ich da nicht überflüssig?«

Sofort wird er ernst. »Du bist niemals überflüssig. Warst du nie. Du warst immer etwas ganz Besonderes für mich.«

Diese Worte schmerzen. »Und warum konnte dann passieren, was passiert ist? Wie konnte es kommen, dass dir Drogen wichtiger waren als ich?« So viel zu: Man beginnt mit etwas Unverfänglichem.

»Waren sie nicht.« Er schließt kurz die Augen und schaut dann auf den Boden. »Was ich dir erzählt habe, stimmt. Als ich kapiert habe, was passiert, wollte ich dir nachgehen, aber ich konnte nicht. Mein Körper hat mir nicht mehr gehorcht.«

»Es geht ja nicht nur um diesen Abend, Josh. Es waren die Wochen und Monate davor. Ich bin nicht sicher, ob du in der Zeit, in der wir ein Paar waren, jemals nüchtern warst.« Das ist eine Erkenntnis der letzten Jahre, die am meisten geschmerzt hat.

»Die letzten Wochen in Antibes und auf der Farm warst du meine einzige Droge. Aber davor und sobald ich hier weg war …« Er schüttelt den Kopf.

Es überrascht mich, dass er das so offen zugibt. Das scheint man mir anzusehen.

»Hast du gedacht, ich wüsste das nicht? Ich weiß selbst am besten, was ich getan habe.«

»Aber warum? War es so schlimm mit mir?« Diese Frage stelle ich mir seit Jahren. Zusammen mit der, ob ich etwas hätte ändern können, wenn ich mich anders verhalten hätte.

Sein Blick zuckt nach oben. »Denk so was niemals. Es war eher umgekehrt. Als du nicht mehr ständig in meiner Nähe warst, habe ich nach und nach den Halt verloren. Der Umzug nach Hamburg hat mir das Genick gebrochen.« Er fährt sich mit der Hand durchs Haar und lacht freudlos. »Du hast mich immer im Hier und Jetzt gehalten. Auch in all den Jahren, in denen ich dir meine Gefühle vorenthalten habe, warst du der Grund, warum ich nicht völlig abgedriftet bin.«

Ich verstehe das nicht. »Aber wir haben doch telefoniert, uns geschrieben.«

»Das war nicht dasselbe. Und wenn wir uns dann getroffen haben, war es so … keine Ahnung.« Er zuckt mit den Schultern. »Ich wollte jeden Moment mit dir intensivieren. Irgendwie dachte ich, wenn ich was einschmeiße, wird es intensiver und ich kann mich danach besser an unsere Zeit erinnern. Es länger festhalten.«

Ich würde ihn gerne fragen, ob ihm nicht klar war, dass er dabei viel mehr verpasst. Aber sein Blick zeigt mir, dass er diese Zeit noch einmal durchlebt, und ich will ihn ausreden lassen. Also schweige ich und höre nur zu.

»Bereits an meinem ersten Tag an der Uni habe ich Nina kennengelernt.«

Beim Klang dieses Namens reißt etwas an meinem Herzen. Diese Frau kann froh sein, wenn ich sie niemals in die Finger bekomme. Was ich für sie empfinde, geht weit über Eifersucht hinaus. Ich glaube, ich hasse sie mit voller Inbrunst.

Josh scheint nichts von meinem kleinen Gefühlschaos mitzubekommen, denn er spricht einfach weiter. »Sie hat mir von ihren Trips und Experimenten mit verschiedenen Drogen erzählt und davon, wie sehr sich ihr Bewusstsein dadurch erweitert hat.« Sein tonloses Lachen geht mir durch und durch. »Ich habe den Scheiß geglaubt und bin voll drauf angesprungen.«

»Du hast nie etwas in der Richtung erwähnt.«

»Weil ich wusste, dass du mir den Kopf zurechtgerückt hättest. Das war ja ein Teil des Problems.«

»Ich war Teil des Problems?« Keine Ahnung, ob mir gefällt, was er da andeutet.

»Ich war hin- und hergerissen. Natürlich war mir klar, dass mich mit Drogen vollzupumpen keines meiner Probleme löst. Aber es war immer nur ein Tag, an dem ich mich abgeschossen habe. Morgen würde es anders werden.«

Ich sehe den Schmerz in seinen Augen und will ihn gerne an mich ziehen. Ihm sagen, dass jetzt alles gut ist. Dass ich stolz auf ihn bin. Doch erst ich muss seine Geschichte hören, alles wissen. Denn wenn ich nicht verstehe, was damals passiert ist, kann ich keine Pläne für die Zukunft machen. »Ist das nicht bei vielen Süchtigen so? Also ich meine der Gedanke, dass sie morgen aufhören?«

»Ja, das kommt oft vor. Im Prinzip weiß man, was los ist. Bei mir war es so, dass ich das Gefühl hatte, zwei Menschen zu sein. Mein nüchternes, verantwortungsvolles Ich, dem klar war, wie falsch der eingeschlagene Weg war. Und mein Drogen-Ich. Dem war alles egal. Das hat nur den Rausch genossen und nach dem nächsten Kick gesucht.« Er lächelt schwach und fährt sich mit der Hand durchs Haar. »Ich muss dir nicht sagen, dass es mein Drogen-Ich war, das es an dem Abend so big time verbockt hat. Du warst wie ein Weckruf meiner echten Persönlichkeit. Ein sehr lauter Ruf, den ich lange nicht hören wollte.«

»Ich habe wirklich laut geschrien.« Mir treten Tränen in die Augen, aber ich muss das jetzt loswerden. »Ich habe mir solche Sorgen um dich gemacht, Josh. Den Sommer und auch danach. Selbst dann noch, als ich nicht wusste, was mit dir ist, und eigentlich stinksauer auf dich war.«

»Ich weiß, und es tut mir leid.« Sein Blick ist offen und bittet um Vergebung.

»Deine Mutter hat mir irgendwann gesagt, dass es dir gut geht. Das war um Weihnachten rum. Danach ging es mir ein wenig besser.« Ich kann nichts gegen die Tränen in meinen Augen tun. »Aber ich habe es nicht verstanden, Josh. Du warst meine große Liebe, und du hast mich einfach so aus deinem Leben gestrichen.«

Schon während ich spreche, schüttelt er den Kopf. »Ich habe dich nie gestrichen. Du warst immer hier.« Er tippt sich gegen die Stirn. »Auch wenn es hart war, hat der klare Cut geholfen. Dir mag das egoistisch erscheinen, aber ich musste lernen, mich ganz alleine auf mich zu konzentrieren. Mich in den Mittelpunkt zu setzen. Nicht den Rausch und auch nicht dich.« Seufzend fährt er sich über die Augen. »Dich habe ich nie wirklich aus meinem Kopf bekommen.«

Diese Worte entfachen ein kleines Feuer in meinem Inneren. Eines, das jahrelang nur ein fast unsichtbares Glimmen war. Allerdings niemals ganz erloschen ist.

»Aber die Sucht hast du überwunden, und das ist doch das Wichtigste, oder? Weißt du, warum du den Rausch so genossen hast?«

Er will antworten, aber ich rede schnell weiter. »Das habe ich nie so richtig verstanden. Dir war doch klar, dass es nicht echt ist. Darüber haben wir oft geredet.«

»Ja, das war genau der Punkt. Es war nicht echt, und die Wirklichkeit holte mich immer wieder ein. Genau deshalb wollte ich es immer wieder. Drogen waren eine Belohnung für mich. Schon früh.« Erneut schüttelt er den Kopf. »Ich will das jetzt gar nicht alles vor dir ausbreiten, aber nach dem Tod meines Vaters haben Drogen geholfen, den Schmerz zu betäuben. Durch sie konnte ich glücklich sein.« Jetzt sieht er mir in die Augen. »Das hast sonst nur du geschafft.«

Ich schlucke schwer. »Und jetzt brauchst du dieses Hochgefühl nicht mehr?«

»Doch. Jeder Mensch braucht es. Aber jetzt habe ich andere Strategien, um dieses High zu erreichen, ohne Drogen. Und sie greifen.«

»Immer?« Das ist die Frage, die mich am meisten beschäftigt.

»Immer. Zumindest, was die Drogen angeht.« Er lächelt schwach. »An dem Abend, nachdem meine Mutter mir von deiner Hochzeit mit Ben erzählt hat, habe ich mich abgeschossen. Das erste Mal seit fünf Jahren. Aber nicht bis zum Filmriss. Und nur mit Alkohol.«

»Fünf Jahre? Und davor …?«

»Davor habe ich manchmal gesoffen. Wenn es zu schlimm wurde. Wenn ich die Einsamkeit nicht mehr ertragen konnte. Drogen habe ich seit dem Entzug nicht mehr angerührt.«

»Ich weiß nicht …« Es ist schwer, in Worte zu fassen, was

ich denke. Ich weiß es ja selbst nicht so genau. Da ist diese unbestimmte Angst, dass ihm alles wieder entgleitet und er mir – oder noch schlimmer, Paul – dadurch schadet. »Es ist …«, setze ich erneut an. »Ich habe jetzt Paul, und so ein kleines Leben ist eine riesige Verantwortung. Gestern bei Ben hast du gesagt, dass Alkohol und Kinder für dich nicht zusammen geht. Meinst du das ernst?«

»Natürlich!« Er beugt sich vor und nimmt meine Hände in seine. Dann sieht er mir in die Augen. »Ich habe das im Griff, Mia. Sonst würden sie mich wohl kaum mit Drogensüchtigen arbeiten lassen.« Beim letzten Satz zwinkert er.

»Das ist ein Argument.« Er schafft es doch immer wieder, mich zum Lachen zu bringen.

»Ein starkes, hoffe ich.« Seine Daumen streichen über meinen Handrücken. »Ich habe dir gesagt, dass ich dich nie anlügen werde, also bin ich auch jetzt ehrlich: Ich liebe dich, Mia. Ich habe dich immer geliebt. Und ich will mit dir zusammen sein. Mit dir und Paul.«

Mir bleibt die Luft weg. Ich weiß nicht, wie oft ich mir vorgestellt habe, dass er vor mir steht und genau diese Worte sagt. Okay, in den Vorstellungen hatte ich kein Baby von einem anderen Mann, aber nicht alles ist perfekt oder vorhersehbar. In meiner Vorstellung gingen diese Gespräche auf zwei Arten aus: Ich habe ihn genauso oft weggeschickt, wie ich ihn wieder in mein Leben gelassen habe. Langsam schüttle ich den Kopf. »Ich bin noch nicht …«

»Noch nicht?«, unterbricht er mich. »Heißt das, ich habe eine Chance?« Der Druck seiner Hände verstärkt sich ein klein wenig, und ich sehe, dass seine Lippen zittern.

»Josh, ich bin unendlich glücklich, dass du da bist, und ich will dich in meinem Leben, aber …« Ich breche ab. Das ist nicht der richtige Moment, um Entscheidungen zu treffen. »Ich will Zeit mit dir verbringen. Ich will, dass du da bist. Aber ich weiß nicht, ob ich dir wieder vollständig vertrauen kann. Da gibt es so viel zu bedenken, und du wirst im Mai wieder weggehen.«

»Ich muss nicht gehen. Sozialarbeiter und Drogenberater werden überall gebraucht.«

Diese Worte überraschen mich und stoßen eine Tür auf, die ich für fest verschlossen hielt. »Hast du nicht gesagt, der Job in Hamburg ist genau das, was du unbedingt machen willst?«

»Nicht, wenn ich dich dadurch verliere.« Die Ernsthaftigkeit und Intensität seiner Worte lösen eine Wärme in mir aus, die ich lange nicht mehr gespürt habe. Er würde bleiben. Für mich.

Und dann merke ich, wie ich lächle. »Einigen wir uns also darauf, dass wir es auf uns zukommen lassen? Sehen, wie es sich entwickelt?«

»Alles, was du willst.« Er lässt meine Hände los und kniet sich vor mich. »Darf ich dich küssen?«

Ich beiße mir auf die Unterlippe und nicke. Ich will ihn küssen, seit wir an meinem geplatzten Hochzeitstag hier am See gestanden haben. Ich muss wissen, ob es sich noch genauso anfühlt wie damals. Also schließe ich die Augen.

Seine warme Hand streift meine Wange, und ich schmiege mein Gesicht daran. Dann spüre ich die Wärme seiner Lippen, doch sie berühren mich nicht. Stattdessen höre ich seine raue Stimme: »Sag, wenn es zu viel wird.« Dann zieht er mich an sich. An diesem Kuss ist nichts mehr vorsichtig. Er erobert mich im Bruchteil einer Sekunde. Ich stehe in Flammen und beantworte das wilde Drängen seiner Zunge mit gleicher Leidenschaft. Es ist, als erinnere mein Körper sich und wolle sich holen, was er so lange vermisst hat: Josh. Ich rieche ihn, schmecke ihn, spüre seine warme Haut unter meinen Fingern. Langsam lasse ich eine Hand durch seine Locken gleiten. Wie ich das vermisst habe. Mein Denken setzt aus. Da sind nur noch seine Hände auf meiner Haut, sein Atem, der sich mit meinem vermischt. Mein Körper, der aus einem jahrelangen Tiefschlaf erwacht. Josh küssen ist wie atmen. Als hätte ich jahrelang mit zu wenig Sauerstoff gelebt und bekäme jetzt endlich genug davon. Ich will mehr, will ihn ganz nah spüren. Meine Hand greift nach dem Zipper seiner Jacke, als ich etwas Warmes und Feuchtes an meiner Wange spüre. Begleitet von eindeutig nichtmenschlichen Lauten.

Ich versuche zu ignorieren, was auch immer uns stört, doch es stupst hartnäckig gegen mein Gesicht. Es dauert einen Moment, bis ich verstehe, was da gerade passiert. Sanft löse ich mich von Josh und murmele: »Da bekommst du wohl Konkurrenz.«

Josh hebt den Kopf und schaut zu dem Störenfried. Neben uns steht sein Namensgenosse und stupst hartnäckig mit der Nase gegen meine Wange.

Josh wirft schwer atmend den Kopf in den Nacken und lacht. »Schlechtes Timing, Kleiner.«

Jetzt lache ich auch, und Joshis Gesicht schiebt sich zwischen unsere. »Sei froh, dass du so süß bist!« Dabei sehe ich zwar das Alpaka an, aber ich streiche weiter sanft über Joshs Rücken.

»Ich bin immer noch nicht sicher, ob ›süß‹ das Adjektiv ist, das mich beschreibt.« Joshis Kopf verdeckt Josh, aber der Humor in seiner Stimme löst einen Knoten nach dem anderen in meiner Brust. Josh und Mia. Es gibt wieder ein *wir*.

Josh steht auf und zieht mich mit sich. Noch völlig gefangen in meinen Gefühlen lasse ich es geschehen. Er haucht mir einen weiteren Kuss auf den Mund und streichelt dann Joshi. Auch die anderen Alpakas kommen in den Unterstand, und kurz darauf sehen wir den Grund. Ein kleiner Traktor nähert sich. Fütterungszeit.

Haben wir so lange geredet? Oder uns so lange geküsst? Um meine Verwirrung zu verbergen, vergrabe ich den Kopf in Joshis Hals, lasse dabei aber Josh nicht los. Ich habe zwar gesagt, dass ich es auf mich zukommen lassen will, aber eigentlich weiß ich, dass ich längst verloren habe. Ich bin auf dem besten Weg, mich noch einmal in Josh Schreiber zu verlieben.

27. Josh – Unsere neue Realität

Mia: *Stehe beim Bäcker und bin in zehn Minuten da. Du weißt ja, Earl Grey. Auch wenn ich lieber Kaffee hätte.*

Das mit dem Kaffee macht ihr am meisten zu schaffen. Ich finde ja, es macht keinen Unterschied fürs Stillen, ob sie Tee oder Kaffee trinkt, doch ich halte mich raus. Sie weiß am besten, was sie tut.

Lächelnd gehe ich in die Küche und decke den Tisch. Seit einer Woche verbringen wir jeden Tag miteinander. Sie schläft nicht mehr hier, aber sie kommt zum Frühstück und geht meist erst nach dem Abendessen wieder.

Das wirft mich zwar in meinem Renovierungsplan zurück, aber zur Not bezahle ich jemanden dafür. Die Zeit mit Mia und Paul ist nicht durch Geld aufzuwiegen.

Mir ist klar, dass wir schwierige Themen weiter umschiffen und irgendwann ein Gespräch über unsere Zukunft führen müssen, aber ganz sicher nicht heute. Heute habe ich eine Überraschung für sie und kann schon den ganzen Morgen nicht still sitzen. Ich habe bereits meine Joggingrunde hinter mich gebracht, die Möbel für den Sperrmüll auseinandergebaut und danach wieder aufgeräumt. Meine Mutter denkt sicher, dass ich spinne, weil ich schon seit fünf Uhr hier herumwurschtele.

Die Klingel bringt mich zurück in die Gegenwart. Ich öffne, und Mia drückt mir die Brötchentüte in die Hand. »Sorry, ich muss Paul anlegen. Meine Brüste platzen gleich.«

Dieser Satz lässt mich auf ihre Brüste starren. Die kann ich unter der Jacke nicht sehen, aber natürlich ist mir aufgefallen, wie sie im Moment aussehen, prall und wunderschön.

Sie drückt mir ihre Jacke in die andere Hand, und ich erhasche einen Blick auf zwei feuchte Flecken um ihre Nippel herum. Sofort läuft mein Kopfkino an. Mia mit nassem T-Shirt, das ihr am Körper klebt.

»Da sollte man doch meinen, dass es in zehntausend Jahren Zivilisation irgendwer geschafft hätte, auslaufsichere Stilleinlagen zu erfinden.«

Und schon explodiert das Bild in meinem Kopf in tausend Scherben. Das ist Pauls Essen, und diese Vorstellung hat nichts Erotisches. Ist auch besser so.

»Äh, ja okay. Mach du … und ich schmier dir ein Brötchen, ja?«

»Mit Marmelade. Himbeere. Und ein Ei.«

»Alles klar, kommt sofort.« Ich hänge ihre Jacke auf und folge ihr dann in die Küche.

Sie setzt sich, und sobald Paul zu saugen beginnt, macht sich ein erleichterter Ausdruck auf ihrem Gesicht breit. »Du glaubst gar nicht, wie erleichternd das ist.«

Ich nicke, weil ich keine Ahnung habe und es mir auch nicht im Geringsten vorstellen kann. Das tut sicher weh. Aber ich frage sie nicht, weil das ein Thema ist, über das ich mir lieber nicht zu viele Gedanken mache.

Stattdessen gehe ich zu ihr und halte ihr eine Brötchenhälfte vor den Mund. Sie beißt ab und schließt genüsslich die Augen. »Weißt du, dass du ein Schatz bist, Josh?«

»Klar«, antworte ich souverän, während in meinem Bauch irgendetwas explodiert und einen heftigen Endorphinstoß auslöst. »Und der Tag wird noch besser.«

»Noch besser?«

»Ja. Nach dem Frühstück gehen wir hierhin.« Ich drehe mich zur Küchentheke, um mein Handy zu holen. Das halte ich ihr unter die Nase.

Augenblicklich breitet sich ein Lächeln auf ihrem Gesicht aus. »Eine *Star-Wars*-Ausstellung?«

»Nicht irgendeine. Originalrequisiten, Kostüme und tonnenweise Fanzeugs.«

»Josh, das ist der Wahnsinn!« Paul regt sich in ihrem Arm, und sie wechselt die Brust. »Aber was ist mit Paul?«

»Was soll mit ihm sein? Wir nehmen den Kinderwagen und das Tragetuch mit und kümmern uns abwechselnd um ihm.« Ich setze mich wieder und schäle ihr Ei.

»Ich kann ihn aber nicht so lange im Tuch tragen und …«

»Ich nehme ihn ins Tuch.«

»Du?«

Mitten in der Bewegung halte ich inne. »Warum der ungläubige Ton? Ich habe das schon gemacht.«

»Weiß ich doch. Aber ich dachte nicht, dass du das in der Öffentlichkeit machen würdest.« Paul scheint fertig mit Trinken zu sein, denn sie nimmt ihn hoch und legt ihn gegen ihre Schulter.

Manchmal überrascht sie mich wirklich. »So gut solltest du mich aber kennen, oder?«

»Ja, wahrscheinlich. Ich vergesse es nur manchmal.«

»Was?« Ich stelle das Ei in ihren Eierbecher und beiße dann in mein Brötchen.

»Dass du der beste Mann bist, den ich mir wünschen könnte«, antwortet sie mit einer Ernsthaftigkeit, die mir schier den Boden unter den Füßen wegzieht.

Ich lasse die Hand mit dem Brötchen sinken, stehe auf und küsse sie aufs Haar. Mehr traue ich mich nicht. Wie so oft in letzter Zeit scheine ich genau das richtige Maß gefunden zu haben, denn sie lehnt sich nach hinten und lächelt mich von unten an. »Dann gehen wir heute diese Ausstellung besuchen.«

Sieben Stunden später sitzen wir völlig geschafft, aber glücklich in einem Café in Frankfurt und essen Kuchen. Oder vielmehr Mia isst, und ich halte Paul auf dem Arm. Sobald sie ihn gestillt hatte, ist er friedlich eingeschlafen und nicht mal aufgewacht, als sie ihn zu mir gegeben hat. Gerade läuft eine Gruppe ältere Damen an uns vorbei, und eine der Frauen bleibt neben mir stehen.

»Was für ein hübsches Bild Sie und Ihr Sohn abgeben, junger Mann. Ich finde es so schön, dass die jungen Väter von heute sich so sehr in die Kinderbetreuung einbinden.« Sie lächelt mich an, doch ihre Worte schnüren mir die Kehle zu. Ich weiß nicht, wie oft wir heute als *Familie* bezeichnet worden sind. Und mit jedem Mal sind zwei Dinge passiert. Die Wärme und der Stolz in mir wuchsen, und gleichzeitig legte sich eine Schlinge um mein Herz. Denn so gerne ich auch hätte, dass es wahr ist, so sehr stimmt es nicht. Wir sind keine Familie. Nicht, solange Mia mir nicht endgültig vertraut.

»Ja, das ist eine echte Erleichterung«, sagt Mia gerade. »So komme ich wenigstens zu meinem Stück Kuchen.«

Die Frau lächelt, nickt uns wohlwollend zu und geht dann ihren Freundinnen hinterher.

Weil ich nicht will, dass Mia sieht, wie aufgewühlt ich bin, scherze ich: »Du vertraust deinen Sohn also für ein Stück Kuchen einem Wildfremden an?«

»Es ist immerhin Käsesahnetorte. Man muss Prioritäten setzen.« Ein verschmitztes Grinsen erscheint auf ihrem Gesicht, und sie schiebt sich den letzten Bissen in den Mund. »Gib schon her. Dann kannst du auch deinen Kuchen essen.«

Ich schaue von Paul zu ihr und dann auf den Kuchen auf meinem Teller. »Weißt du, ich ziehe Paul jedem Kuchen vor.«

»Gut.« Sie lächelt und greift über den Tisch. »Dein Pech, mein Glück, oder?«

»Jup, sieht ganz so aus.«

Sie lässt sich seufzend in ihren Stuhl zurücksinken. »Ich

fürchte nur, dass ich dein Stück nicht mehr schaffe. Soll ich es einpacken lassen?«

Ich nicke.

»Josh?«

»Ja?«

»Du wärst ein großartiger Vater.«

Ich schließe die Augen, weil mir bei diesen Worten wirklich die Tränen kommen. Zur Antwort nicke ich und füge dann leise hinzu. »Danke. Das bedeutet mir viel.«

Auch sie nickt und beginnt dann, alles zusammenzupacken. Ich beruhige mich langsam wieder, und das inzwischen so gut bekannte Hochgefühl macht sich in mir breit. Es läuft gut zwischen uns. Und ich hoffe, das in den nächsten Wochen sogar noch toppen zu können.

***

»Ich ziehe zu dir!« Mit diesen Worten rauscht Mia, nebst Paul im Tragetuch, an mir vorbei.

»Äh …« *WAS?* »Hi, Mia, hi, Paul. Ihr seid hier immer willkommen.« Ich folge ihr ins Wohnzimmer, wo sie mit diesem wiegenden Gang auf und ab geht, den sie immer draufhat, wenn sie Paul beruhigen will. »Erzählst du mir, was los ist?«

»Meine Mutter ist los! Die dreht jetzt völlig durch.« Mia geht zum Sofa, entfernt mit geübtem Griff das Tragetuch und setzt sich mit dem Kleinen im Arm.

»Was hat sie diesmal getan?« Seit Mia vor vier Wochen das Krankenhaus verlassen hat, sind sie und ihre Mutter schon öfters aneinandergeraten. Aber so schlimm, dass sie ausziehen wollte, war es noch nie.

Ich gebe zu, bei dem Gedanken, Mia und Paul immer um mich zu haben, wird mir ganz warm ums Herz. Es wäre sicher ein Schritt in die richtige Richtung. Wir verbringen sowieso jede freie Minute miteinander. Gehen mit Paul spazieren, reden über Gott und die Welt, aber wir haben uns nicht noch einmal geküsst. Immer mal wieder eine zärtliche Geste, aber irgendetwas hält sie immer noch zurück, und ich will sie nicht drängen.

Dennoch habe ich Bedenken. Es bricht mir jetzt schon das Herz, wenn ich daran denke, dass ich sie vielleicht wieder verlassen muss. Oder niemals den Platz einnehmen kann, den ich gerne hätte.

»Sie hat einen Riesenterz gemacht, weil ich nächste Woche mit Paul einen Termin bei einer Tagesmutter habe.« Tränen steigen in Mias Augen. »Sie hat gesagt, ich sei eine Rabenmutter, weil ich mein Kind nach so kurzer Zeit in fremde Hände gebe.« Jetzt weint sie tatsächlich.

Ich gehe zu ihr, lege tröstend einen Arm um ihre Schultern und ziehe sie an mich. Es ist das erste Mal, dass ich das tue, seit wir uns geküsst haben. »Du bist keine Rabenmutter. Du hast ihr doch angeboten, sich nachmittags um Paul zu kümmern, wenn sie von der Arbeit zurück ist, oder?«

Ihr Kopf liegt jetzt an meiner Schulter, und ich ignoriere, was das in mir auslöst. »Natürlich habe ich das.« Sie schnieft. »Aber auch das findet sie nicht gut. Sie wirft mir vor, den Kleinen hin und her zu schieben. Er bräuchte eine feste Bezugsperson, sagt sie.« Jetzt richtet sie sich wieder auf, und mein Arm gleitet von ihrer Schulter. »Ich kann das nicht mehr, Josh. Ich bin völlig übermüdet, und sie weigert sich, mir zu helfen.« Sie äfft ihre Mutter perfekt nach: »Damit du gleich mal siehst, wie das ist, wenn du wieder arbeitest.«

»Und deshalb willst du hier einziehen?« Das wird eine Herausforderung für meinen Seelenfrieden. Trotzdem gefällt mir der Gedanke von Minute zu Minute besser. Wenn es ihr Wunsch ist, werde ich mich nicht wehren. Was ich will, weiß ich ganz genau: Mia und Paul. Ich habe noch volle vier Monate, um sie für mich zu gewinnen. Wenn sie hier wohnen, statt nebenan, steigert das meine Chancen enorm.

»Ist das okay für dich?« Sie sieht sich in dem fast fertig gestrichenen Wohnzimmer meiner Großeltern um. »Wenn ich dir nicht beim Renovieren im Weg bin …«

»Bist du nicht.«

»Es wäre ja auch nur so lange, bis ich etwas Eigenes gefunden habe.«

Oder bis ich wieder nach Hamburg gehe. Aber das sage ich nicht. »Dann ist es abgemacht. Ihr zieht hier ein.«

»Sofort?«

»Klar. Das Gästezimmer habe ich schon fertig. Wir müssen nur Pauls Sachen reinstellen, und du brauchst ein Bett und einen Schrank.«

»Gehst du mit mir einkaufen?« Sie zieht die Nase hoch und sieht zum Niederknien aus. »Jetzt?«

»Wenn es das ist, was du willst.«

»Das ist es.« Sie hebt den Kopf und lächelt mich an. »Wir wohnen ab heute zusammen.«

Ich glaube, sie hat keine Ahnung, was dieser Satz mir bedeutet. *Wir wohnen ab heute zusammen.* Das wünsche ich mir, seit ich denken kann. Mia und ich als Familie. Ich schaue zu Paul, und mein Herz zieht sich vor Liebe zusammen. Ich würde alles für dieses Kind tun. »Und wenn du wieder arbeiten gehst, kümmere ich mich um Paul, okay? So bräuchten wir vorläufig keine Tagesmutter.« Erst nachdem ich es ausgesprochen habe, merke ich, was ich gesagt habe: *wir.*

Außerdem bin ich mit diesem Angebot ziemlich weit vorgeprescht. Wir haben nie auch nur ansatzweise darüber gesprochen, dass ich Paul betreuen könnte. Mit angehaltenem Atem warte ich auf ihre Reaktion.

Ein Lächeln zieht über ihr Gesicht, verscheucht die Tränen und bringt mich dazu, wieder Luft in die Lungen zu saugen. »Josh und Mia gegen den Rest der Welt?«

»Immer.« Mehr bekomme ich nicht raus. Denn wenn ich

jetzt etwas sagen würde, müsste ich Dinge sagen, für die die Zeit noch nicht reif ist.

»Jetzt muss ich das nur noch meinen Eltern beibringen.«

»Du bist erwachsen und kannst wohnen, wo du willst.« Ich zucke mit den Schultern. »Und am Ende werden sie es verstehen. Du ziehst nur nach nebenan. Nicht ans andere Ende der Welt.«

»Abgemacht. Ich gehe rüber packen.« Sie steht auf, hält aber in der Bewegung inne und setzt sich wieder. »Kommst du mit, Josh? Ich will ihr jetzt nicht alleine gegenübertreten.«

Ich schaue zu der fast fertig gestrichenen Wand. »Ich mach das schnell noch, und dann bin ich ganz für dich da, okay?«

Sie nickt und lehnt sich entspannt in der Couch zurück. Ich mache, dass ich wieder an die Arbeit komme. Auf einmal geht sie mir viel leichter von der Hand. Paul und Mia werden hier wohnen. Ich werde sie um mich haben und Mia davon überzeugen, dass ich der Richtige für sie und ihren Sohn bin.

***

Ein wenig mulmig ist mir schon. Das ist das erste Mal seit Silvester, dass wir uns mit Ben treffen. Er und Adrian waren zwei Wochen in Urlaub auf Hawaii. Ich war überrascht, als Mia gefragt hat, ob ich Lust auf einen Spaziergang mit den beiden am Rhein hätte. Ich habe nichts gegen Ben, aber ich hätte gedacht, dass sie mit ihm alleine reden will. Zumal er noch nichts von unserem Zusammenwohnen weiß.

Ich hoffe, er bekommt das nicht in den falschen Hals. Denn inzwischen ist mir etwas klar geworden, woran ich vorher gar nicht gedacht hatte: Ben war bereit, Pauls Vater zu werden. Mit der Hochzeit hätte er vor dem Gesetz automatisch diese Rolle eingenommen. Das erklärt dann auch, warum es ihm nicht gefällt, dass ich diesen Platz jetzt übernehme.

Er hat sich meine Hochachtung verdient, weil er nicht darauf herumgeritten ist. Nicht vor Mia und auch nicht vor mir. Ich schätze, das gehört zu seinem ganz eigenen Loyalitätsbegriff. Ich habe mir fest vorgenommen, ihm dafür zu danken, wenn sich die Gelegenheit ergibt.

Sicher wird es ein schöner Nachmittag werden. Mia steht in der Küche und füllt warmes Wasser in eine Thermoskanne, damit wir Paul später das Fläschchen geben können. Da sie bald wieder arbeiten will, hat sie beschlossen, ab sofort nur noch morgens und abends zu stillen.

Ich packe Paul in seinen Winteranzug und höre ihr Telefon klingeln. »Tja Großer, da werden wir wohl noch ein wenig warten müssen, bis sie fertig telefoniert hat.«

Doch sie erscheint bereits eine Minute später im Türrahmen. »Können wir?«

»Wer war das?« Sie ist selten so schnell fertig mit Telefonieren.

»Nichts Wichtiges. Lass uns gehen, sonst kommen wir noch zu spät.« Ohne uns eines weiteren Blickes zu würdigen, geht sie nach draußen.

Irgendetwas stimmt nicht. Sie ist schon den ganzen Vormittag so angespannt. Ich habe gedacht, dass es damit zusammenhängt, dass wir Ben treffen. Aber der Anruf eben scheint es schlimmer gemacht zu haben.

Aus Erfahrung weiß ich allerdings, dass es nichts bringt, sie zu drängen. Sobald sie bereit ist, wird sie schon damit rausrücken, was los ist.

Ich folge ihr und schnalle die Babyschale auf dem Rücksitz fest, bevor ich mich ans Steuer setze. Sie ist schon wieder mit ihrem Handy beschäftigt und beachtet mich gar nicht. Also fahre ich los und stelle das Radio an. Offensichtlich hat sie keine Lust zu reden.

Sie tippt die ganze Fahrt über, und ich muss zugeben, dass mich das so langsam kirre macht. Was gibt es denn Wichtiges? Was verschweigt sie mir? »Ist das Ben?«, frage ich schließlich.

»Nein, Lennart.«

Lennart? Soll das etwa heißen, sie redet wieder mit dem Mistkerl? Seit seinem Anruf an Neujahr hat er sich nicht mehr gemeldet. Oder hat sie mir nur nichts davon erzählt?

In meiner Brust erwacht ein wildes Tier. Im Grunde bin ich kein eifersüchtiger Mensch – außer, wenn es um Mia geht. Und dieser Lennart hat bei mir auf ganzer Linie verschissen. Der kann nur hoffen, dass wir uns nie begegnen.

»Lennart?« Ich schaffe es nicht, meine Abneigung zu verbergen.

»Nicht wichtig.« Sie macht eine wegwerfende Handbewegung. »Damit beschäftigen wir uns, wenn es so weit ist.«

Nicht sicher, ob mir diese Antwort gefällt, beschließe ich, erstmal nichts zu sagen, und suche einen Parkplatz. Mia klingelt kurz bei Ben und Adrian durch. Bis wir den Kinderwagen aufgebaut und Paul sicher darin verstaut haben, sind sie da.

Ben wirft einen flüchtigen Blick auf Paul und begrüßt dann Mia mit einer Umarmung. Mir nickt er kurz zu. Adrian gibt Mia Küsschen links und rechts und umarmt mich, was Ben mit einem Augenrollen quittiert.

»Also dann, wollen wir?« Mia deutet Richtung Rheinpromenade, und wir setzen uns in Bewegung. Keine Ahnung, wie es dazu kommt, aber bereits nach wenigen Metern fallen Ben und ich ein kleines Stück hinter den anderen zurück.

»Wie war euer Urlaub?«, frage ich, weil ich keine Ahnung habe, wie ich das Gespräch beginnen soll.

»Gut. Heiß. Aber tolle Wellen.«

Bens Vorliebe fürs Surfen ist etwas, das ich nie verstanden habe. »Surft Adrian auch?«

»Er lernt es.« Ben zwinkert mir zu. »Und bei euch?«

Hat er wirklich »euch« gesagt? Ja, hat er wohl. »Du hast also nichts mehr dagegen, dass es ein ›uns‹ gibt?«

Es dauert einen Moment, bis er darauf antwortet. Seufzend kratzt er sich am Kinn. »Wie gesagt: Das war unvermeidlich. Egal, was sie sagt. Von dem Moment, als du aufgetaucht bist, war klar, wie die Sache ausgeht. Seid ihr schon offiziell wieder ein Paar?«

Ich achte genau auf seine Stimmlage, kann jedoch nicht erkennen, was er denkt. Aber er hat die Wahrheit verdient. »Nein.«

Er nickt und schaut versonnen zu Mia.

»Aber sie ist gestern bei mir eingezogen.«

Diese Eröffnung ist wohl doch ein wenig zu viel des Guten, denn Ben bleibt stehen und packt mich am Arm. »Was?«

Ich stoppe ebenfalls und sehe ihm bei den nächsten Worten in die Augen. Er soll sehen, wie ernst es mir ist. »Sie streitet ständig mit ihren Eltern. Besonders mit ihrer Mutter. Und da hat sie gefragt, ob sie bei mir einziehen kann.«

»Dann hast du einen Plan, wie das mit euch weitergehen soll?«

»Ich arbeite daran.« Das stimmt. Die letzten Tage habe ich damit verbracht, mich nach Alternativen umzusehen. Alternativen zu meinem Job in Hamburg. Doch das ist alles noch zu unausgegoren, um darüber zu sprechen.

»Immerhin.« Er deutet zu Adrian und Mia, die inzwischen gut hundert Meter vor uns gehen. »Beeilen wir uns, bevor wir sie verlieren.«

Diesmal halte ich ihn am Arm zurück. »Eine Sache noch: Ich wollte dir Paul nicht wegnehmen.«

Kurz kann ich sehen, wie er die Zähne aufeinanderbeißt, dann nickt er einmal. »Ich weiß.« Er klopft mir auf die Schulter. »Lass uns zu ihnen gehen.«

Gerade als wir uns in Bewegung setzen, spricht ein Mann Mia an. Adrian und sie bleiben stehen und unterhalten sich kurz. Dann nimmt Mia Paul aus dem Kinderwagen und geht mit ihm zu dem Fremden.

»Das kann doch nicht …« Ben ballt die Fäuste und schüttelt den Kopf.

»Wer ist das?«, frage ich. Obwohl ich die Antwort eigentlich schon kenne.

Und leider bestätigt Ben meinen Verdacht. »Das ist Lennart.«

28. Mia – Drei sind einer zu viel

Lennart hält sich an die Abmachung. Wenigstens das klappt. Unauffällig schaue ich mich nach Josh und Ben um. Sie stehen bestimmt hundert Meter entfernt und unterhalten sich. Ich hätte sie zwar bei der Begegnung mit Lennart gerne in meiner unmittelbaren Umgebung gehabt, aber man kann nicht alles haben. Sie werden schon kommen. Und vorerst ist ja Adrian bei mir.

»Hallo, Mia.« Lennart nickt mir zu und fixiert dann Adrian. »Ist das dein Neuer?« Sein ätzender Tonfall lässt mich zweifeln, ob das hier eine gute Idee ist.

»Das geht dich gar nichts an. Du bist hier, um Paul kennenzulernen.« Um ihn nicht ansehen zu müssen, beuge ich mich über den Kinderwagen und hole Paul unter den dicken Decken hervor.

»Hätte mich auch gewundert. Der sieht nicht aus, als würde er auf Frauen stehen.«

Ich schließe die Augen und atme mehrmals tief durch. Zum Glück ist Adrian ein ruhiger Mensch. Er hebt nur eine Braue, sagt jedoch nichts.

Diese Seite an Lennart habe ich nie gemocht. Er ist nicht militant homophob, aber er kann mit gleichgeschlechtlichen Beziehungen nicht umgehen. Wie schon so oft schweige ich zu diesem Thema, um Streit zu verhindern. Doch mein sowieso schon schneller Pulsschlag beschleunigt sich noch einmal, und mir ist alles andere als wohl, als ich Paul auf den Arm nehme. *Du kannst das, Mia.* Er hat ein Recht, ihn zu sehen. Langsam und darauf bedacht, ruhig zu atmen, gehe ich die paar Schritte zu Lennart hinüber. »Darf ich vorstellen, Paul: dein Erzeuger.«

Aus dem Augenwinkel sehe ich Josh und Ben schnell näher kommen. Lennart sieht inzwischen zu meinem Sohn hinab. Seine Miene zeigt keine Regung. Bereits nach wenigen Sekunden wendet er den Blick ab und schaut mich an. »Warum Paul?«

Das ist seine erste Frage? Nicht zum ersten Mal in den letzten Monaten frage ich mich, was ich eigentlich an diesem Mann gefunden habe. War er schon immer so ein emotionaler Legastheniker? »Es gibt keinen besonderen Grund. Paul gefällt mir.«

Er verzieht abschätzig das Gesicht. »Jedes dritte Kind heißt Paul.«

Ich will gerade zu einer Antwort ansetzen, als ich eine Hand um meine Hüfte spüre. Ich rieche Joshs Aftershave und habe das Gefühl, als würde mein Herzschlag sich ein wenig beruhigen. Ben tritt an meine andere Seite, und ich gewinne meine Ruhe zurück. Meine Jungs sind da.

Lennart mustert die beiden mit ausdruckslosem Gesicht. Dann deutet er auf Josh. »Das ist also dein Neuer.« Er schnaubt abfällig. »Wusste gar nicht, dass du auf den Typ ›armer Student‹ stehst.«

War ja klar. Lennart ist Investmentbanker und sieht auch so aus. Selbst heute trägt er einen Anzug und einen teuren Wollmantel. Joshs Kleidungsstil hat sich seit seiner Jugend nicht verändert: Die abgetragenen Jeans, braunen Arbeiterstiefel und die Daunenjacke hätte er auch vor zehn Jahren schon getragen.

Zu meiner Überraschung ist es Ben, der darauf antwortet. »Hast du nicht das Recht verspielt, über sie zu urteilen?«

Lennart schüttelt den Kopf. »Und du? Wollte sie dich nicht heiraten?« Er deutet auf sich, Ben und dann Josh. »Zwei

Ex-Freunde und der Neue. Das muss dir erstmal einer nachmachen.«

Joshs Hand krallt sich in meine Hüfte. Er steht kurz vorm Explodieren. Bevor er auf dumme Gedanken kommt, drücke ich ihm Paul in die Arme. »Nimmst du ihn kurz, Josh?«

Er nickt, lässt aber Lennart nicht aus den Augen.

Der reagiert natürlich sofort. »Doch nicht etwa *der* Josh? Der Junkie, der dich abserviert hat? Dem vertraust du *mein* Kind an?«

Das geht eindeutig zu weit. Ich packe Lennart am Arm und ziehe ihn ein paar Schritte zur Seite. »Was willst du, Lennart? Ich habe diesem Treffen zugestimmt, weil du deinen Sohn sehen wolltest. Aber wenn du nur hier bis, um meine Freunde zu beleidigen, brechen wir das ab.«

Er setzt zu einer Antwort an, besinnt sich dann jedoch eines Besseren und atmet mehrmals tief durch. »Ich kann das nicht, Mia.«

»Was kannst du nicht?«

»Diese Vatersache. Ich habe mir gesagt, dass sich das bestimmt ändert, wenn ich meinen Sohn sehe, aber …« Er schüttelt den Kopf. »Da ist gar nichts.«

»Dann willst du also kein Sorgerecht?«

»Nein«, antwortet er mit einer abwehrenden Handbewegung. »Ich werde mich nicht vor der Verantwortung drücken. Ich zahle meinen Unterhalt, aber mehr nicht.« Jetzt deutet er auf Josh, Ben und Adrian, die Paul wieder in den Kinderwagen gelegt haben und feindselig zu uns herüberstarren. »Er hat genug Männer in seinem Leben. Auch wenn zwei warme Brüder und ein Junkie nicht der Umgang sind, den ich mir für meinen Sohn wünsche.« Ich will etwas erwidern, doch er lässt mich nicht. »Das ist deine Sache. Du bist eine kluge Frau, und ich setze darauf, dass du die richtigen Entscheidungen triffst.« Er streckt mir die Hand entgegen. »Für uns war es das an dieser Stelle.«

Völlig überrumpelt von seinen Worten reiche ich ihm die Hand. »Das war's?«

»Das war's. Ich wünsche dir ein schönes Leben.« Ohne sich noch einmal umzudrehen, geht er davon.

Ich habe keine Ahnung, was ich von diesem Auftritt halten soll, und starre ihm einfach nur nach. Wieder erscheint Josh an meiner Seite. »Er geht?«

»Ja. Er will das Sorgerecht nicht und auch keinen Umgang mit Paul.« Ich kann nicht verhindern, dass sich meine Augen mit Tränen füllen. Ob aus Trauer oder aus Freude, weiß ich nicht genau. Ein wenig von beidem wahrscheinlich.

Ich sehe zu Josh und lasse die Tränen einfach laufen. Sofort nimmt er mich in den Arm und streicht mir über den Rücken. Ich spüre seine Küsse in meinem Haar und höre ihn irgendetwas murmeln. Im Moment bin ich einfach nur froh, dass er da ist.

Keine Ahnung, wie lange wir so dastehen, aber irgendwann löse ich mich von ihm. »Tut mir leid.«

Er hält mich immer noch an beiden Armen und legt den Kopf ein wenig schief, damit er mir in die Augen sehen kann. »Was?«

»Dass ich geweint habe. Dass ich dir nicht gesagt habe, wen wir hier treffen.«

»Warum hast du nichts gesagt?«

Ich beiße mir auf die Unterlippe. »Weil du versucht hättest, es mir auszureden.«

»Da kannst du Gift drauf nehmen.« Aus irgendeinem Grund bringen mich seine ernst ausgesprochenen Worte zum Lächeln.

»Aber er hat ein Recht, seinen Sohn zu sehen.« Das hat Josh schließlich selbst gesagt.

Er zieht mich noch einmal in eine Umarmung und murmelt: »Ja, das hat er, aber er verzichtet freiwillig darauf. Also lass uns nicht mehr darüber reden, okay?«

»Ja.« Ich atmete tief durch und mache mich dann von Josh los. »Wir sollten wieder zu Ben und Adrian.«

»Das sollten wir.« Doch er hält mich noch einmal zurück. »Danke, dass du mir vertraust.«

Was soll ich darauf erwidern? Sein ernster Blick trifft mich völlig unvorbereitet mitten ins Herz. »Kein Ding.«

»Doch, das ist es. Auch wenn ich Lennart nicht leiden kann, stimme ich ihm doch in einer Sache zu: Ich bin ein Ex-Junkie, und es ist nicht selbstverständlich, dass du mir Paul anvertraust.«

Ich zögere keine Sekunde mit meiner Antwort: »Jeder hat eine zweite Chance verdient. Und wir beide waren schon immer etwas Besonderes. Aber …« Dieses *Aber* fällt mir verdammt schwer. Besonders, weil Josh mir inzwischen wieder so viel bedeutet. »Aber, wenn ich nur einmal sehe, wie du irgendwelche Drogen nimmst oder dich in Pauls Gegenwart betrinkst, bist du raus aus meinem Leben.«

Er antwortet nicht sofort, und ich kann sehen, wie es hinter seiner Stirn arbeitet. Gut. Das heißt, er macht mir keine leichtfertigen Versprechen. Schließlich nickt er. »Das ist fair.«

Auch ich nicke, und es fühlt sich fast wie ein Pakt an.

29. Josh – Valentin fällt ins Wasser

Heute ist Valentinstag. Ich liege noch im Bett und male mir aus, wie dieser Tag verlaufen soll. Wir wollen zu den Alpakas, und heute Abend habe ich eine Überraschung für Mia: Wir gehen essen. Meine Mutter hat sich bereit erklärt, für ein paar Stunden auf Paul aufzupassen. Der Plan ist, Mia mit einem richtigen Date zu überraschen. So etwas haben wir nie gemacht. Früher nicht und heute schon gar nicht. Damals hat sie oft davon geredet, dass wir mal richtig daten müssten. Mit essen gehen, danach in einen Klub und die Nacht durchtanzen.

Nun, die ganze Nacht werden wir nicht durchtanzen, aber essen und ein, zwei Stunden Klub werden wohl drin sein.

Pauls Weinen bringt mich dazu, aufzustehen. Ich schlüpfe in eine Jogginghose und will in sein Zimmer gehen. Doch schon auf halbem Weg kommt mir Mia entgegen. »Josh, er ist ganz warm!« Ihre Stimme überschlägt sich fast.

Vorsichtig fasse ich an Pauls Stirn. Sie hat recht. Er ist wärmer als sonst. »Hast du Fieber gemessen?«

Sie schüttelt den Kopf und rennt panisch zum Wickeltisch. »Warum bin ich da nicht selbst drauf gekommen?«

»Weil es früh am Morgen ist und du die Nacht mindestens dreimal von ihm geweckt worden bist?«

Sie antwortet nicht, sondern zieht Paul aus. Ich hole währenddessen das Thermometer aus der Schublade.

»Was machen wir, wenn es etwas Schlimmes ist?« Weil ich sehe, dass sie kurz vor einem Nervenzusammenbruch steht, schiebe ich sie kurzerhand zur Seite und übernehme das Fiebermessen.

»Messen wir erstmal und überlegen dann, was wir machen, okay?« Ich werfe ihr einen kurzen, hoffentlich beruhigenden Blick zu und sehe sie nicken. »Alles klar.«

Die Zeit, bis das Thermometer piepst, scheint endlos. Zu meinem Leidwesen springt Mias Ungeduld auf mich über. Sie knetet die Hände und kaut auf ihrer Unterlippe herum. In Gedanken gehe ich durch, was die Ärzte gesagt haben. Wenn etwas ist, immer zum Arzt. Also werden wir wohl zum Kinderarzt müssen. Falls Paul Fieber hat. Was wahrscheinlich nicht so ist. Der leise Piepston lässt uns beide zusammenzucken.

»37,9.« Jetzt ist die Panik in ihrer Stimme überdeutlich. »Das ist zu hoch.«

Das weiß ich auch. In einem von Mias Ratgebern steht, dass man mit so jungen Babys bei mehr als 37,6 zum Arzt gehen sollte. »Ja. Wir müssen zum Kinderarzt. Hast du ihn schon gestillt?«

Mia schüttelt den Kopf.

»Dann wickle ich ihn, du ziehst dich an und stillst ihn. Währenddessen rufe ich beim Arzt an und packe die Wickeltasche. Okay?«

Ihr Blick ist tränenverschleiert, und sie bewegt sich nicht.

Und weil es mir das Herz bricht, sage ich: »Mia, es wird alles gut.«

»Das ist es nicht.« Sie atmet zittrig ein und aus. »Ich musste nur gerade dran denken, wie froh ich bin, dass du da bist.«

Sie ist der einzige Mensch, der es schafft, mein Herz in einer Sekunde zu brechen, es dann wieder zusammenzusetzen und zum Überlaufen zu bringen. Weil alles, was ich darauf sagen kann, zu emotional wäre, schenke ich ihr ein Lächeln. »Zieh dich an.«

Sie streicht mir kurz über den Arm und nickt. Dann ist sie verschwunden. Ich widme mich Paul. »Was machst du für Sachen, kleiner Mann? Uns so einen Schrecken einzujagen.«

Er schaut mich aus seinen großen Augen an. Sie werden langsam dunkler. Das Blau weicht Mias Braun. Als Antwort auf meine Frage niest er dreimal und atmet verschnupft ein. »Du bist erkältet. Das erklärt zumindest das Fieber.« So eine Erkältung ist nicht schön, aber hoffentlich nicht lebensgefährlich. Wenn es wirklich nur das ist. Ich wickle ihn und suche einen neuen Strampler heraus. Dann nehme ich Paul auf den Arm und bringe ihn zu Mia ins Wohnzimmer. Sie läuft ziellos auf und ab, dreht sich aber sofort um, als sie uns kommen hört. »Paul ist erkältet.«

Sie nickt und nimmt ihn entgegen. »Das klang schon heute Nacht so.«

»Okay, dann wissen wir ja, wo das Fieber herkommt. Eine Erkältung ist bestimmt nicht schlimm. Ich rufe dann mal den Arzt an.« Keine Ahnung, ob meine Worte sie beruhigen. Ich kann es nur hoffen.

Das Gespräch ist kurz. Wir sollen so bald wie möglich vorbeikommen. Also packe ich die Tasche. Der Kinderarzt ist nicht weit weg, daher gehen wir zu Fuß. Dabei reden wir nicht viel, aber die frische Luft und die Bewegung beruhigen Mia ein wenig.

Tatsächlich ist alles noch weniger schlimm als gedacht. Der Arzt verschreibt uns Fieberzäpfchen, die wir aber nur geben sollen, falls die Temperatur steigt oder er in der Nacht nicht schlafen kann. Außerdem sollen wir Muttermilch als Nasentropfen benutzen und Majoranbutter mixen, von der wir ihm ein wenig unter die Nase schmieren sollen.

Auf dem Rückweg ist Mia deutlich entspannter und lächelt sogar wieder. Doch unser Tag entwickelt sich nicht gut. Paul ist extrem anhänglich und will die ganze Zeit getragen werden. Er schläft nie länger als eine halbe Stunde und will ständig die Brust.

Meine Mutter hat ihre Hilfe angeboten, aber sie kann nichts machen. Paul will nur seine Mama. Bei mir bleibt er ein paar Minuten, wird jedoch schnell quengelig. Schließlich ziehe ich die Couch im Wohnzimmer aus, wir kuscheln uns zu dritt darauf und schalten den Fernseher ein. Es läuft *King of Queens*. Das haben wir früher oft zusammen geschaut. Unseren Besuch bei den Alpakas und das Abendessen habe ich abgesagt. Völlig unmöglich. Aber das macht nichts. Pauls Gesundheit ist wichtiger.

Er ist gerade mal wieder in Mias Armen eingeschlafen, und auch sie döst. Ich versinke völlig in dem Anblick und versuche die Gefühle zu erkunden, die in mir toben. Doch in meinem Kopf läuft alles wild durcheinander. Mia und ich als Kinder, als Jugendliche, als Paar. Ihr Gesicht, als sie aus meiner Wohnung geflohen ist. Die letzten Wochen. Alles in mir schreit: Das ist Liebe. So viel, dass ich nicht damit umgehen kann. Ich werde unruhig, muss irgendetwas tun. Also stehe ich auf, stretche mich ein wenig und mache dann Situps, Liegestützen und mehr, bis ich schweißüberströmt bin. Die schmerzenden Muskeln helfen. Mia und Paul schlafen immer noch, also springe ich schnell unter die Dusche.

Als ich zurück ins Wohnzimmer komme, habe ich mich wieder halbwegs unter Kontrolle. Auch wenn Mias Anblick immer noch an mir nagt. Sie ist wach und stillt Paul. Weil er mit der verstopften Nase nie viel auf einmal trinken kann, ist er dauerhungrig.

»Meinst du, du kannst ihn kurz beruhigen? Dann gehe ich auch duschen. Ich glaube, das würde mir guttun.«

»Klar. Das bekomme ich hin.« Ich deute auf den Fernseher. »Soll ich dir was anderes anmachen?«

Sie schüttelt den Kopf und nickt dann. »Können wir *Krieg der Sterne* schauen, wenn ich wieder da bin?«

Das ist mein Mädchen. »Klar.« Ich zwinkere ihr zu und mache mich daran, den Film irgendwo aufzutreiben.

30. Mia – Das kann er mir nicht antun

Wir haben Ende März, und so langsam wird es wärmer draußen. Das heißt aber leider auch, dass ich mich nicht mehr unter weiten Schlabberpullis verstecken kann oder will. Da mir meine alten Sachen noch nicht wieder richtig passen, müssen wohl ein paar neue Klamotten her. Schließlich beginne ich nächste Woche wieder zu arbeiten. Vorläufig nur zwei Tage die Woche, aber auch da möchte ich nicht aussehen wie jemand, der sich keine passende Garderobe leisten kann.

Und was gibt es Schöneres, als mit der besten Freundin einen Einkaufsbummel zu machen? Noch besser, wenn man das endlich mal wieder alleine tun kann. Ich liebe Paul, aber es ist auch ein unbeschreibliches Gefühl, mal einen Nachmittag *frei* zu sein. Da ich ihn nur noch morgens und abends stille, ist das kein Problem.

Sarah wohnt inzwischen in der Innenstadt, daher treffen wir uns am Schillerplatz. Ich kann sie bereits von der Bahn aus sehen und fühle mich rundum glücklich. In meinem Leben hat sich alles zum Guten gewendet. Lennart ist endgültig verschwunden, Ben ist glücklich mit Adrian, versteht sich wieder mit Josh und … Das ist der einzige Punkt, über den ich nicht bereit bin, nachzudenken. Die Sache mit Josh und mir läuft so unglaublich gut, dass ich bei jedem Gedanken daran Angst habe, es zu zerstören. In wenigen Wochen wird er gehen, und dann … Keine Ahnung, was dann ist.

Die Bahn hält, und ich schiebe den Gedanken an Josh beiseite. Die schönen Dinge genießen. Vor nicht mal einer Minute war ich noch überglücklich. Ich versuche, dieses Gefühl zurückzuholen. Sarahs weit geöffnete Arme und ihr Grinsen helfen. Dieser Tag gehört uns beiden. Trübe Gedanken sind nicht erlaubt.

***

Drei Stunden später sitzen wir zufrieden in einem Café, um uns herum jede Menge Einkaufstaschen. Die Kellnerin bringt gerade meinen Caffè Latte, den ich mir erlaube, weil ich Paul erst zum Einschlafen wieder stillen werde. Bis dahin sind es noch fast fünf Stunden.

»Was geht dir durch den Kopf, Süße? Du lächelst schon den ganzen Tag.«

Wohlig seufzend nippe ich an meinem Kaffee. »Ich bin glücklich. Ich sitze hier mit meiner besten Freundin, habe endlich wieder passende Klamotten, die mir gefallen, und ich kann wieder Kaffee trinken. Was will man mehr?«

»Klingt ziemlich gut, oder?« Auch Sarah nippt an ihrem Kaffee, sieht aber alles andere als glücklich aus. Wenn ich es recht bedenke, ist sie schon den ganzen Nachmittag ein wenig schweigsam. Ich habe es nicht bemerkt, weil es mir einfach zu gut ging. Jetzt kann ich es allerdings nicht mehr ignorieren.

»Spuck es aus. Was beschäftigt dich?«

Sarah verzieht das Gesicht und schließt für einen Moment die Augen.

Diese Geste sorgt dafür, dass sich in meinem Brustkorb alles zusammenzieht. Ich kenne sie gut genug, um zu wissen, dass das, was jetzt kommt, mir nicht gefallen wird. »So schlimm?«

Sie öffnet die Augen wieder und lächelt schwach. »Ich hoffe nicht.«

Ich richte mich gerade in meinem Stuhl auf und atme mehrmals tief durch. Panik breitet sich in meinem Bauch aus, obwohl ich nicht mal weiß, was sie zu sagen hat. »Was ist los?«

Sie schluckt. »Es geht um Josh.«

Mit einem lauten *Peng!* zerspringt meine rosa Glücksseifenblase. Durch zwei, drei tiefe Atemzüge versuche ich, wenigstens äußerlich die Ruhe zu bewahren.

»Was ist mit ihm?« Gut, meine Stimme zittert nur ein ganz klein wenig.

»Hast du … also, sind dir in letzter Zeit irgendwelche Veränderungen an ihm aufgefallen?«

Diese Frage kann ich aus tiefstem Herzen beantworten: »Nein. Er ist wie immer.« Aufmerksam, liebevoll und wie ein Vater für Paul.

»Bist du sicher?«

Was soll das? »Sarah, wenn irgendetwas los ist, dann sag es! Gerade, wenn es um Josh geht.«

Sie nickt und holt tief Luft. »Ich habe ihn gesehen. In Frankfurt in der Taunusstraße.«

Mein Herz wummert fester in meiner Brust. »Und?«, frage ich provozierend. Natürlich weiß ich, dass das der Hauptumschlagplatz für Drogen in Frankfurt ist. Aber das hat noch nichts zu bedeuten. »Du warst schließlich auch da, wenn du ihn gesehen hast.«

Sarahs Brauen fliegen in die Höhe. »Du weißt, dass ich dort jeden Tag entlanglaufe, um zur Arbeit zu kommen. Josh nicht.«

»Aber er kann genauso gut auf dem Weg irgendwohin gewesen sein. Menschen laufen durch die Taunusstraße, ohne Drogen zu kaufen.« Meine Stimme ist zu laut und zu aggressiv.

»Ja, das tun sie. Aber ich habe ihn nicht nur einmal gesehen.« Sie beißt sich auf die Lippen, und mir wird klar, dass da noch mehr ist.

»Was noch?«

Sie schüttelt den Kopf, und ich sehe Tränen in ihren Augen. *Verdammt!* Dieses Treffen entwickelt sich gerade zu einem Albtraum.

»Was hast du noch gesehen?« Meine Stimme klingt jetzt ruhig. Viel zu ruhig.

»Er hat sich mit jemandem gestritten, und dann habe ich gesehen, wie …«, sie zögert kurz, spricht dann aber weiter. »Er hat eine Spritze und ein Tütchen eingesteckt und ist in einer Seitenstraße verschwunden. Da, wo sie … also, da geht man nicht hin, wenn man nicht …«

Sie muss nicht weitersprechen, ich verstehe auch so. Mein Atem beschleunigt sich, und ich kann nichts dagegen tun. Ich hätte den Kaffee nicht trinken sollen. Das Koffein macht alles nur noch schlimmer. Fieberhaft überlege ich, ob ich eine Veränderung an seinem Verhalten übersehen habe.

Verdammt, ja, das habe ich. Dienstag und Donnerstag, wenn ich mit Paul nachmittags vom PEKiP und Babyschwimmen zurückkomme, ist er meistens nicht da. Manchmal kommt er erst spätabends zurück. Ich habe mir keine Gedanken darüber gemacht. Wir sind einander keine Rechenschaft schuldig.

Mir wäre allerdings auch nicht aufgefallen, dass er an diesen Abenden anders ist. Allerdings … das stimmt nicht so ganz. Ich merke, dass meine Fingernägel kleine Mulden in meine Handfläche drücken. Es kostet mich große Mühe, die Finger wieder zu öffnen.

»Als er gestern heimkam«, beginne ich langsam zu sprechen, »hat er mich nicht angesehen und ist gleich in seinem Zimmer verschwunden. Als ich gefragt habe, was los ist, meinte er nur, es ginge ihm nicht gut.« Meine Stimme bricht, und ich kann nichts dagegen tun. In meinem Kopf hämmert nur ein Gedanke: Das kann er mir nicht noch mal antun!

Und dann setzt mein Herzschlag für einen Moment aus.

»Ich muss zu Paul!« Hektisch beginne ich, meine Sachen zusammenzupacken.

»Was machst du?«

»Ist das nicht offensichtlich? Wenn das, was du sagst, stimmt, dann wird mein Sohn gerade von einem rückfälligen Drogensüchtigen betreut. Ich muss sofort los.«

Sarahs Hand legt sich auf meinen Arm. »Vielleicht ist ja alles nur halb so schlimm. Rede mit ihm. Frag ihn, was das zu bedeuten hat.«

»Damit er mich wieder anlügt?« Ich schüttle vehement den Kopf und schiebe ihre Hand weg. »Das mache ich nicht noch einmal mit. Du kannst dich vielleicht nicht erinnern oder ich habe dir nicht alles erzählt, aber das haben Josh und ich alles schon mal durch. Ich frage, er lügt, und ich glaube ihm. Aber diesmal nicht.« Mein Blick irrt über den Tisch und die Taschen. In Windeseile packe ich meine Sachen zusammen.

»Was hast du vor?«

Gute Frage. »Ich weiß es nicht. Erstmal dafür sorgen, dass er nicht mit Paul alleine ist. Und ihn beobachten. Wenn es stimmt, was du sagst, bekomme ich das mit, und dann gnade ihm Gott …«

»Also siehst du eine Chance, dass sich die Sache anders erklären lässt?«

Seufzend zucke ich mit den Schultern. »Ich habe ihm wirklich vertraut. Er ist so fürsorglich und kümmert sich rührend um Paul. Man merkt gar nicht, dass Josh nicht der Vater ist. Und er war jahrelang clean. Warum sollte er …« Ich breche ab, weil ich mich viel zu wenig mit der Thematik auskenne. Wer weiß schon, ob es einen Grund braucht, rückfällig zu werden.

Karins Worte kommen mir in den Sinn: »Ich habe Angst, was er tut, wenn du seine Hoffnung zunichtemachst.«

Habe ich das getan? Hat mein Verhalten das ausgelöst? Keine Ahnung. Aber ich weiß, dass ich zu Paul zurückmuss.

Ohne Vorwarnung zieht mich Sarah in eine Umarmung. »Ich bin immer für dich da, das weißt du, oder?«

Plötzlich kommt mir eine Idee. »Kann ich heute mit Paul bei dir übernachten? Das würde keinen Verdacht erregen, und ich hätte Zeit, über alles nachzudenken.«

»Natürlich, Süße. Soll ich mitfahren, um deine Sachen zu holen?«

***

Quälende vierzig Minuten später erreichen wir die Wohnung. Mir fällt einmal der Schlüssel aus der Hand, bis ich es endlich schaffe, die Tür zu öffnen. Achtlos lasse ich die Taschen fallen und suche nach Paul. Er ist weder in seinem Bett noch sonst irgendwo in der Wohnung. Auch von Josh keine Spur.

Vor meinem inneren Auge entwickelt sich eine Horrorvision von Josh, der zugedröhnt in einer finsteren Gasse liegt, während Paul sich im Kinderwagen daneben die Seele aus dem Leib schreit. Hinter mir geht die Wohnungstür auf, und ich höre Pauls vergnügtes Quäken. Sekundenschnell bin ich bei ihm und reiße ihn Josh förmlich aus dem Arm.

»Hey«, lächelt er, »da hat aber jemand sein Kind vermisst.«

Ich sehe ihm in die Augen und suche unweigerlich nach Anzeichen. Sind die Pupillen geweitet? Hat er dunkle Ringe unter den Augen?

Ich drehe hier noch durch. Zum Glück kommt mir Sarah zur Hilfe. »Hey, Josh. Ich werde dir Mia heute entführen. Wir hatten so einen schönen Nachmittag, dass Mia und Paul heute bei mir übernachten.«

Ich drücke meinen Sohn eng an mich und beobachte Joshs Reaktion genau. Sehe ich da Erleichterung in seinem Blick?

»Okay, das passt ganz gut. Ich muss nämlich dringend noch was erledigen. Und mein Gewissen ist nur halb so schlecht, wenn ich meine beiden Lieblingsmenschen in guter

Gesellschaft weiß.« Er geht an mir vorbei, haucht Paul einen Kuss auf das Köpfchen und verschwindet in seinem Zimmer.

Mein Herzschlag hat sich gerade verdreifacht. Wenn ich das richtig sehe, ist er erleichtert, dass ich heute Abend nicht da sein werde. Warum? Sturmfreie Bude? Oder weil er nach Frankfurt fahren kann und die ganze Nacht …

»Wir packen eure Sachen zusammen, komm.« Mit sanfter Gewalt schiebt mich Sarah in mein Zimmer und beginnt, Schubladen zu öffnen und Klamotten herauszuholen.

Meine Starre löst sich langsam und macht einer unendlichen Traurigkeit Platz. Josh verbirgt irgendetwas vor mir. Und das kann nur eins bedeuten. Mechanisch lege ich Paul in sein Bettchen und suche all die Dinge zusammen, die ich für eine Übernachtung außer Haus benötige.

Sarah ist ein Schatz. Sie wusste schon immer, wann es besser war, den Mund zu halten, und geht mir einfach stumm zur Hand.

Ein Klopfen an der Tür lässt mich zusammenzucken. Nach meinem gemurmelten »Ja« öffnet Josh und tritt ein. »Nehmt ihr die Bahn? Dann können wir zusammen fahren. Ich muss nach Frankfurt.«

Das gibt er also zu. Während ich noch überlege, was ich sagen soll, springt Sarah ein. »Ja, wir nehmen die Straßenbahn. Gibst du uns fünf Minuten?«

»Klar, kann ich helfen?« Er sieht zu Paul, der in seinem Bettchen vor sich hin quäkt. »Ich könnte Paul noch mal wickeln, oder …«

»Nein«, unterbreche ich ihn viel zu laut. »Ich meine, ich glaube nicht, dass er eine frische Windel braucht.« Ich versuche mich an einem Lächeln, das auch zu funktionieren scheint, denn Josh lächelt zurück. »Kannst du Pauls Milch einpacken? Dann können wir gleich los.«

»Ja, klar.« Und schon ist er wieder verschwunden.

Zittrig sinke ich gegen den Wickeltisch. Das überlebe ich

nicht. Diese Ungewissheit macht mich fertig. Ich muss etwas unternehmen.

Sarah scheint das ähnlich zu sehen, denn sie sagt: »So geht das nicht, Mia. Du musst die Sache klären.«

»Und wie?« Ich fahre mir mehrfach durch die Haare. »Reden fällt aus, ich würde ihm sowieso nicht glauben.«

»Dann musst du ihm hinterherspionieren.«

»Was?«

»Ganz einfach. Du überlässt Paul mir und fährst ebenfalls nach Frankfurt. Dort folgst du Josh und überzeugst dich davon, was er macht. Konfrontierst ihn, wenn es wirklich das ist, was wir vermuten. Oder erkennst, dass ich falschlag. Was auch immer. Aber dann kannst du sicher sein.«

Ihre Worte haben Hand und Fuß, dennoch ich lösen sie eine Riesenangst in mir aus. Ich habe es einmal kaum überlebt, ihn zu verlieren. Ob ich das noch einmal schaffe?

Aber was wäre die Alternative? Zu ignorieren, wie er erneut in die Sucht abrutscht? Ihm ewig misstrauen? Sarah hat recht. Ich muss herausfinden, was da los ist.

»Und du hast kein Problem damit, dich um Paul zu kümmern?«

»Natürlich nicht, Süße. Wozu sind Freundinnen da?«

»Dann ist es abgemacht. Ich folge Josh und finde heraus, was das alles zu bedeuten hat.«

31. Josh – Wenn Schweigen schlimmer ist als Lügen

In meinem Kopf herrscht ein heilloses Durcheinander, das nicht einmal Paul zu beruhigen vermag. Normalerweise gibt mir Zeit mit ihm ein Gefühl von Ruhe. Diesmal nicht. Zu viel ist in den letzten Tagen passiert.

Dinge, über die ich so gerne mit Mia sprechen würde. Aber das wäre keine gute Idee. Als ich mich auf all das eingelassen habe, war klar, dass sie erstmal nichts davon erfährt. Wenn sie wüsste, dass ich mir einen Job in der Nähe gesucht habe, um bei ihr bleiben zu können, würde sie das extrem unter Druck setzen. Und das will ich auf keinen Fall. Oder noch schlimmer: Sie könnte mir auf den Kopf zusagen, dass wir nie wieder ein Paar werden, egal, was ich tue. Das könnte ich nicht ertragen.

Leider läuft nicht alles so glatt, wie ich das gerne gehabt hätte. Gestern hat sich einer der Jungs, die ich seit ein paar Wochen betreue, den goldenen Schuss gesetzt. Deshalb will ich heute unbedingt noch mal ins Therapiezentrum. Tanja, die Leiterin des Zentrums, wollte mich dringend sprechen.

Tja, und hier bin ich. Nicht glücklich dabei, Mia anzulügen. Es erscheint mir wie ein kleines Wunder, dass sie heute bei Sarah übernachtet. Ein Wunder, das mir Kopfschmerzen bereitet. Irgendetwas stimmt nicht mit Mia. Aber darum kümmere ich mich, wenn hier alles geklärt ist.

Tanja läuft an mir vorbei, zwei Tassen Kaffee in der Hand. »Komm rein, Josh.«

Ich folge ihr mit einem mulmigen Gefühl. Sie stellt den

Kaffee auf einen Couchtisch und setzt sich. Dann deutet sie auf den Platz neben sich. Ich weiß, dass sie kein Fan davon ist, den Chef raushängen zu lassen. Ihrer Meinung nach ziehen wir alle an einem Strang. Ihr ist es egal, ob man bezahlter Mitarbeiter oder unbezahlter Ehrenamtlicher ist, wie ich im Moment.

»Ich wollte hören, wie es dir geht«, beginnt sie das Gespräch.

»Schlecht, bis beschissen.« Das trifft es so in etwa.

»Du weißt, dass dich keine Schuld trifft, oder?«

Natürlich weiß ich das. Aber das macht es nicht leichter. »Es ist nur …«, ich suche nach den richtigen Worten. »Ich dachte, mit Torben wäre alles klar. Er hat mir die Spritze und den Stoff gegeben und versprochen, herzukommen und einen der Drückerräume zu benutzen.« Ich vergrabe kurz mein Gesicht in den Händen.

»Wir wissen inzwischen, was passiert ist. Deshalb wollte ich, dass du kommst.«

Ich hebe den Kopf und fordere sie mit einem Nicken auf, weiterzusprechen. »Er hat wohl vorgehabt hierherzukommen. Aber auf dem Weg hat er Chris getroffen.«

Chris habe ich vor vier Wochen kennengelernt. Er ist einer von den Abhängigen, die ihr Leben inzwischen im Griff haben. Er arbeitet im Rotlichtmilieu, und ich will gar nicht so genau wissen, womit er seinen Lebensunterhalt verdient.

»Chris ist zu Geld gekommen und hat ihn zu einer Party eingeladen, bei der alles umsonst war.«

Ich ahne, worauf das hinausläuft. »Dem war Torben nicht gewachsen.«

»Wie man es nimmt. Er hat sich dort einen Schuss gesetzt und ist dann mit einem von Chris' Freunden verschwunden. Der hat ihm wohl das Blaue vom Himmel herunter versprochen, wenn er ihn ranlässt. Was auch immer da passiert ist, hat dazu geführt, dass Torbens nächster Schuss viel zu früh und zu hoch dosiert war. Typische Geschichte.«

»Die nicht passiert wäre, wenn ich ihn nicht dazu überredet hätte, hierherzugehen.«

»Dann wäre es eben woanders passiert. Nichts, was du tun konntest, hätte einen Unterschied gemacht.«

»Ich hätte ihn begleiten können. Dann wäre …«

Tanja unterbricht mich mit erhobenem Zeigefinger. »Josh, das wird Bestandteil deiner Arbeit hier sein. Du hast eine Entscheidung getroffen, die in dem Moment richtig war. Ich hätte es nicht anders gemacht. Niemand hier. Wenn du damit nicht klarkommst …« Sie schürzt die Lippen und neigt die Hände abwägend nach links und rechts.

»Ich komme klar damit.« Und das stimmt. Denn natürlich weiß ich, dass sie recht hat. Ich hätte nichts tun können.

»Das ist gut. Wir möchten dich wirklich gerne im Team haben. Du bist genau, was wir suchen. Die Jüngeren vertrauen dir. So jemand hat uns gefehlt. Jonas hat monatelang versucht, Charlie und Chem von der Straße zu bekommen. Du hast es in zwei Wochen geschafft.« Sie richtet sich auf. »Wenn du willst, kannst du ab Montag Vollzeit hier anfangen.«

Diese Worte zerreißen mich förmlich. Zum einen habe ich mein Ziel erreicht. Ich kann bleiben und muss Mia nicht verlassen. Zum anderen weiß ich nicht, ob das der Weg für uns ist. Wenn sie mich nicht will, wäre es besser, nach Hamburg zurückzugehen und mein altes Leben wieder aufzunehmen.

Tanja bemerkt mein Zögern. »Ich weiß, dass dich in Hamburg ein besser bezahlter Job erwartet und das alles sehr kurzfristig ist, aber …«

»Kann ich noch zwei Wochen Bedenkzeit haben? Ich würde weitermachen wie bisher und als Freiwilliger Dienstag und Donnerstag helfen. Es tut mir leid, aber ich muss da noch einige Dinge klären, bevor ich mich endgültig entscheide.«

Sichtlich enttäuscht lächelt Tanja. »Also gut. Zwei Wochen. Aber keinen Tag länger. Dann muss ich jemanden einstellen. Und du bist unsere erste Wahl.«

»Das weiß ich sehr zu schätzen. Wirklich.« Ich stehe auf, weil es nichts mehr zu sagen gibt.

Auch sie steht auf. »Hättest du noch Zeit, einen kleinen Abstecher zu Charlie und Chem zu machen? Sie haben nach dir gefragt. Jonas sagt, sie wären im *Trampers* und wollen dich sprechen.«

»Alles klar. Ich schaue vorbei.« Ich strecke ihr die Hand entgegen. »Und noch mal danke für alles.«

»Wir danken und hoffen, dass du dich für uns entscheidest.«

Ich nicke ihr noch einmal zu und verlasse das Zentrum. Es liegt in der Poststraße, gegenüber dem Hauptbahnhof. Ich wende mich nach links und gehe in Richtung Taunusstraße. Das *Trampers* liegt in einer Seitengasse und gehört zu den Kneipen, in die Leute gehen, die zu viel Kohle haben und es mit Gesetzen nicht so genau nehmen. Ein schlechter Ort für minderjährige Drogenabhängige. Wie gut, dass ich heute Abend Zeit habe. Vielleicht hält das die beiden davon ab, irgendwelche Dummheiten zu machen.

Ich biege gerade in die Taunusstraße ein, als ich hinter mir jemanden meinen Namen rufen höre. Mit klopfendem Herzen bleibe ich stehen. Auf Anhieb hätte ich schwören können, dass es Mia ist. Doch das kann nicht sein.

»Josh?« Die Stimme überschlägt sich fast, und jetzt bin ich sicher, dass es Mia ist. *Fuck! Was macht die denn hier?* Sollte sie nicht bei Sarah sein?

Langsam drehe ich mich um. Meine Hoffnung, dass ich mich geirrt habe, verschwindet. Sie steht leibhaftig vor mir.

»Dann stimmt es also?« Tränen stehen in ihren Augen. »Das warst du, den Sarah gestern hier gesehen hat?«

Weil ich nicht weiß, was ich sagen soll, nicke ich.

»Und du hast eine Spritze und ein Päckchen mit Drogen eingesteckt?«

Wieder nicke ich. *Josh, du musst was sagen!* Aber die Panik schnürt mir die Kehle zu. Ich weiß, was sie denkt, denken muss und was das bei ihr auslöst. Ich weiß auch, dass ich erklären muss, was los ist. Also setze ich an. Meine Stimme ist mehr ein Krächzen, als ich sage: »Mia, es ist nicht so …«

»Ach nein? Ist es nicht?« Sie schüttelt den Kopf, und Tränen laufen ihre Wangen hinab. Aber es ist ihr Tonfall, der mir das Herz zerreißt. Kalt, abwertend, enttäuscht. »Ich kann das nicht noch mal, Josh. Nicht die Lügen, nicht die Nächte, in denen ich nicht weiß, was du treibst, die Ausflüchte …« Sie schüttelt den Kopf. »Spar dir die Erklärungen. Ab morgen früh hast du die Wohnung wieder für dich.«

»Nein!« Die Qual in meiner Stimme lässt mich kurz zusammenzucken, aber ich rede trotzdem weiter. »Hör mir zu, Mia. Ich kann das erklären und …«

»Ich will es nicht hören, Josh. Wenn es nur um mich ginge … Aber ich muss auch an Paul denken. Wenn ich daran denke, dass ich ihn dir heute überlassen habe …« Ihre Stimme bricht. »Das werde ich dir nie verzeihen.«

Mit diesen Worten dreht sie sich um und rennt in Richtung Bahnhof davon. Ich schaue ihr nach und versuche zu verstehen, was da gerade passiert. In der Theorie weiß ich es natürlich. Irgendwie hat Sarah mich gestern gesehen, als ich Torben das Heroin abgenommen habe, und das völlig falsch interpretiert.

So weit, so schlecht. Aber warum redet sie nicht mit mir? Ich habe in den letzten Monaten doch immer und immer wieder bewiesen, dass ich mit Drogen abgeschlossen habe. Wie kann es sein, dass sie mich nicht mal zu Wort kommen lässt?

Langsam löst sich die Starre, die mich überfallen hat. Alles in mir schreit danach, ihr hinterherzulaufen und alles zu erklären. Doch etwas in mir sträubt sich dagegen. Sie will keine

Erklärung. Sie hört nicht mal zu. Sie drückt mir einen Stempel auf und macht dicht.

Ein neues Gefühl steigt in mir auf. Wut. Rasende, alles verzehrende Wut. Ich schaue die Taunusstraße hinunter in Richtung *Trampers* und entscheide mich, nicht hinzugehen. Das wäre im Moment nicht gut. Ich muss die Kontrolle behalten. Sehen, dass meine Strategien funktionieren. Das *Trampers* ist der letzte Ort, an dem ich das kann. Ich bin zwar stark, aber auch ich habe meine Grenzen. Und eine davon ist gerade erreicht.

Hektisch gehe ich im Kopf durch, was ich jetzt tun kann, um mich zu beruhigen, keine Dummheit zu begehen. Also mache ich das einzig Vernünftige und rufe Ben an.

32. Mia – Die Wahrheit

»Verdammt, ist ja gut, ich komme!« Wenn die ohne Unterlass lärmende Klingel es nicht geschafft hätte, mich und Paul zu wecken, hätte es Sarahs genervtes Fluchen mit Sicherheit getan.

Ich werfe einen Blick auf mein Handy. Halb acht morgens. An einem Samstag. Noch dazu an einem, an dem wir bis halb drei geredet haben. Oder in meinem Fall geweint.

Jetzt höre ich Sarahs genervtes »Ja?« an der Gegensprechanlage, und kurz darauf klopft sie an die Zimmertür. »Ist für dich.«

Mir zieht sich der Magen zusammen. »Wenn das Josh ist …«

»Hätte ich ihn nicht reingelassen.« Ich kann ihr Augenrollen förmlich hören. »Es ist Ben. Ich lass ihn noch schnell rein und verschwinde dann wieder ins Bett.«

Zur Bestätigung beginnt Paul laut zu schreien. Er braucht eine frische Windel und Frühstück. Aber erst muss ich kurz ins Bad. Also nehme ich Paul auf den Arm, schlurfe in den Flur, wo ich tatsächlich Ben und Sarah begegne.

Ben lächelt und hält mir eine Bäckertüte vors Gesicht. Ich nehme sie kommentarlos, gebe sie an Sarah weiter und drücke ihm den weinenden Paul in den Arm. »Ich muss ins Bad. Danach bin ich ansprechbar.«

Ich warte gar nicht, wie die beiden reagieren. Besonders Ben muss da jetzt durch. Ich kann mir denken, warum er hier ist. Und wenn ich jetzt über Josh reden soll, dann zumindest mit leerer Blase und geduscht.

Pauls Geschrei zerreißt mir das Herz. Aber es gibt Momente im Leben einer Mutter, da geht es nicht anders. Und er ist ja auch in besten Händen. Nach nicht mal einer Minute ebbt sein Geschrei ab, und ich lasse das warme Wasser auf mich niederprasseln. Entspannung ist etwas anderes, doch zumindest bin ich jetzt ein wenig wacher.

Mit noch feuchten Haaren und nur in ein Handtuch gewickelt gehe ich an der Küche vorbei und sehe Ben am Tisch sitzen. Er hält Paul im Arm und gibt ihm das Fläschchen. Das ist gut. Meine Milch reicht sowieso nicht mehr, um ihn satt zu bekommen.

In Rekordzeit ziehe ich mich an, atme noch einmal tief durch und setze mich dann neben Ben an den Küchentisch. Paul ist in seinem Arm eingeschlafen, und er flüstert: »Was mache ich jetzt mit ihm?«

»Erfahrungsgemäß schläft er nach dem Essen nicht lange.« Ich nehme mir ein Croissant aus der Bäckertüte. »Du darfst ihn gerne weiter halten. Und flüstern müssen wir auch nicht.«

»Okay«, antwortet Ben in normaler Lautstärke. »Dann halte ich ihn einfach noch ein wenig im Arm.«

Ich nicke und beiße in mein Croissant. Ben sieht mir dabei zu und seufzt.

»Es hat wenig Sinn, wenn ich es weiter vor mir herschiebe. Du weißt, warum ich hier bin?«

Ich schlucke meinen Bissen hinunter und habe das Gefühl, dass er mir die Kehle zuschnürt. Tränen schießen mir in die Augen. Schon wieder. Und dabei habe ich gestern bereits den ganzen Abend geweint.

»Ja, natürlich weißt du das.« Er seufzt. »Josh war bis nach Mitternacht bei mir und hat mir alles erzählt.«

»Das ist wieder so typisch«, platzt es aus mir heraus. »Mit dir kann er reden!«

»Jetzt tust du ihm unrecht«, antwortet Ben kopfschüttelnd. »Du weißt, dass ich immer auf deiner Seite bin, aber dieses Mal …«

»Dann hat er diesmal also dich eingelullt? Ich habe keinen Grund, daran zu zweifeln, was Sarah gesehen hat. Und er hat ja sogar zugegeben, dass er die Spritze und das Heroin genommen hat!«

»Ja, das hat er auch getan. Aber, Mia, überleg doch mal kurz, was er beruflich macht, und ordne dann alles neu.« Paul regt sich in seinem Arm, und er wiegt ihn langsam hin und her.

Joshs Beruf? Er ist Sozialarbeiter. Streetworker. Aber was hat das … Wieder zieht sich meine Kehle zusammen. »Arbeitet er etwa in Frankfurt?«

Ben nickt.

Ich schlucke. »Er hat mal angedeutet, er könnte sich einen Job hier suchen, um Paul und mich nicht verlassen zu müssen«, sage ich mehr zu mir selbst.

»Ganz genau. Er arbeitet seit einigen Wochen als freiwilliger Helfer in einem Suchtzentrum im Frankfurter Bahnhofsviertel.«

»Du hast davon gewusst? Aber warum hat er mir das verschwiegen?«

Paul bewegt sich, und Ben steht auf, um ihn besser wiegen zu können. »Ja, ich habe es gewusst. Ich bin sogar irgendwie schuld daran. Wir haben uns seit Silvester ein paarmal getroffen, und ich habe ihm klargemacht, in welche Situation er dich bringt. Weil er doch wieder nach Hamburg geht und so.« Er beißt sich auf die Unterlippe. »Ich habe ihm vorgeworfen, mal wieder völlig planlos zu sein. Also hat er sich einen Plan gemacht. Er hat die Stelle in Frankfurt schon zugesagt bekommen und könnte Montag anfangen.«

»Warum weiß ich davon nichts?« Mir schwirrt der Kopf. »Dann waren der Stoff und die Spritze gar nicht für ihn?«

»Natürlich nicht.« Wieder seufzt er. »Aber alleine die Tatsache, dass du das denkst, zeigt, dass du ihm nicht vertraust. Und das verletzt ihn.«

»Also, wenn man es genau nimmt, hat er mich angelogen. Anders als ich dachte, aber Verschweigen ist auch Lügen. Ich verstehe nur nicht, warum.«

»Nicht? Was denkst du, hättest du getan, wenn du es gewusst hättest?«

»Ich hätte mich gefreut. Dann wäre ein Grund verschwunden, warum wir nicht zusammen sein können.«

»Genau da liegt der Knackpunkt.« Ben nickt in meine Richtung. »Er wollte dich nicht zu einer Entscheidung drängen.«

»Aber das ist doch … warum hat er dann gestern nichts gesagt?«

»Er meint, du wolltest nicht zuhören.«

Oh Gott, das stimmt. Ich habe ihn gar nicht zu Wort kommen lassen, weil ich dachte, dass er mich sowieso anlügt. Stattdessen habe ich gleich das Schlimmste angenommen. »Hat er … Ist er …« Ich bin nicht sicher, was ich fragen will. Und weil ich irgendetwas brauche, woran ich mich festhalten kann, nehme ich Paul aus Bens Armen und gehe jetzt selbst in der Küche auf und ab.

»Er ist wütend und enttäuscht. Es fällt ihm schwer, zu verstehen, dass du nach allem, was zwischen euch war, so schnell glaubst, er wäre rückfällig und würde dich deswegen belügen.«

Diese Worte schmerzen fast noch mehr als der Gedanke, er könnte wieder Drogen nehmen. Denn diesmal habe ich den Fehler gemacht.

»Mia, ich bin hier, weil er zurück nach Hamburg gehen will. Noch dieses Wochenende, hat er gesagt. Du musst das verhindern. Er liebt dich, und wenn mich nicht alles täuscht, liebst du ihn auch. Ich kann nicht dabei zusehen, wie ihr euch das noch einmal antut, nur weil ihr nicht miteinander redet.« Er fährt sich mit der Hand durchs Haar. »Er ist wirklich verletzt, und ich weiß nicht, ob das mit einem Gespräch wieder zu kitten ist. Ich fand nur, diesmal sollte ich dir sagen, was los ist. Das bin ich dir und ihm schuldig. Was ihr jetzt daraus macht, müsst ihr selber wissen.«

Ich nicke, und plötzlich ist mir klar, was ich tun muss. »Kannst du dich um Paul kümmern? Babynahrung ist genug da, nur Windeln müsstest du …«

»Adri und ich haben alles zu Hause. Mach dir keine Sorgen. Zieh dich an und klär das mit Josh, bevor er abhaut.«

Ich nicke, küsse Paul auf die Wange und lege ihn Ben in den Arm. Mit wenigen Handgriffen packe ich meine Sachen zusammen, verabschiede mich und gehe zügig zur Bahn. Glücklicherweise fährt sie auch sonntags im Viertelstundentakt. Die ganze Strecke lege ich mir Worte zurecht, verwerfe sie wieder und spinne neue Gespräche in meiner Fantasie. Doch sie enden alle im Desaster.

Josh verzeiht mir mein fehlendes Vertrauen nie. Als ich zwanzig Minuten später die Bahn verlasse, hat Trotz die Panik verscheucht. Vielleicht habe ich überreagiert, aber meine Zweifel waren begründet. Und das hat er verdammt noch mal anzuerkennen. Hätte er mir von Anfang an gesagt, was er treibt, wäre es nie so weit gekommen!

An der Tür angekommen, überlege ich, ob ich klingeln soll oder meinen Schlüssel benutzen. Was für eine blöde Frage. Den Schlüssel natürlich. Schließlich wohne ich hier.

Möglichst geräuschvoll schließe ich auf. Keine Reaktion. Ich werfe einen Blick in die Küche, das Bad und das Wohnzimmer. Alles leer. Schläft er vielleicht noch? Auch der Blick in sein Zimmer zeigt ein zerwühltes Bett, aber keinen Josh. Kurz überkommt mich Panik, ich könnte bereits zu spät sein. Doch ein Blick durch die Wohnung beruhigt mich. Seine Sachen sind alle noch da. Wahrscheinlich ist er joggen oder Brötchen holen.

Also stelle ich die Tasche in meinem Zimmer ab und begebe mich in die Küche, um Kaffee zu kochen. Den können wir sicher brauchen, wenn …

In diesem Moment macht mein Herz einen Sprung. Jemand öffnet die Tür, und ich höre leise Schritte. Mit zittrigen Knien gehe ich zur Küchentür und strecke den Kopf in den Flur. Dort steht Josh. Durchgeschwitzt vom Joggen und mit Kopfhörern in den Ohren.

Jetzt dreht er sich in meine Richtung, sieht mich und schaut wieder weg. Ohne ein Wort geht er an mir vorbei und verschwindet im Bad. Die Badezimmertür schmeißt er so geräuschvoll zu, dass an seiner Gemütsverfassung kein Zweifel bleibt.

Ich schenke mir einen Kaffee ein und setzte mich. Doch bereits nach wenigen Sekunden springe ich wieder auf. Sitzen geht nicht. Vielleicht ist Kaffee auch nicht das richtige Getränk. Noch aufgeputschter muss ich nun wirklich nicht sein.

Weil ich Josh kenne und weiß, dass er nicht in die Küche kommen wird, nachdem er jetzt weiß, dass ich da bin, überlege ich, in seinem Zimmer auf ihn zu warten. Warum eigentlich nicht? Ich werde ihn sowieso zwingen müssen, mir zuzuhören. Dann kann ich es auch gleich richtig machen.

Also gehe ich in sein Zimmer und setze mich aufs Bett. Keine gute Idee, denn sofort steigt mir sein Geruch in die Nase, und mir wird warm ums Herz. Ich greife nach seinem T-Shirt, das auf dem Kissen liegt, und vergrabe mein Gesicht darin. Bilder unserer gemeinsamen Vergangenheit mischen sich mit den letzten Wochen. Gute und schlechte Zeiten, aber immer begleitet von diesem Gefühl, dass unsere Beziehung etwas Besonderes ist.

Ich bin so versunken in Erinnerungen, dass ich gar nicht merke, wie er das Zimmer betritt. Sein kühles »Was willst du?«, lässt mich zusammenfahren.

Ich lasse das T-Shirt sinken und sehe zu ihm hinüber. Er trägt seinen Bademantel, was mich zum Lächeln bringt. Doch das verschwindet sofort wieder, denn sein Blick ist neutral, genau wie seine Stimme: »Ich packe gleich meine Sachen und verschwinde dann. Wenn du willst, kannst du erstmal hier wohnen bleiben. Die Details kannst du mit meiner Mutter klären.«

Eine kalte Hand greift nach meinem Herzen und drückt zu. Die Kälte breitet sich aus und füllt in Sekundenschnelle meinen ganzen Oberkörper. »Ich will nicht, dass du gehst.« Keine Ahnung, ob ich laut genug gesprochen habe.

»DU willst nicht? Das ist unser Problem, oder?«

Ich verstehe nicht und schaue ihn mit großen Augen an.

»Weißt du, Mia, es geht seit Wochen nur um dich. Darum, was du willst.«

Ich setze zu einer Verteidigung an, aber er hebt abwehrend die Hand, und ich schweige.

»Eigentlich habe ich keine Lust, dir das zu erklären. Aber weil ich denke, dass zwischen uns schon immer zu viel unausgesprochen blieb, sage ich dir, wie es ist.«

Sein Blick gleicht Dolchstößen, die mein erstarrtes Herz durchbohren und zum Splittern bringen. Das klingt nicht gut. Aber ich will hören, was er zu sagen hat, deshalb nicke ich. »Erklär es mir. Ich höre zu.«

33. Josh – Verzeihen ist alles andere als leicht

»Erklär es mir. Ich höre zu«, sagt Mia leise. Zusammengesunken wie ein Häufchen Elend sitzt sie auf meinem Bett und knetet mein Schlaf-T-Shirt in den Händen.

Ich drehe ihr den Rücken zu, gehe an den Schrank und ziehe ein neues Shirt und ein paar Shorts an. Das, was ich loswerden muss, will ich nicht halbnackt sagen.

Langsam drehe ich mich wieder zu ihr, bleibe aber am Schrank stehen. »Warum vertraust du mir nicht?«

Na super. Als ob ich nie was über Gesprächsführung gelernt hätte, fange ich gleich mal mit einem Vorwurf an.

»Ich vertraue dir ja, aber …«

»Es ist kein Vertrauen, wenn da ein ›aber‹ kommt«, unterbreche ich sie barsch. Meine Worte treiben ihr die Tränen in die Augen, doch nicht einmal das kann meine Wut besänftigen. Ich will, dass sie leidet, so wie ich leide. Und deshalb rede ich weiter. »Die letzten Monate waren das Paradies auf Erden für mich. Wir beide, zusammen. Mehr habe ich nie gewollt. Und ich habe wirklich geglaubt, dass du mir verziehen hast, was vor zehn Jahren passiert ist.«

»Das habe ich!« Sie schaut aus großen Augen zu mir auf. »Du hast es erklärt, und ich verstehe es. Sonst wäre ich doch nie mit Paul hier eingezogen.«

Ich kann ein bitteres Lachen nicht unterdrücken. »Wie es scheint, reicht ein einziger Satz von einem Dritten, um dein Vertrauen in mich zu zerstören. Deshalb hast du ihn mir doch gestern aus dem Arm gerissen, als ich zurückkam. Nicht, weil du Paul vermisst hast, sondern weil du gedacht hast, ich wäre high.«

Sie senkt den Blick und nickt.

»Da haben wir das eigentliche Problem. Du vertraust mir nicht.« Gegen meinen Willen treten mir Tränen in die Augen. »Aber Vertrauen ist die Grundlage jeder Beziehung. Und noch viel mehr, wenn man bedenkt, was mein Job ist. Ich kann nicht arbeiten, wenn ich weiß, dass du jeden meiner Schritte misstrauisch beäugst.«

»Aber ich wusste doch gar nicht, dass du wieder arbeitest.«

»Das spielt keine Rolle.« Ich blinzele die Tränen weg. »Sehen wir den Tatsachen ins Auge: Ich bin für dich nur ein Junkie. Und wir wissen ja alle: einmal Junkie, immer Junkie.« Kopfschüttelnd lasse ich mich auf meinen Schreibtischstuhl fallen. »Das wird immer zwischen uns stehen.«

Jetzt schüttelt auch sie den Kopf. Tränen laufen ihre Wangen hinab, und ich würde nichts lieber tun, als sie in den Arm zu nehmen. Aber das würde alles nur schlimmer machen. Also verschränke ich die Arme vor der Brust und sehe sie nicht an.

Keine Ahnung, wie lange sie schweigt und weint. Schließlich schaut sie hoch und sagt mit fester Stimme: »Wir sind beide aufgewühlt und müssen nachdenken.«

Ich will sagen, dass ich genug nachgedacht habe, doch sie unterbricht mich.

»Du hast mich belogen, und ich habe es dich nicht erklären lassen. Keine Ahnung, wie wir das aus der Welt schaffen können, bei unserer Vergangenheit. Aber …«, sie holt tief Luft, »… wir beide haben schon vieles geschafft. Warum nicht auch …«

»Weil es keinen Sinn macht«, gehe ich dazwischen. »Ich weiß einfach, dass ich so ein Leben nicht führen will. In meinem Job wird es immer wieder Situationen geben, in denen ich mit Drogen in Berührung komme. Wie soll das funktionieren, wenn du mir nicht zu einhundert Prozent vertraust? Und es gibt nichts, was ich tun kann, um das zu ändern.«

»Versprich mir, mich nie wieder zu belügen. Auch nicht durch verschweigen.«

»Das kann ich nicht. Im Job gibt es Dinge, über die ich nicht reden darf. Ich kann nicht immer …«

»Dann war es das also? Josh und Mia geben auf?« Beim letzten Satz bricht ihre Stimme.

»Scheint so.« Bei diesen Worten bricht mein Herz.

Sie schließt die Augen und atmet mehrmals geräuschvoll ein und aus. »Du musst nicht gehen. Die Wohnung ist noch nicht fertig.« Ihre Hand zittert, als sie nach draußen zeigt. »Ich ziehe erstmal zu Ben, dann kannst du hierbleiben.«

Mein Nicken erfolgt mechanisch. Keine Ahnung, ob ich bleibe, aber ihr Vorschlag macht Sinn. Ich bin mit dem Renovieren noch nicht ganz fertig und sollte mich in Frankfurt wenigstens bei allen verabschieden.

Mia steht inzwischen an der geöffneten Tür. Erst jetzt sehe ich, dass sie mein T-Shirt immer noch in der Hand hält. »Das nehme ich mit. Dann habe ich diesmal etwas, was mich an dich erinnert.« Mit diesen Worten geht sie und schließt die Tür hinter sich.

Ich schaue ihr nach, und ein Gedanke jagt den nächsten. *Sie ist weg. Betäub dich, jetzt ist es eh egal.*

Ich will das nicht, ich brauche das nicht!

Wenigstens ein paar Bier, um den schlimmsten Schmerz loszuwerden.

NEIN!

Mein Kopf scheint zu zerspringen, und ich muss mich der bitteren Wahrheit stellen. Wenn ich jetzt nicht möglichst schnell zu einem NA-Treffen gehe, könnte das übel ausgehen. Das nächste ist allerdings erst heute Abend in Frankfurt. Da mir klar ist, dass ich so viel Zeit nicht habe, tue ich etwas, was ich seit acht Jahren nicht mehr gemacht habe: Ich rufe meinen Paten bei den NA in Hamburg an.

***

Das Gespräch mit Mia ist jetzt zwei Wochen her. Ich pendle zwischen meiner Wohnung, der Alpaka-Farm und Frankfurt. Die Arbeit mit den Tieren hilft. Zu Mia habe ich keinen Kontakt. Na ja, so ganz stimmt das nicht. Ben versorgt mich mit Informationen über sie. Er und Adrian haben sich abwechselnd frei genommen, damit sie arbeiten kann, und sie suchen nach einer Tagesmutter für Paul.

Jedes Mal, wenn Ben mir Näheres über sie erzählen will, wie es ihr geht, was sie sagt oder so etwas in der Art, wechsle ich das Thema oder lege auf. Das ertrage ich nicht. Ich habe mich inzwischen wieder so weit im Griff, dass ich keine Dummheiten mache. Trotzdem besuche ich regelmäßig die Treffen. Sie geben mir Sicherheit, und ich bin nicht alleine. Das ist das größte Problem im Moment.

Ich bin auf dem Weg zu einem Abendessen mit Ben. Er besteht darauf, also habe ich zugestimmt. Natürlich nur unter der Bedingung, dass Mia kein Thema ist. Wenn er sich nicht daran hält, gehe ich.

Das Lokal ist ein Grieche, ganz in der Nähe von Bens Wohnung. Er ist bereits da und sitzt bei einer Flasche Wasser. Ich honoriere das mit einem Lächeln.

Bis das Essen kommt, halten wir den Small Talk durch. Dann seufzt er. »Flipp jetzt nicht gleich aus, wenn ich einen Vorschlag mache, okay?«

Mit zusammengekniffenen Augen lasse ich das Besteck sinken. »Schieß los.«

»Adrian und ich geben übermorgen eine Party, weil wir jetzt offiziell ein Paar sind. Und wir wollen, dass du kommst.«

Ich merke, wie meine Backenzähne knirschen, und entspanne bewusst mein Gesicht, sage jedoch erstmal nichts.

»Ich weiß, dass du sie nicht sehen willst, aber wir wollen dich wirklich gerne dabeihaben.«

»Es ging nie darum, dass ich sie nicht sehen will«, platzt es aus mir heraus. »Es geht darum, dass es besser für uns ist.«

»Dazu kann ich nichts sagen.« Ben kratzt sich am Kinn. »Kommst du? Du musst ja nicht den ganzen Abend bleiben, aber vielleicht wenigstens ein Stündchen? Einige von der alten Schulgang kommen auch. Die würden sich sicher freuen, dich zu sehen.«

Mein Widerstand bröckelt, und weil ich weiß, dass ich diesen Kampf sowieso verlieren werde, sage ich zu.

In dem Moment geschieht etwas Merkwürdiges. Es ist, als ob ein gigantischer Felsbrocken von meinem Herzen fällt und es wieder freier schlägt. Natürlich ist mir klar, was das ist. Mein beschissenes Herz freut sich darauf, Mia noch einmal zu sehen. Aber keine Chance. Der Zug ist abgefahren.

34. Mia – Wenn die Gründe dagegen verschwinden

Zwei Wochen ist mein Auszug bei Josh jetzt her, und es tut gleichbleibend weh. Heute ist Sarah zu Besuch, und wir gehen mit Paul spazieren. Leider gibt es keinen Park in der Nähe, aber wir meiden die Hauptstraßen. Es ist ein sonniger Tag, und in den ersten Blumenkästen kann man sehen, dass langsam der Frühling Einzug hält. Diese Zeit des Jahres habe ich schon immer gemocht. Die ersten Narzissen strecken ihre Köpfe aus der Erde, und die Natur gibt ein Versprechen auf einen Neubeginn.

»Das mit Josh und dir ist also endgültig vorbei?«

Natürlich habe ich mit dieser Frage gerechnet und mir mehrere Antworten parat gelegt. Allerdings fühlt sich keine davon richtig an. Also schweige ich.

»Kurz gesagt: Du hast keine Ahnung«, deutet sie mein Zögern richtig.

Ich nicke.

»Willst du denn, dass es vorbei ist?«

»Es ist das Richtige, oder?«

»Die Frage kannst nur du beantworten. Was sagt er denn dazu?«

»Keine Ahnung.« Warum steigen mir jetzt Tränen in die Augen?

Sarah bleibt stehen und hält mich am Arm fest. »Du liebst ihn immer noch, Mia. Und das erschreckt dich.«

Vermutlich stimmt das. »Warum kann ich mich dann nicht darauf einlassen?«

»Das ist doch offensichtlich.«

»Ist es das?« Jetzt bin ich gespannt. Ich habe nämlich keine Ahnung.

»Du hast Angst. Davor, wieder mit ihm zusammen zu sein, und davor, dass er dann wieder geht. Davor, dass er rückfällig wird. Das ist doch völlig natürlich. Besonders, wenn man eure Geschichte bedenkt. Wenn du dich jetzt auf ihn einlässt, ist es fast genauso wie vor zehn Jahren.«

»Ja.« Mehr kann ich dazu erstmal nicht sagen. Denn es trifft den Kern der Sache so präzise, dass es mir fast die Luft zum Atmen nimmt. Er geht in zwei Wochen endgültig weg. Er geht auch jetzt wieder nach Hamburg, um dort ein neues Kapitel seines Lebens aufzuschlagen. Alleine der Gedanke daran führt zu Schweißausbrüchen und lässt meine Hände zittern.

»Und das macht dich fertig.« Ihre warme Hand legt sich auf meine. »Du musst das klären, Mia. Wenn du mit ihm zusammen sein willst, dann sag ihm, dass er bleiben soll. Dass du es nicht erträgst, wenn er wieder geht. Sag ihm, dass du ihm vertraust und respektierst, was er geschafft hat. Und mach das schnell, damit er eine Chance hat, sich zu entscheiden.«

Meine Antwort ist leise, weil sie meine größte Angst beinhaltet: »Und wenn er nicht will? Er hat schon gesagt, dass es keinen Zweck hat.«

»Dann hat er dich nicht verdient!« Sarahs resoluter Tonfall lässt mich zusammenzucken.

»Vielleicht kann ich mit ihm nach Hamburg gehen?« Tatsächlich ist dieser Gedanke schon mehr als einmal durch meinen Kopf gegeistert. Ich könnte Elternzeit nehmen und Josh begleiten.

»Aber das willst du nicht.«

»Ich habe keine Ahnung, was ich will! Das ist ja mein Problem.« Meine Stimme ist lauter, als mir lieb ist.

»Das musst du rausfinden, Mia.«

»Und wie?«

»Keine Ahnung. Rede mit Leuten, die ihr kennt. Ich weiß, dass du alles gerne mit dir selbst ausmachst. Aber ich weiß auch, dass Reden hilft.«

Weil ich nicht weiß, was ich antworten soll, schaue ich mich um. Wir sind schon fast wieder bei Bens Wohnung angekommen, und ich muss über ihre Worte nachdenken. Alleine. Also sage ich: »Vielleicht hast du recht, und ich sollte mit Ben reden.«

»Und mit Josh, Mia. Sag ihm, was du fühlst. Erzähl ihm von deinen Ängsten und Wünschen. Ihr findet einen Weg, da bin ich sicher.«

Sie nimmt mich zum Abschied in den Arm. »Tut mir leid, dass ich dir dabei nicht helfen kann.«

»Aber du hilfst mir.« Ich drücke sie fest an mich. »Du sagst mir die Dinge, die ich nicht wahrhaben will. Deshalb zögere ich so oft, mit dir zu reden. Das ist mir bewusst. Und ich weiß es wirklich zu schätzen, dass du mich trotzdem erträgst.«

»Ehrensache.« Sarah nimmt kurz meine Hände und drückt sie. »Wir kennen uns lange genug, oder?«

»Ja, das tun wir. Danke.« Ich habe keine Ahnung, womit ich eine Freundin wie sie verdient habe. Sie wusste immer, dass Ben und Josh die Prioritäten in meinem Leben waren und sie hintenanstand. Und dennoch ist sie geblieben und hat mir immer geholfen. »Auch dafür, dass du immer noch da bist, obwohl es Ben und Josh gibt.«

»Nicht obwohl, sondern weil, Mia. Ich bin kein Mensch für ständigen engen Kontakt, wie du ihn zu den beiden gepflegt hast. Ich bin froh, wenn ich zwischendurch mein eigenes Ding machen kann und du nicht sauer deswegen bist.«

Sie ist einfach die Beste und aus den von ihr genannten Gründen wohl auch die einzige weibliche Freundin, die ich je hatte. Spontan nehme ich sie noch einmal in den Arm und drücke sie fest an mich.

Sie erwidert den Druck und verabschiedet sich dann.

Ich steige in den Aufzug, in dem Ben steht. Er kommt aus der Tiefgarage und scheint ziemlich gut gelaunt. »Hey, wo kommst du her?«

Ein Grinsen zieht über sein Gesicht. »Ich habe noch mal mit meinen Eltern geredet und ihnen unmissverständlich klargemacht, dass Adrian und ich ein Paar sind. Ich habe ihnen alles erzählt, auch von uns.«

»Okay.« Wir kommen an der Wohnung an, und Paul regt sich. Er hat Hunger.

Während ich das Fläschchen zubereite, redet Ben weiter: »Stell dir vor, sie sind zu einer Familienberatung gegangen, und wer auch immer da mit ihnen geredet hat, ist zu ihnen durchgedrungen und hat sie ins 21. Jahrhundert geführt.«

»Das freut mich für dich, Ben. Heißt das, es ist alles klar zwischen euch?«

»Ja, das heißt es.« Wir gehen ins Wohnzimmer, und er lässt sich in die Kissen des Sofas zurückfallen. Das Grinsen ist aus seinem Gesicht verschwunden.

Auch wenn er es zu verbergen sucht, kann ich doch sehen, dass ihn noch etwas anderes beschäftigt. »Sag schon. Was ist los?«

Verlegen blickt er auf seine Schuhspitzen. »Ich habe Josh zur Party eingeladen.« Er zuckt ein wenig, als würde er sich wegducken.

Und auf einmal ist alles ganz einfach. Ich sehe Ben, halte Paul im Arm und weiß es. »Ich will nicht, dass er aus meinem Leben verschwindet, Ben. Ich liebe ihn.«

»Weiß er das?« Was auch immer Ben von meinen Worten hält, in mir löst sich eine Spannung, die mich seit Jahren gefesselt hat.

Mir ist bewusst, dass ich dämlich grinse. »Mein Gott, Ben.

Ich liebe ihn und will mir ein Leben ohne ihn nicht mal mehr vorstellen.«

»Du siehst aus, als würde dir das erst in diesem Moment klar werden.« In seiner Stimme liegt ein amüsierter Unterton, der mich aber nicht im mindesten stört.

»Das ist auch so. Noch vor einer halben Stunde habe ich zu Sarah gesagt, dass ich nicht weiß, was ich will. Dass er vorhat, wieder zu gehen, und ich das alles nicht noch einmal ertragen kann.« Ich atme tief durch. Auch, um meine wirren Gedanken ein wenig zu ordnen. »Aber so muss es nicht sein. Er hat zwar gesagt, die Sache mit uns hätte keine Chance mehr, aber das glaube ich nicht.« Ich schaue auf Paul in meinem Arm. »Ich dachte auch, es ist eine gute Idee, wieder arbeiten zu gehen. Aber jetzt will ich Paul nicht hergeben und wäre gerne für ihn da. Zumindest das erste Jahr wäre mit dem Elterngeld abgedeckt. Ich könnte also auch erstmal mit Josh nach Hamburg gehen. Und dann sehen, wie es danach weitergeht.«

Bens Hand auf meinem Arm unterbricht meine Gedanken. »Vielleicht solltest du das mit ihm und nicht mit mir besprechen?«

Da hat er natürlich recht. Das würde ich allerdings gerne tun, wenn Paul nicht da ist. »Wäre gut, oder?« Jetzt muss ich erstmal einen klaren Kopf bekommen. »Dafür muss ich den richtigen Zeitpunkt finden. Wir brauchen Zeit, um zu reden.«

»Wie gut, dass ich ihn zur Party eingeladen habe, oder? Das ist die Gelegenheit. Paul ist bei deinen Eltern, und ihr habt Zeit, zu reden. In entspannter Atmosphäre.«

Wer hätte gedacht, dass Ben derjenige ist, der mir die Chance gibt, das mit Josh wieder geradezurücken? Er muss mir meine Gedanken am Gesicht abgelesen haben, denn er sagt: »Ich habe es verstanden, Mia. Ihr beide gehört zusammen. Er macht dich glücklich. Und du ihn. Weißt du, es war nicht immer leicht für mich. Ich kannte Josh lange vor dir, und es war …« Er zuckt mit den Schultern. »Sagen wir, es war nicht immer leicht für mich, meine Gefühle für euch zu trennen und zu sortieren.«

Ich nicke.

»Ich habe euch immer geliebt, weißt du? Dich als Schwester und ihn …« Mit einem Seufzer winkt er ab. »Das ist lange her, und heute weiß ich, dass ihr beide zusammengehört. Ich gönne euch das von ganzem Herzen.«

Gegen meinen Willen kommen mir die Tränen.

»Nicht rührselig werden, Mia. Du weißt, dass ich das nicht mag.«

»Ja, weil du dann selbst anfängst, wie ein Baby zu heulen.« Ich lache und weine gleichzeitig.

»Ganz genau.« Er legt den Kopf leicht schief und fragt: »Alles wieder gut?«

»Ja. Besser als gut.«

»Schön.« Seine Hand streicht sanft über meinen Arm, und er steht auf. »Dann suche ich mal Adrian. Wir haben schließlich eine Party zu planen.« Mit diesen Worten verschwindet er in seinem Zimmer, und ich bin alleine. Paul hat fertig getrunken und ist wie so oft dabei eingeschlafen. Ich schaue auf meinen schlafenden Sohn und weiß, dass Josh es wert ist, um ihn zu kämpfen.

35. Josh – Bens Party

Fuck! Ich weiß gar nichts mehr. Ich stehe vor Bens Tür und bin nicht sicher, was der richtige Weg heute Abend ist. Mir ist inzwischen klar, dass ich mit Mia reden werde, wenn ich da jetzt reingehe. Dass ich hier stehe, zeigt eigentlich, dass meine Entscheidung längst gefallen ist.

Vielleicht sollte ich mir heute Abend auf der Party ein oder zwei Bier gönnen. Einfach, um zu entspannen. Ich will mich nicht betrinken, aber ein wenig Mut antrinken könnte nicht schaden. Bei dieser Formulierung muss ich grinsen. Das habe ich bei der Abifeier damals auch gedacht. Da war es allerdings mehr als *ein wenig*. So viel würde ich heute gar nicht mehr vertragen.

Entschlossen drücke ich auf den Klingelknopf und nehme den Aufzug nach oben. Adrian öffnet mir die Tür und fällt mir um den Hals. »Schön, dass du da bist. Drinks gibt es in der Küche, bedien dich. Und ansonsten heißt es heute: Spaß haben!«

Den scheint er zu haben, genau wie den ein oder anderen Drink bereits vor meiner Ankunft. Es sei ihm gegönnt. Ich schließe dir Tür hinter mir und sehe mich um. Es ist voll, überall stehen Menschen. Die Stimmung ist ausgelassen, einige tanzen in der Mitte des Wohnzimmers.

Das ist gut. Dann falle ich nicht auf und kann in der Menge alleine sein. Tatsächlich sehe ich einige bekannte Gesichter unter den Gästen, und es dauert nicht lange, bis mein alter Schulfreund Jakob mich mit Beschlag belegt hat. Er drückt mir ein Bier in die Hand, und wir stoßen an. Mia habe ich noch nicht gesehen. Die Unterhaltung plätschert so dahin, und ich will einen Schluck von meinem Bier nehmen, doch die Flasche ist leer. *Fuck*, das ging viel zu schnell. Ich lehne ab, als Jakob mir eine neue holen will. Mein Blick schweift suchend durchs Zimmer und findet schließlich Mia. Sie sitzt alleine mit einem Glas in der Hand auf einer Sofalehne und starrt aus dem Fenster.

Während ich noch überlege, was ich tun soll, dringen die ersten Klänge von *How you remind me* von *Nickelback* aus den Boxen. Das ist ein Zeichen. Ich lasse den Blick nicht von ihr, zögere aber, zu ihr zu gehen. Als spürte sie meine Anwesenheit, dreht sie sich in meine Richtung, und ein Lächeln gleitet über ihr Gesicht.

Es ist so zerrissen von Unsicherheit und Panik, dass sich all meine Wut in Rauch auflöst. Das ertrage ich nicht. Die Welt scheint für uns innezuhalten, und ich sehe nur noch sie. Sie, die langsam aufsteht und mir entgegengeht. Wie in Zeitlupe kommt sie näher und streckt mir ihre Hand entgegen. »Lass uns tanzen.«

Ich gehe mit ihr, und sie lässt sich von mir in den Arm nehmen. Ihre Hände liegen locker auf meinen Schultern, meine Arme um ihre Taille, und ich schaue zu ihr hinab. Sie hält den Kopf gesenkt und achtet auf Abstand. Obwohl ich weiß, dass es besser so ist, will ich sie an mich ziehen und nie wieder loslassen. Es passiert das, was ich befürchtet habe. Ich halte sie im Arm, und alle Zweifel verschwinden.

Da hebt sie den Blick und sieht mir für einen kurzen Moment in die Augen, bevor sie den Kopf an meine Brust legt. Ich ziehe sie fester an mich und beginne leise, den Text mitzusingen. Denn es hat sich seit damals nichts geändert. Ich brauche sie, um wirklich ich zu sein. Es hilft nichts, dagegen anzukämpfen. Ich kann nur hoffen, dass sie versteht.

Die letzten Takte verklingen. Mein Hirn arbeitet fieberhaft an einem Plan, was ich danach tun kann. Das nächste Lied beginnt, und ich danke dem, der diese Playlist erstellt hat. Es ist *Memories* von *Maroon5*. Mia beginnt, ihre Hüften im Takt des langsamen Reggae-Sounds kreisen zu lassen, und ich steige direkt ein. Sie hebt den Kopf und schaut mir in die Augen. Diesmal sieht sie nicht weg, und ihre Lippen bewegen sich. Sie singt den Text mit.

Ihre raue Stimme und die Bewegung ihrer Hüften hypnotisieren mich und verstärken den Eindruck, dass nur noch wir beide existieren. Sie lässt meinen Blick nicht los und hebt jetzt die Arme in die Luft. Ich kann nicht anders, als an ihrer Taille nach oben zu fahren. An ihren Brüsten stoppe ich, ohne sie zu berühren, und gleite absichtlich langsam wieder nach unten. Ein Lächeln breitet sich auf ihrem Gesicht aus, und sie dreht sich in meinen Armen. Jetzt streicht ihr Hintern meinen Schritt, und ich habe Mühe, mich zu beherrschen. Hart bin ich schon, seit sie sich an mich geschmiegt hat, aber jetzt zuckt mein Schwanz schmerzhaft, und sie reibt sich immer weiter an mir. Dabei hat sie die Arme immer noch erhoben und fährt sich jetzt durchs Haar.

Ich beuge mich vor und hauche einen Kuss auf ihren Nacken, den sie mir verführerisch entgegenstreckt. Ein Schauder durchläuft sie, und ihr Kopf kippt zur Seite, um mir mehr Fläche zu bieten. Wieder ist es wie im Lied: Erinnerungen bringen Erinnerungen und dann sie. Aus dem sanften Kuss, den ich ihr geben wollte, wird etwas anderes. Ich lecke und beiße leicht an dieser empfindlichen Stelle dicht neben ihrem Ohr. Das hat sie schon immer gemocht. Und auch diesmal scheint es seine Wirkung nicht zu verfehlen. Das Stöhnen, das ihrer Kehle entweicht, facht mich weiter an. Ich schiebe eine Hand unter ihr Shirt und streichle ihren immer noch weichen Bauch. Wie sehr ich mir das gewünscht habe.

Dann verklingt auch dieses Lied, aber ich bekomme es kaum mit. So gefangen bin ich in diesem Moment, in ihr, in meiner Berührung. Sie nimmt die Arme herunter und ergreift wortlos meine Hand. Ohne mich anzusehen, zieht sie mich mit sich. Ich folge ihr in das Zimmer, in dem sie bei meinem ersten Besuch hier zum Umziehen verschwunden ist.

Kaum bin ich eingetreten, schließt sie die Tür und dreht den Schlüssel. Bevor ich begreife, was los ist, küsst sie mich. Nicht sanft und vorsichtig, sondern voller Feuer. Es springt sofort auf mich über und schaltet mein Denken aus. Ich bin am Ziel meiner Träume. Keine Ahnung, wie oft ich mir diese Szene ausgemalt habe.

Die neue Mia ist nicht mehr so zurückhaltend wie früher. Ihre Hände fahren unter mein Shirt, und mit einer ungeduldigen Bewegung bedeutet sie mir, die Arme zu heben. Ich folge ihrer Anweisung, und mein T-Shirt landet auf dem Boden. Kaum ist es gewichen, suchen ihre Finger auch schon die Knöpfe meiner Jeans. *Fuck*, das ist das Heißeste, was ich je erlebt habe.

Aber … Ich hasse mich für dieses *aber*. Und dennoch muss ich wissen, was das zu bedeuten hat. Denn eins ist völlig klar: Wenn ich mit ihr schlafe, bin ich verloren. Dann kann ich nicht mehr gehen. Dann ist die schmale Linie überschritten, und ich bin ihr hoffnungslos ausgeliefert. Wenn sie mich danach abweist, weiß ich nicht, ob meine Strategien noch funktionieren. Dann wäre alles möglich. Aber eines will ich nie wieder: abstürzen. Vor zwei Wochen habe ich gerade so die Kurve gekriegt. Ich weiß nicht, ob ich das noch einmal schaffe.

Dieser Gedanke gibt mir die Kraft, nach ihren Händen zu greifen und sie in ihrem Tun zu stoppen.

Schwer atmend schaue ich nach unten, in ihre weit aufgerissenen Augen, und drohe, darin zu versinken. »Mia, ich …« Ich sehe für einen Moment weg und hole tief Luft. Sie drückt ihr Becken an meins und schaut mich immer noch aus diesen großen Augen an. »Ich kann nicht …« Wieder lässt sie ihre Hüften kreisen, und ich höre mich scharf einatmen.

»Ich will dich in mir spüren, Josh. Jetzt.«

Diese Worte geben mir fast den Rest. Keine Ahnung, woher ich die Kraft nehme, sie immer noch zurückzuhalten. »Wenn ich das jetzt tue, Mia, dann gibt es kein Zurück mehr. Dann werde ich nicht mehr gehen, dann gehöre ich ab heute zu deinem Leben. Dann schenke ich dir mein Vertrauen und erwarte das auch von dir. Dann bin ich der Mann an deiner Seite. Wenn du das nicht …«

»Josh, du bist schon längst der Mann an meiner Seite.« Sie lächelt und versucht, ihre Finger zu befreien. »Hör auf zu reden und lass mich weitermachen.«

Der Mann an ihrer Seite. Aber das reicht mir nicht. Ich muss es wissen, wortwörtlich von ihr hören. »Dann sind wir zusammen?« Warum zittert meine Stimme, und warum muss ich diese Frage stellen? Ich ahne, dass sie mich für einen Idioten hält, aber ich brauche die Gewissheit, danach nicht wieder in den Abgrund zu stürzen.

»Josh und Mia sind jetzt ein Paar.« Mit einem Ruck befreit sie ihre Hände und öffnet den obersten Knopf meiner Jeans.

36. Mia – Diesmal ist es für immer

Ich habe es laut ausgesprochen, und es ist, als ob diese Worte eine Schleuse geöffnet hätten. Er sieht mir tief in die Augen, und ich erkenne den Moment, in dem auch er sich vollständig ergibt. Das Lächeln umspielt immer noch seine Lippen. »Ich liebe dich, Mia Kauer. Habe dich immer geliebt, und ich verspreche dir, dass es dieses Mal für immer ist.«

Seine Worte treiben mir die Tränen in die Augen.

»Nicht weinen, Mia.«

»Ich kann nicht anders. Ich bin glücklich.« Verschämt wische ich mir die Tränen aus dem Gesicht. »Glücklich, dass du wieder da bist. Glücklich, weil du mich liebst und weil ich dich liebe.« Weitere Tränen rollen meine Wangen hinab. »Ich liebe dich, Josh Schreiber.«

Wir besiegeln diese Worte mit einem Kuss, flüstern uns Liebesbekundungen zu und genießen die Nähe des anderen. Wir lieben uns sanft und innig, so lange, bis wir in einen glückseligen Schlaf fallen.

***

Zarte Küsse an meinem Hals wecken mich. Ich will nicht, dass dieser Traum endet, weil ich Josh rieche, obwohl ich doch weiß, dass er mich verlassen hat. Nur noch für einen Augenblick in dieser Traumwelt bleiben und sich nicht der Realität stellen. »Du bist wach, dann kann ich ja das tun.« Seine Lippen finden meine, und ich realisiere langsam, dass es kein Traum ist. Josh ist da, neben mir, und wir haben uns die ganze Nacht geliebt. Seine Worte hallen noch in meinem Kopf nach: »Diesmal ist es für immer.«

Ich erwidere den Kuss und murmele: »Guten Morgen.«

»Guten Morgen.« Er hält kurz inne, streicht über meine Wange und sagt: »Weißt du, wie gerne ich dich im Schlaf beobachte? In der Silvesternacht habe ich kaum geschlafen, weil ich jeden Augenblick in mich aufnehmen wollte. Ich hatte so eine Angst, dass es das letzte Mal sein könnte, ich danach keine Gelegenheit mehr bekomme. Und jetzt …«, wieder streicht er mir über die Wange. »Jetzt darf ich es jeden Tag tun. Den Rest unseres Lebens.«

»Ist das ein Versprechen?« Denn obwohl wir es uns heute Nacht immer wieder gesagt haben, war das in der Hitze des Gefechts. Die Gefühle sind immer noch da, aber wir sind nicht mehr vom Sex berauscht.

»Das ist es. Josh und Mia für immer.«

»Josh und Mia für immer«, besiegle ich einen Pakt, der vor vielen Jahren begann und hoffentlich noch viele, viele weitere Jahre halten wird.

37. Josh – Hochzeit mit Alpakas

Ich stehe auf der Wiese an der Hengstweide und schaue auf den in der Sonne glitzernden See. Wir haben Glück mit dem Wetter. Es ist überraschend mild für Anfang September, und kein Wölkchen ist zu sehen.

Ganz anders als im November vor fast zwei Jahren. Hier hat alles angefangen. Mehr oder weniger. Eigentlich ja vor dem Standesamt in Mainz, aber geredet und damit den Grundstein gelegt haben Mia und ich hier.

Mein Leben hat sich seitdem um hundertachtzig Grad gedreht. Vorher bin ich aufgestanden, habe meine Pflichten erledigt und bin wieder ins Bett gegangen. Jetzt wache ich auf, und die Welt ist eine einzige, wundervolle Herausforderung. Jeden Tag aufs Neue bin ich dankbar für den Moment, in dem meine Mutter mich angerufen und mir von Mias bevorstehender Hochzeit erzählt hat. Wer hätte gedacht, dass dieser Tag im heutigen gipfelt: meiner Hochzeit mit Mia.

»Und? Nervös?« Ben taucht neben mir auf und legt freundschaftlich die Hand auf meine Schulter. Wir haben es in den letzten achtzehn Monaten tatsächlich geschafft, wieder so etwas wie Freunde zu werden. Keine Ahnung, ob das ohne Mia auch so wäre, aber das ist letztendlich auch nicht wichtig. Wir schreiben uns regelmäßig, und wenn es sich einrichten lässt, kommen er und Adrian nach Hamburg oder wir fahren nach Mainz.

»Nicht wirklich«, beantworte ich seine Frage. »Eigentlich ist das hier nur die logische Konsequenz von allem, oder?«

»Da hast du verdammt recht. Lange genug gedauert hat es ja schließlich.«

Er spielt darauf an, dass alle erwartet haben, Mia und ich würden schnell heiraten. Aber wir haben uns bewusst Zeit gelassen. Wollten erst einmal herausfinden, ob ein Zusammenleben, wie wir es uns vorstellen, auch funktioniert.

Unsere Freunde und Familien haben das belächelt und als unnötig abgetan, aber uns war es wichtig.

Mia hat erst einmal Elternzeit beantragt und ist auf Probe mit mir nach Hamburg gegangen. Und was soll ich sagen? Es war besser, als wir beide gedacht hatten. Sie fühlt sich in ihrer Rolle als Mutter wohl, und ich liebe meinen neuen Job. Klar sind die Arbeitszeiten oft Mist, aber ich habe das Gefühl, Menschen wirklich zu helfen, und das macht vieles wett. Und dann ist da natürlich Mia, die voll hinter mir steht. Sie leitet inzwischen eine Krabbelgruppe im angeschlossenen Familienzentrum und übernimmt dort ehrenamtliche Tätigkeiten. So kann ich sie und Paul auch häufiger mal tagsüber auf einen Kaffee sehen.

Ende des Jahres werde ich die stellvertretende Leitung der Beratungsstelle übernehmen und damit geregeltere Arbeitszeiten haben.

»Papa!«, höre ich hinter mir Pauls Stimme. Ich drehe mich lächelnd um und sehe ihn mit ausgebreiteten Armen auf mich zulaufen. In seinem Minianzug sieht er einfach hinreißend aus. Er ist jetzt fast zwei, und ich liebe dieses Kind abgöttisch. Noch ist er zu jung, um zu verstehen, dass ich nicht sein biologischer Vater bin. Aber sein Vater bin ich allemal. Hinter ihm gehen meine Mutter und Mias Eltern. Ich rechne es ihnen hoch an, dass sie nichts gesagt haben, als wir verkündet haben, hier auf der Hengstweide heiraten zu wollen. Ein Standesbeamter war schnell gefunden, und so kann sich unser Traum erfüllen. Unsere Trauzeugen werden Sarah und Ben sein, die Joshi und Benni an der Leine führen.

Paul steht jetzt vor mir und deutet auf meine Chucks. »Meine sind auch blau!«

Tatsächlich trägt er die Miniausgabe meiner Schuhe. Ich habe mir für die Hochzeit zwar einen Anzug gekauft, aber ich trage kein Hemd und auch keine feinen Schuhe. Mia hat einen Lachanfall bekommen, als ich sie gefragt habe, ob ich mir Fliege und Hemd besorgen soll. Das ist einer der Gründe, warum ich sie so abgöttisch liebe. Sie würde nie irgendetwas von mir verlangen, das mich verbiegt. Jetzt trage ich also kein Hemd, sondern ein graues T-Shirt mit einem Darth-Vader-Kopf.

»Ja, ich weiß«, sage ich zu Paul und nehme ihn auf den Arm. »Ich habe lange gesucht, bis ich welche gefunden habe, die wie deine sind.« Sein Lachen lässt mein Herz überlaufen.

»Mama kommt auch. Sie macht Blumen ins Haar.« Er dreht sich auf meinem Arm und schaut in Richtung Haus. »Ich mag Blumen.«

»Ich auch.« Dann gebe ich ihm einen Kuss und stelle ihn wieder auf den Boden. »Lauf zu deiner Oma.« Er nickt und rennt los. Natürlich stolpert er und landet im Gras. Aber das ist ihm wie immer egal. Paul ist ein einziger Wirbelwind. Seit er laufen kann, kennt er nur noch eine Geschwindigkeit: schnell.

Das kostet uns manchmal den letzten Nerv. Ich bin froh, dass wir ab seinem zweiten Geburtstag einen Platz in einer Kita für ihn gefunden haben. Das entlastet Mia.

Auch wenn sie sagt, sie braucht das nicht, merke ich doch, wie die zweite Schwangerschaft an ihren Kräften zehrt. Sie bekommt nicht immer die Ruhe, die sie bräuchte. Seit wenigen Tagen wissen wir, dass Paul einen Bruder bekommt, und sind überglücklich. Unsere kleine, perfekte Familie.

Ich muss über mich selbst lachen. Nicht zuletzt, weil mir Tränen in den Augen stehen. Wie so oft, wenn ich darüber nachdenke, was für eine Wende mein Leben genommen hat.

Und dann sehe ich Mia den schmalen Weg zur Weide entlangkommen und kann die Tränen nicht zurückhalten. Sie ist so wunderschön, und verdammt, ich mag Blumen auch. Karin hat sie hier auf der Weide gepflückt und in Mias Haar geflochten.

Ben erscheint wieder neben mir. »Diesmal sieht sie glücklich aus.« Er deutet auf Mia und dann auf mich. »Genau wie du. Versau es nicht.« Diese Worte unterstreicht er mit einem Zwinkern und geht dann zu Marc, der Benni und Joshi an der Leine hält.

Ich habe nur noch Augen für Mia und gehe ihr entgegen. Am Gatter stoppe ich und halte es für sie auf. »Hey«, sagt sie und schaut an sich hinunter. »Gefällt es dir?«

»Wunderschön.« Doch ich meine nicht das Kleid, sondern die Frau. Sie ist immer wunderschön, und wären wir hier nicht mit all den Gästen auf dieser Weide, würde ich sie um den Verstand küssen.

Ihrem Lächeln kann ich ansehen, dass sie weiß, was ich denke. »Dann mach mich mal zu einer ehrbaren Frau.«

Ich reiche ihr den Arm, und sie hakt sich unter. »Nichts lieber als das.« Im Hintergrund setzt leise Musik ein. *How you remind me*, das hielten wir für passend.

Gemessenen Schrittes führe ich sie zum Unterstand der Alpakas. Auch er ist mit Wildblumen geschmückt. Der Standesbeamte lächelt uns an, Paul springt vom Schoß seines Opas auf und rennt auf uns zu. Meine Mutter will ihn aufhalten, aber Mia und ich winken gleichzeitig ab. Ich beuge mich hinunter und nehme ihn auf den Arm. Er legt seinen kleinen Kopf an meine Brust, und Mia hakt sich wieder bei mir ein.

Ganz egal, was uns die Zukunft bringt: Dieser Moment ist perfekt, und bald wird es die ganze Welt wissen: Josh und Mia sind eine Familie.

ENDE

Danksagung

»Ich weiß jetzt, wie ich meine Josh-Geschichte doch noch schreiben kann: Alpakas!«

Das waren die Worte, die ich irgendwann zu meinen Mann sagte und auch noch zu anderen. Die Reaktion: ein vorsichtiges Lächeln und Nicken, als ob bei mir eine Schraube locker sei ;-)

Bis zu diesem Zeitpunkt hatte ich die ersten 120 Seiten bereits geschrieben und sie waren düster und schwer. Josh und Mia standen im Nebel am Rheinufer und versuchten, ihre Vergangenheit aufzuarbeiten.

Mir waren zwei Dinge klar: Ich will diese Geschichte schreiben, sie ist ein Herzensprojekt. Aber so funktioniert es nicht.

Tja, und dann stolperte ich über die Alpakas, und in meinem Kopf explodierte alles. Ich konnte gar nicht so schnell schreiben, wie sich die Story entwickelte. In 21 Tagen stand die Rohfassung. Mein Mann war skeptisch – wer mich kennt weiß, dass wir normalerweise eng zusammenarbeiten und er mich während des Projekts begleitet. Bei dieser Änderung nicht. Er kannte die ursprüngliche Version, hatte die neue aber noch nicht gelesen.

Als er fertig war, sagte er: »Die Alpakalypse hat tatsächlich geholfen.«

Daraufhin wollte ich das Wort unheimlich gerne im Buch unterbringen. Ist mir nicht gelungen. Aber ich hoffe, ihr habt die vielen kleinen Alpakalypsen genauso genossen wie ich.

Jetzt zum dicken Dank: Der geht natürlich an Johanna, meine Lektorin bei be.ebooks und an das restliche Team. Es bedeutet mir viel, dass Josh und Mia euch genauso gut gefallen wie mir.

Danke auch an meine Redakteurin Steffi, die mit ihren Impulsen vor allem Ben und Adrian mehr Leben eingehaucht hat.

Dann ist da natürlich meine Testleserriege: Uta, Vicky, Brina und meine Mama. Danke für euer Feedback und dafür, dass ihr teilweise auch euer Herz an Josh verloren habt.

Und zuletzt natürlich der Dank an meine Leser. Ohne euch würde das alles nur halb so viel Spaß machen. Wenn ihr wissen wollt, was ich sonst noch so treibe, schaut auf meiner Website nicoleknoblauch.de oder bei Instagram @nicole.knoblauch vorbei. Dort findet ihr auch meine Romantic-Suspense-Reihe *Private Affairs*, die unter dem Pseudonym Nicci Cole ebenfalls bei be.ebooks erscheint.

Playlist

»Weird Al« Yankovic – The Saga Begins

Welshly Arms – Legendary

Bruno Mars – When I Was Your Man

Nickelback – How You Remind Me

Afroman – Because I Got High

Rudimental (feat. Jess Glynne, Macklemore & Dan Caplen) – These Days

Kid Rock – All Summer Long

OneRepublic – Apologize

Olly Murs – Grow Up

Milky Chance – Stolen Dance

KALEO – Way Down We Go

Michael Schulte – Back To The Start

3 Doors Down – Here Without You

Matt Simons – Open Up

AG, Claire Wyndham – Someone You Loved

Maroon 5 – Memories

Dermot Kennedy – Giants

Ed Sheeran – Perfect